12
白鳥士郎
イラスト しらび
監修 西遊棋
ryuoh no oshigoto!
りゅうおうのおしごと!

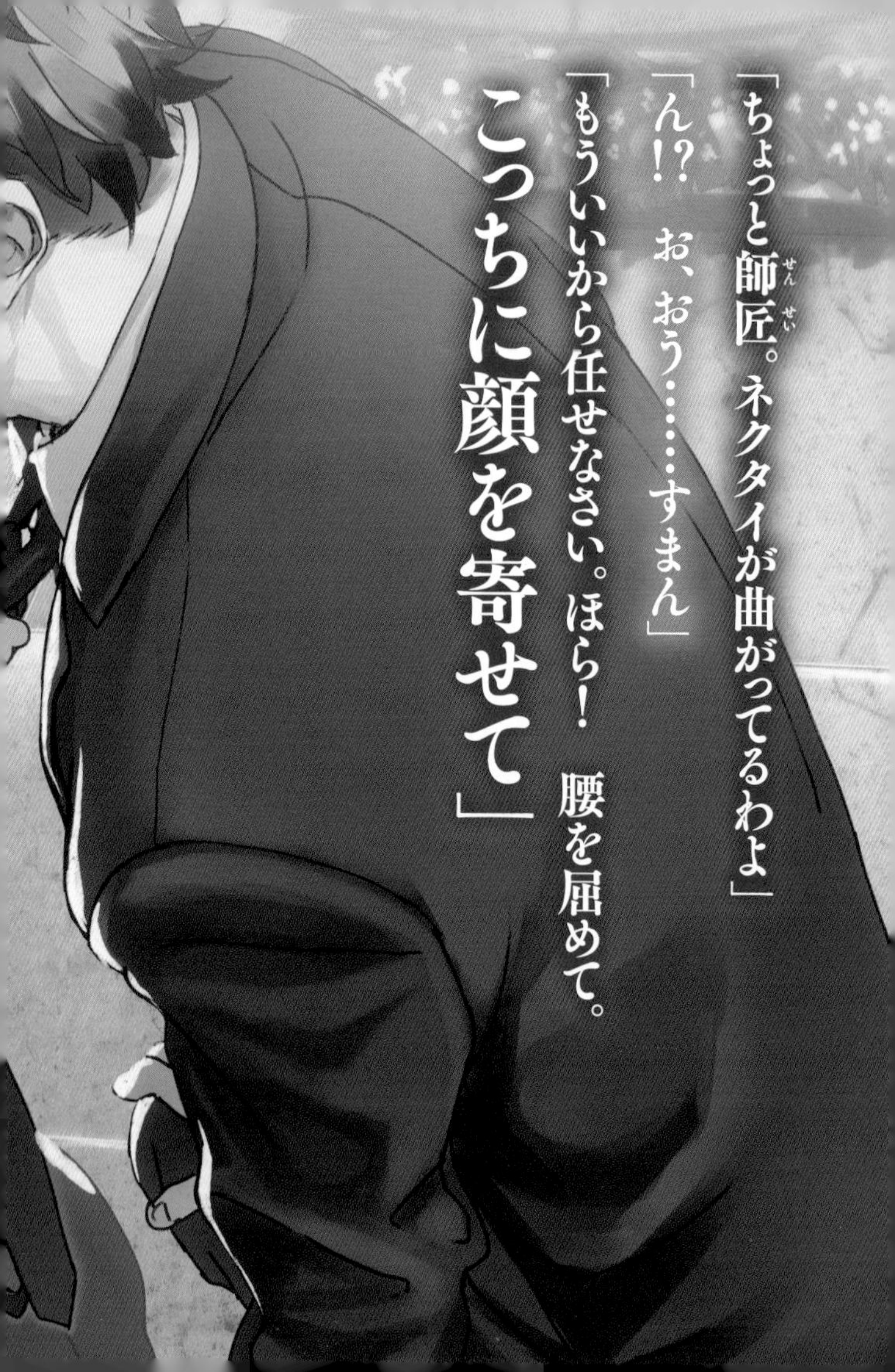
「ちょっと師匠《せんせい》。ネクタイが曲がってるわよ」
「ん!? お、おう……すまん」
「もういいから任せなさい。ほら! 腰を屈めて。こっちに顔を寄せて」

四段《プロ》になれるのは二人のみ。
死闘の三段リーグ終盤戦！

目次

著者	白鳥士郎	作品名	りゅうおうのおしごと!12
イラスト	しらび	監修	西遊棋

総ページ数	発行所	発行年月日
400ージ	SBクリエイティブ	2020年2月29日

迄400ページにて
りゅうおうのおしごと! 第12巻ぜんぶ

りゅうおうのおしごと！ 12

白鳥士郎

GA文庫

於《お》鬼《き》頭《と》曜《よう》

帝位と玉将の二冠を保持。タイトル戦でカ○リーメイトの缶を箱で注文。連盟職員が走る。

鏡《かがみ》洲《ず》飛《ひ》馬《うま》

奨励会三段。古株なので棋士の好みを把握しており、記録係でおつかいを頼まれる率が異様に高い。

椚《くぬぎ》創《そう》多《た》

史上初の小学生奨励会三段。例会で大阪に通い始めて、飴を配るおばちゃんを目撃。思わず撮影した。

辛《から》香《こ》将《しょう》司《じ》

編入試験を経て奨励会に復帰。コンニャク工場で勤務経験あり。流通するタピオカの半分はコンニャクと語る。

坂《さか》梨《なし》澄《すみ》人《と》

今期順位１位の三段。妹弟子に紹介された自動車学校で女子生徒からお菓子を貰う。将棋にキレが戻ったと評判。

登場人物紹介

九《く》頭《ず》竜《りゅう》八《や》一《いち》

竜王。ラムネが脳にいいと聞き対局中のおやつで連投。噛む音がうるさいと注意される。

空《そら》銀《ぎん》子《こ》

八一の姉弟子。奨励会三段にして女流二冠。『たこ焼き味』のお菓子はだいたいソース味と力説。

雛《ひな》鶴《つる》あい

八一の弟子。タピオカにハマる。『黒い丸を吸うのは縁起が悪い』と白いものを自作。もちもち。

夜《や》叉《しゃ》神《じん》天《あ》衣《い》

八一の二番弟子。お菓子の街・神戸の出身。対局前にデパ地下でおやつを選ぶのが楽しみ。

☗ スクラップブック

スクラップブックがあるんだ。

将棋雑誌に年に二回だけ掲載される、とあるページ。

雑誌の一番後ろにひっそりと載っている、たった二ページの作文だけを切り抜いたスクラップブックは、いつのまにか一〇〇ページもの厚さになっていた。

多くの人にとってそれは何の価値もないだろう。

けど俺《おれ》にとっては宝物だった。

プロ棋士という存在を知った六歳の頃《ころ》からずっと、雑誌は捨ててしまってもその記事だけは集め続けて、大切に取ってある。

『四段昇段の記』。

半年に一度、奨励会三段リーグを突破した二人だけが記すことのできる、短い文章。青春の全《すべ》てを将棋に捧《ささ》げた数年間をたった一ページに濃縮したそれは、まさに棋士の人生そのものだ。

いつか自分もここに載ることが俺の人生の全てだった。

奨励会に入ってから、例会前の眠れない夜にはこのスクラップブックを繰り返し繰り返しめくりながら、四段昇段の記を書く日のことを想像していた。

自分だったら何を書くだろう?

つらかった奨励会時代のこと？

印象的だった三段リーグの対局？

自分を置いてプロになった仲間への嫉妬《しっと》？

師匠への感謝？

両親への感謝？

仲間への感謝？

将棋を指せる喜び？

心折れたあの日のこと？

再び立ち直ることができた、あの対局のこと？

奨励会で過ごす日々が長くなればなるほど、書きたいことは積もり、変わっていた。

でも最後を締め括《くく》る文章だけは決まっている。

その決意があったからこそ、暗くつらい奨励会での生活に耐えられた。

後輩に抜かれて、その記録係をした時に相手を『先生』と呼んでお茶を出す屈辱にも耐えることができた。

それまで『王将』を持っていた研究会で、プロになった後輩にそれを譲り、自分は『玉将』を持つことにも耐えられた。奨励会員として初めて新人戦に優勝した時も『俺より弱い奴《やつ》がどうしてプロになれるんだ』という疑問に心を腐らせることなく耐えられた。

スクラップブックをめくりながら俺は、心地よい眠りにつく。

トップで迎えた三段リーグ最終局。頭金《あたまきん》を打って相手の玉を詰ました俺は、リーグ表に白星を押す。幹事の先生から祝福を受け、記者の取材と写真撮影。それが終わるとまずは師匠に連絡し、次に実家。泣き崩れる親の声を電話越しに聞いて初めて自分も涙を流す。

四段になれた……プロになったんだ。その喜びを嚙《か》み締めながら、一文字一文字、原稿を書く。四段昇段の記を。

ずっと胸の中で温めていた締めの一文を書き終えてから、タイトルを考える。そうだ、これにしよう――

そしていつも夢はそこで終わる。

目を醒《さ》ました俺は、枕元《まくらもと》のスクラップブックに手を伸ばす。

そこにあるはずの記事を探して。

けど、スクラップブックのどこを探しても……俺のページは存在しないんだ。

☖　遺書

　スクラップブックの最後に、男はその文章を丁寧に綴《と》じた。

　コピーは既に連盟と両親へ郵送してある。

　恨《うら》み言《ごと》は一切書いていない。何の支援もなく男を猛獣の檻に放り込んだ理事やスポンサーにも、将棋ソフトの実力も理解せずただ負けたことだけを批判するプロ棋士にも、『人類の恥』と囃《はや》し立てた将棋ファンや将棋を知らない人々にも。

　ただ淡々と事務的な事項を――自身の都合で公式戦を不戦敗にすることについての謝罪と、遺産を将棋普及に役立ててほしいこと、連盟葬は拒否することだけを記した遺書を、男はスクラップブックの最後に綴じた。

　几帳面《きちょうめん》な男は棋士になってから執筆した文章を全て保存していた。

　数は多くない。対局以外の仕事を男は請けなかった。研究をして、将棋が強くなることだけが棋士の義務だと思っていた。だから誰よりも研究したし、その研究を他者と共有することもない。そして求められれば誰とでも対局した。アマチュアとも、女流棋士とも、人間以外とも。

　最期に男は、スクラップブックを正面に返す。

　そこにはプロ棋士になって最初に書いた文章が綴じられていて、男はその短い文章を読み直した――――四段昇段の記を。

『生まれ変わっても』

於鬼頭曜（おきと・よう）

「もう二度と将棋は指さない」

負けるたび、私はそう思った。

六年半の奨励会生活は苦しかった。北海道《ほっかいどう》は遠い。往復の飛行機代はもちろん、空港まで数時間かけ車で送ってくれた親の負担を思うと、負けてまで将棋を続けていいか悩んだ。

そんな時に私をまた将棋盤の前に引っ張ってくれたのは、同じように地方から奨励会に通う仲間たちだった。例会のため将棋会館に泊まった時だけが人と指せる貴重な機会。「相手がいないから指してよ」という言葉に込められた優しさに救われた。

両親をはじめ、多くの方に迷惑をかけた。見守ってくださった師匠、応援してくれる北海道の皆さん、そして励まし合い競い合った奨励会の仲間たち。彼らのうち幾人かは、私に敗れて奨励会を去った。「もう二度と将棋は指さない」と言う私に彼らは手を差し伸べ、いつもこう言ってくれた。「曜なら絶対プロになれるから」

……プロになった今、こう思う。

生まれ変わっても棋士になりたい。

読み終わると男は自ら命を絶った。

そして病院のベッドで目醒めた時……自分がまだ自分でいることを知り、初めて涙を流した。

第一譜

『あっ！　いま投了《とうりょう》されましたね』

タブレットの画面に映し出された大盤解説を、いつの間にか日が落ちて暗くなった部屋の中で私はじっと見詰めていた。

聞き手の鹿路庭《ろくろば》珠代《たまよ》女流二段がアニメのように高い声で叫ぶ。

『名人が投了です！　これにより、帝位戦の挑戦者が決定いたしました！　帝位戦史上最年少、十八歳の挑戦者です!!』

『強い』

解説の山刀伐《なたぎり》尽《じん》八段は、しばらく前からもう大盤の駒《こま》を動かす手を止めていた。

カメラが対局室へと移り変わる。

千駄ケ谷《せんだがや》にある将棋会館の特別対局室で深々と頭を下げ続けるのは――――将棋史上最強の棋士である、名人。

つい先日、名人位を防衛し、タイトル獲得数が通算一〇〇という空前絶後の大記録を達成したばかり。

六つの永世タイトルと一四三四勝という途方もない数の栄冠を勝ち取ってきたその史上最強の棋士が今、一人の少年の前にひれ伏していた。

竜王────九頭竜八一《くずりゅうやいち》。

この日、十八歳の誕生日を迎えたばかりの史上最も若いタイトル保持者《ホルダー》は、敗れた名人に礼を返しつつ、荒い息を整えていた。

記録係の坂梨澄人《さかなしすみと》三段が棋譜《きふ》用紙を持って対局室を出て行き、入れ替わるように報道陣が雪崩れ込んで来る。

その様子を映したまま、大盤解説の二人は興奮した声で、

『先期の帝位リーグでは陥落となった九頭竜竜王ですが、今期は予選から這《は》い上がってリーグ入りを果たし、全勝でこの挑戦者決定戦まで辿《たど》り着きました。そして大注目の一戦で名人を破り、初の複数冠のチャンスを摑《つか》んだわけですけど……やー、強かったですね！』

『まさに勢いで押し切った一局だったよね。この大一番で名人を相手に後手を引いて圧勝とは……八一クンだけだろうね。こんな将棋が指せるのは』

『しかも意表の振《ふ》り飛車《びしゃ》でした！』

『生石《おいし》玉将……いや前玉将との対局も凄《すさ》まじい将棋だったけど、この将棋も従来では考えられないような発想だったね』

『検討《けんとう》するソフトの評価値も一定しませんでしたよね！　そういえば山刀伐先生は名人の研究会メンバーですよね？　ソフトを使った研究とかって、名人も？』

『名人はほとんど使っておられないと思うよ？　ボクや若手が試す手を見てソフトの発想を吸

収しておられるけど、直接ソフトに触れてはいない』

でも、これからは……という言葉の先を山刀伐八段は飲み込んだ。

『於鬼頭《おきと》帝位はそのソフトを使いこなして強くなった最初の棋士と評判です。若手の代表格である竜王との七番勝負はどうなるでしょう？』

『確かに於鬼頭さんは、加齢と共に古くなりつつあった自分の感覚をソフトに寄せることで強くなったよね。八一クンもソフトを使っているけど、でもむしろそれは使うことで自分の感覚の幅を広げているというか――』

『使い方が全く逆、ということなんでしょうか？』

『そうだね。同じモノを使っているのに発想が違うだけでゼンゼン別の世界を見ることができる……ふふっ！　興味深い……実に興味深い……！』

『あーこれから竜王のインタビューが始まるようですからそっちご覧くださーい』

妙な方向に逸《そ》れ始めた解説を手慣れた感じで打ち切ると、音声も大盤解説から対局場のものに切り替わる。

急に、八一の顔が画面に大写しになった。

「っ……」

まだ勝負の興奮が残るその顔に、私の視線は吸い寄せられる。目を離せない。

胸がギュッとして、苦しい……。

『初めて複数冠に挑まれますが、奪取に向けての意気込みをお願いします』

帝位戦を主催する地方紙五社連合を代表して神戸《こうべ》三宮《さんのみや》新聞の記者が、若き挑戦者への質問を口にした。

『そうですね……ちょっと実感がわかないです。今の将棋もギリギリだったから……』

答える八一の口調は重い。

敗れたばかりの名人が目の前に座っているからというのもあるだろうけど、本当にまだピンと来てない感じだ。

紙一重の対局の後は、熱が出た時のようにボーッとして焦点が定まらない。

私だけが知っている……でも私との将棋ではしてくれない、八一の癖《くせ》……。

『於鬼頭二冠は竜王戦の挑戦者決定戦に進まれていますから、もし挑戦権獲得となれば帝位戦と竜王戦を合わせて十四番勝負となりますね』

『そうなったら長い戦いになりますけど……公式戦で当たったことのない相手なので、飽きることはないと思います。それはありがたいですよね』

笑いが起こり、空気が少し柔らかくなる。

『どのような対策を？　公開できる範囲で構いませんので、教えていただければ』

『対策？　そう………ですね。じゃあ――』

俯《うつむ》いて少し考えるような仕種《しぐさ》をすると、八一は顔を上げてこう言った。

『封《ふう》じ手《て》の練習をしたいです』

『封じ手……ですか？』

意外な答えに場がざわめく。

そして私の顔は青ざめる。ちょっと、あいつまさか……。

『確かに帝位戦も竜王戦も二日制ですので封じ手がありますが、しかしもう竜王戦で散々ご経験があるのでは？』

『いえ。まだまだ経験は足りません』

キッパリとした口調で八一は言い切った。

『前回の封じ手は緊張しすぎて、味わう余裕が全くありませんでしたから』

『封じ手を…………味わう？』

いよいよ混迷を極《きわ》めるインタビュー。これ全世界に配信されてるんだけど⁉

「誰《だれ》か！　誰か早くあのバカを止めてっ！」

そんな私の声など届くはずもなく、八一はカメラに向かって叫んだ。

『まだまだ経験値が足りません！　もっともっともっと封じ手をしたいです！』

『ふ、ふむふむ……今の課題は封じ手の経験値だと……』

八一の剣幕に圧倒された記者は「なるほどこれは若者らしい新しい視点だ！」みたいな妙な納得の仕方をしつつ、当然の流れでこう尋ねる。

『では同居しているお弟子さんと練習なさるんですか？』

『は？　で、弟子と封じ手って……あいはまだ小学生ですよ!?　何を考えてるんですかッ!?』

『は？』

何で怒鳴られたかさっぱりわからない記者は、呆然《ぼうぜん》と問い返す。

『あの……小学生と封じ手をするのは、ダメなのでしょうか……？』

『ダメに決まってるでしょハレンチな！　封じ手っていうのはねぇ、誰にも邪魔されず……何と言うか、好きな相手としなきゃあダメなんですよ！　二人で、静かで、豊かに……』

『な、なるほど……封じ手は好きな相手と二人で静かに……と』

記者たちは頷《うなず》いてメモなんか取ってるけど、それはまったく的外れだ。

八一が言ってる封じ手が何を意味するかは……私だけが知っている。

頬《ほお》が真《ま》っ赤《か》になっていくのを感じる。さっきより強く胸がギュッと締めつけられてから……心臓が弾むようにドキドキ高鳴る。

熱い。

「…………あのバカ……っ！　バカバカバカ!!」

恥ずかしさのあまりタブレットを罵《ののし》りながら、私は封じ手について見当外れの方向に力説している弟《おとうと》弟子《でし》の間抜け顔を指でぐりぐりした。

そしてその指で、自分の唇に触れる…………………熱い。

☖　お礼

感想戦を終えて駒を片付けると、名人は深々と礼をしてすぐに立ち上がった。

夏の対局は帰り支度もすぐ終わる。

腕時計をつけて鞄《かばん》を持ち上げた名人は、もう一度軽く礼をすると、一人で静かに特別対局室を出て行った。

「あ…………」

俺《おれ》はそんな名人に言うべきことがあったが……勝った後に伝えていいものか迷ったまま、何も言えずに座り続けていた。

「九頭竜先生。この後ですが、近くの中華料理店で打ち上げを企画しております。ご参加いただけますよね？」

「え？　あ、はい……もちろん」

帝位戦の担当記者から確認された俺は、消えてしまった名人の背中を追い続けながら生返事をした。

観戦記を担当する鵠《くぐい》記者も話し掛けてくる。

「竜王。打ち上げの前に、感想戦で触れた箇所についてもう少し詳しくお話をうかがいたいのですが」

「あっ、はい。じゃあ場所を変えて――」

そう答えて腰を浮かしかけた瞬間、覚悟が決まった。

「すみません！　ちょっと待ってもらっていいですか⁉」

返事も待たずに俺は立ち上がると、名人を追いかけ特別対局室を出て廊下を走り、下駄《げた》箱の前を素通りして靴も履《は》かずにエレベーター前に出る。

エレベーターは動いてない。

その前の長椅子《ながいす》にも、誰も座っていない。だとしたら……！

階段を飛び降りた俺は、その途中の踊り場に探していた背中を見つけて、叫んだ。

「あの…………名人っ‼」

俺の声を聞いたその人は足を止め、ゆっくりとこっちを見上げる。

「姉弟子《あねでし》の……あっ、そ、空銀子《そらぎんこ》は俺の姉弟子に当たるんですけど――」

対局以外で初めて正面からぶつかった視線に、気圧《けお》される。

「国民栄誉賞のインタビューを一緒にテレビで拝見してて、女性プロ棋士の話をなさってたのを聞いて……すごく落ち込んでいた姉弟子が、名人の言葉で元気になって……」

もどかしい。

感想戦じゃあ自然に話せるのに、将棋以外の会話だと全く舌が回らない。

「だから、そのっ…………ありがとうございましたッ‼」

叫ぶように礼を言ってそのまま頭を下げた。

名人は少し驚いたように、眼鏡《めがね》の奥の瞳《ひとみ》を見開く。

それから微笑《ほほえ》んで————小さく頷いた。

「っ…………!!」

俺は深く深く頭を下げる。膝《ひざ》に額がくっつくほど。

『がんばって』

そんな声が聞こえた気がした。

やがて階段を下っていく足音が聞こえて……頭を上げるともう、名人の姿はなかった。

「私の最初の観戦記が誰の対局か、ご存知ですか？」

いつの間にか俺の隣に並んでいた鵠記者が、こんな話を始める。

すぐに答えはわかった。

「……まさか」

「はい。名人の対局でした」

初恋の話をする少女のような横顔で、鵠さんは告白する。

「今日と同じ、帝位戦の挑決です。相手は月光《つきみつ》先生で、名人が遠征されました。関西は観戦記者が少ないから私にチャンスが回って来たんです」

序列としては遠征する必要がない場合でも、目の不自由な月光先生の安全に配慮してか、名人は昔から割と頻繁に関西遠征をしていた。

「前日からずっと緊張しっぱなしで、朝は記録係より先に対局室に入って座ってました。名人が入室されても、緊張し過ぎて挨拶《あいさつ》どころか顔を見ることもできなくて……」

よくわかる。

奨励会時代に関西将棋会館の狭い廊下ですれ違っても、俺もただ黙って頭を下げることしかできなかった。

「やがて、お茶の準備を終えた記録係の鏡洲《かがみず》さんが部屋に入って来ました。そうしたら名人が鏡洲さんと私の顔を驚いたように見返して、こう仰《おっしゃ》ったんです」

鵠さんは当時を思い出すかのように名人の口調を真似《まね》して、

「『あれ？　供御飯《くぐい》さん、今日は観戦記でしたか』って」

「……それは震えますね」

「ええ。震えました。女流棋士になっていたとはいえ、タイトルを獲《と》る前の、一度も会ったことすら無い関西の中学生の顔と名前を憶《おぼ》えててくださったんですから」

「すごいです……あれだけ忙しい人なのに」

「その対局の打ち上げで、年輩の記者がこう言ったんです。『奨励会員や若手の棋士が増えすぎて、将棋会館で出会っても誰が誰だかわからない』……聞いてた他の棋士は笑いながら頷いたんですが、名人だけはキョトンとした顔で『そうですか？　私はみんなわかりますけど』って。そういう方なんです。そういう方だからこそ――」

そうだ。そういう人だからこそ俺たちはあの人に憧《あこが》れるんだ。

タイトルをいくつ獲ったかとか、国民栄誉賞を貰《もら》ったとか、そんなことは関係ない。

「…………ありがとうございました！」

名人の背中が消えた階段に向かって、俺はもう一度、深々と、頭を下げていた。

実行委員

「九頭竜八一、ただいま関西に帰還しました！」

帝位戦の挑決に勝利した俺はその瞬間から早くもタイトル挑戦者としてのハードなスケジュールに直面することとなった！

対局後に開かれた打ち上げは結局朝まで続き、朝一番の新幹線で東京《とうきょう》から大阪《おおさか》へ戻ると月光聖市《せいいち》会長に呼び出され、自宅へ戻るよりも先に関西将棋会館の役員室へ出頭だ。

やれやれ。

十八歳の誕生日&タイトル挑戦を決めたっていうのに、ゆっくり弟子とお祝いしてる暇すらない忙しさだぜ！

「お帰りなさい竜王。そしておめでとうございます」

盲目のA級棋士は俺にお祝いと労《ねぎら》いの言葉を掛けてくれてから、

「さっそくで申し訳ありませんが、イベントについてご相談させていただきたくお呼び立てしました」

「はい会長！　何でも引き受けさせてもらいます！」

棋戦でいいところまで進んだ場合、タイトル戦のために予定を空けておくのが定跡《じょうせき》だ。気の早い人は祝勝会の予定まで入れる。

俺の場合は帝位戦に加えて竜王戦のスケジュールも確保する必要があり、それは八月から十二月末まで続く。

つまり今年の後半はほとんど予定が空いてるのだ。

もちろん負けたら悲惨なことになっちゃうけど……まあ対局がなくたって予定を埋める方法はいくらでもあるからな。研究会を入れたり、弟子の指導をしたり。

それと…………ほら。アレだ。

デート？　とか？　ふふふ。

「ぐふふ……ふひひひ……」

「嬉《うれ》しそうですね竜王。それほど帝位戦の挑戦者になりたかったのですか？」

「え⁉　あ、はい。そりゃもちろん……」

おっと……いかんいかん。

まさか『さっさと負けて銀子ちゃんとデートしまくる妄想してましたテヘ♪』とは口が裂けても言えない。そもそもまだ付き合ってすらいないんだし……。

けど、最近はちょっと気を抜くと表情が緩《ゆる》むんだよなぁ。えへへ……。

目の不自由な会長は特にそれ以上の追及はせず、

「結構なことです。さて、男鹿《おが》さん」

「はい」

会長の隣に控えていた秘書の男鹿さきり女流初段が、一枚の紙をスッとこっちへ滑らせる。

「お願いしたいのはこちらのイベントになります」

「拝見します！」

ファン交流イベントかな？　将棋大会かな？　それとも講演会かな？

『聖天通商店街夏祭りご参加のお願い』

……………あれぇ？

「あの、男鹿さん？　プリント間違えてません？　これ帝位戦のイベントじゃなくて……近所の商店街の夏祭りについてのプリントみたいなんですけど？　回覧板とかに入ってる」

「はい。近所の商店街の夏祭りのプリントになります」

はいぃ？

「名人の国民栄誉賞受賞や空女流二冠の三段リーグ参加などもあり、列島では今までにない将棋ブームが起こっています……竜王のご活躍のおかげで」

「ッ……!!」

男鹿さんの言う『活躍』とは……俺が姉弟子を大阪から連れ出したこと。

あの時は宿の手配から姉弟子の親御さんや桂香《けいか》さんへの連絡、そしておそらく様々な隠蔽《いんぺい》工作までこの二人がやってくれた。とはいえ俺の実家へ行ったことは伝えてないし、姉弟子を元気にさせた一手（というか封じ手）についても知られてないはず。

でも何か知ってそうなんだよなこの人たち……怖すぎる……。

「ブームが過熱しすぎた結果、ありとあらゆる自治体から将棋イベント誘致の打診が殺到していて、派遣する棋士の数が足りなくなりました。そこで竜王にも働いていただこうかと」

男鹿さんの説明を会長が補足する。

「誰にお願いするかは悩みましたが、やはり実際にお住まいの方にお願いするのが一番ですからね」

プリントを読むと、スペースを確保するのでお盆に行われる夏祭りにぜひ将棋ブースを出して欲しいということらしい。どんな企画をするかは全《すべ》て連盟にお任せするとある。丸投げだ。

「それで俺が実行委員ってわけですか……まあいいですけど」

「竜王に、ではありませんよ？」

「え？」

「実行委員は雛鶴《ひなつる》あいさんにお願いします。あなたは彼女のお手伝い」

「ええ⁉」

帝位戦と全く関係ないイベントだけじゃなく、弟子のアシスタントをしろって⁉　タイトル保持者の扱い軽すぎィッ‼

「い、いやでもさすがに小学生が責任者はマズいでしょ⁉　あいが正式な女流棋士だからって先方がどう思うか――」

「ご存知ないのですか？　雛鶴さんは商店街のアイドルなのですよ？　むしろ先方からぜひ雛鶴さんに参加して欲しいと念を押されているほどです」

会長の言葉に衝撃を受けていると、男鹿さんがすかさず追い討《う》ちをかけてくる。

「ちなみに竜王の名前は一切《いっさい》出ませんでした」

「そ、そうだったんですか……」

確かにあいの通う北福島《きたふくしま》小学校は商店街の中にあるから、そこに通う児童も商店街の子供たちだ。

俺もＪＳ研の特訓で何度かあの小学校に通ったけど、現役《げんえき》小学生で女流棋士になったあいはアイドル並の人気者だった。

「単なる商店街の夏祭りと甘く見てはいけませんよ、竜王」

会長は少し厳しい声で言う。

「東京の将棋会館がある千駄ヶ谷は『将棋のまち』として地域と上手《うま》く連携を取っています。鳩森八幡神社《はとのもりはちまん》には将棋堂も建立《こんりゅう》されていますしね。ここ大阪の福島も『将棋の商店街』として発展して欲しい。今回の件は、その大切な第一歩なのです」

「……わかりました。師匠として、あいを支えればいいんですね？」

「支える？　いえいえ。そこまでは期待していません」

会長は首を横に振ると、

「くれぐれも雛鶴さんの足を引っ張らないように。いいですね？」

☖　俺が望む永遠

その後も師匠の家を含む関係各所へ挨拶廻《まわ》りをして（俺の挑戦が決まった瞬間から飲みに行った師匠は不在だったが）、夕方近くなってようやく商店街の中にある我が家の前に立った俺は、不思議な感慨に浸っていた。

「……ここに帰って来るのも随分と久しぶりな気がするな」

実際は姉弟子との逃避行の後、名人の国民栄誉賞によって激増した免状署名のため天満橋《てんまばし》のホテルに二週間監禁されはしたが、それからここには帰って来ている。

だから帝位戦挑決のため二泊三日で東京に行っていただけ……だが、こうして全てが落ち着いた状態で帰って来たのは久しぶりだ。

「とはいえ……やらなきゃいけないことは、むしろ増えてるんだけど」

挑戦を決めた帝位戦七番勝負の対策。

連盟から依頼された商店街の夏祭り。

そして何より………姉弟子とのことをあいに伝えなければならない。これが一番気が重いんですよねぇ……。

「はぁ～……どう考えても『笑顔で祝福！』って感じにはならないよなぁ……」

あの二人の仲の悪さは筆舌《ひつぜつ》に尽くし難い。憂鬱《ゆううつ》な気持ちでドアノブに手をかける。

そしてドアを開けたら――


「おかえりなさいませっ！　お師匠さま!!」


最高の笑顔が、そこにあった。

「……ただいま。あい」

玄関で正座して出迎えてくれた幼い弟子は、とびっきりの笑顔で俺を待っていてくれた。

　俺も自然と笑顔になる。

　あいはぴょんっと立ち上がると、何よりもまず勝利を喜んでくれた。

「挑戦決定おめでとうございますっ！　しかも名人に勝って挑戦なんて……すごすぎです！　さすが師匠ですっ‼」

「はっはっは。まあ運が良かったけどね。留守中、変わったことは？」

「おうちの前に取材っぽい人が何人か……でも男鹿さんに相談したら、すぐにいなくなっちゃいました」

「そうか……」

　どの案件で俺を追ってるのかはわからないが、見知らぬ大人が自宅の周りをウロウロするというのは小学生のあいにとってさぞ怖い体験だったろう。

「心配かけてごめんな？　俺からも注意しておくから」

「はい……」

　あいは不安そうに俺の腕をぎゅっと摑む。

　──いじらしい……！

　胸の奥から温かな気持ちが湧《わ》き起こる。俺は思わずそのままあいを抱き締めたい衝動に駆られた………っと、いかんいかん！

　ボディータッチはダメ！　絶対！

イエス・内弟子《うちでし》。ノー・タッチ。

小学生との師弟の枠を超えた安易な触れ合いが数々のトラブルを招いてきたのだ。こういう部分は改めていかないと！

「ししょう？　どうされたんですか？　かたまっちゃって」

「だ、大丈夫だよ？　ちょっと疲れてしまってね……」

「そうですよね！　すみません、玄関先でお引き留めしてしまって」

すぐに俺の荷物を持ってくれたあいは、燕《つばめ》のようにくるりと身を翻《ひるがえ》して部屋の奥へと歩きながら……耳まで真っ赤にして、こう呟《つぶや》く。

「………ししょーが、あいのところに帰って来てくれたのが……うれしすぎて……」

――いじらしいッ!!

思わず背中から抱き締めたくなる衝動に駆られたが……くっ！　鎮《しず》まれ、俺の右手……!!

「ぐぅぅ!!　がぁぁぁぁ……ッ!!」

「し、ししょう!?　ほんとにどうなさったんですか？　急に右手を抑えて……」

「いいから早く先に行くんだ！　俺の中の怪物が暴《あば》れ出さないうちに……ッ!!」

「ふぇぇ？」

不思議そうな顔をしつつも、あいは台所へ消える。俺も深呼吸してモンスターを鎮めてからその後を追った。

そして台所で俺を待っていたのは……テーブルから溢《あふ》れそうなほどの、料理の数々。

しかも――

「これ……俺の好物ばっかかりじゃないか！　うわぁ！　どれもちょうど食べたいと思ってたんだよ！　どうしてわかったんだ⁉」

「えへへ♡　いままであいが作った料理で師匠が『おいしい』とか『また食べたい』とおっしゃってくださったものは、ぜんぶ憶えてるんです！」

あいは「えへん！」と小さな胸を張る。

その仕種がかわいくて、俺は思わず「えらいえらい♡」と頭をなでなでしてしまった。まあこのくらいのタッチは許されるだろう。これも指導のうち指導のうち。

満たされているのは料理だけじゃなかった。

「あれ？　この香りって――」

「わかります？　師匠が内弟子をなさってたときに、桂香さんがよく焚《た》いてたアロマです。あと、お好きな入浴剤の銘柄とか、ずっと使ってたクッションとかスリッパとか……そういうのも揃《そろ》えました。わたしも対局料をいただけるようになったので」

え⁉　貴重な対局料を……俺のために⁉

「ぜんぶ桂香さんに教わりました！　師匠が疲れて帰って来た時に、大好きなものでお部屋をいっぱいにして、お迎えしたかったから……あいには、それくらいしかできないから……」

——いじらしすぎる……っ!!

俺をまっすぐ見詰めるあいの笑顔が、急にぼやけて見えた。

両目に滲《にじ》む涙のせいで……。

「どれだけ疲れていても、傷ついていても……あいと一緒にこのお部屋にいるときだけは、リラックスしてください。ありのままの九頭竜八一でいてほしいんです。これが、わたしからのお誕生日プレゼントです！」

あいはそう言うと、玄関で俺を迎えてくれた時と同じようにとびっきりの笑顔を浮かべて、

「お誕生日おめでとうございます、師匠！」

「………ありがとう、あい。本当にありがとう……！」

温かくて美味《おい》しい食事。

明るくて、よい香りのする、居心地のいい部屋。

そして何より……笑顔で出迎えてくれる誰かがいるという安心感。

そんな家庭的な幸せこそ、弟子が俺に用意してくれた誕生日プレゼントだった。

「このお部屋のもの、ぜーんぶ師匠のものですよ？　どうぞめしあがれ♡」

「うん！　いただきまーす！」

と、元気よく返事した俺だったが……様々な想《おも》いが溢れてなかなか手を付けられない。

食卓に着いてからも俺が箸《はし》を持ったまま感慨に浸っていると、あいは不思議そうに、

「？　どうなさったんです？」

「いや……初めてあいが俺の家にやって来た、あの日を思い出してさ」

「もう一年半くらい前になるんですね。朝ご飯に、のりの佃煮《つくだに》をお出しして」

「その後が大変だったよな！　あいがシャワーを浴びてたら姉弟子が乗り込んできて——」

そこで俺は自分の使命を思い出す。

そうだ。この子に伝えなくちゃいけないことがあるんだ。

それによってこの幸せな空間にヒビが入ることになったとしても……銀子ちゃんを一番大事にするって決めたんだから！

覚悟を決めて、俺は口を開く。

「あい。ちょっと大事な話があるんだけど」

「夏祭りの件でしたら、わたしも男鹿さんからうかがってますよ？」

「ん？　ああ……そっか。うん。ならいいんだ。うん」

さっき取材が家の前まで来た時に相談したって言ってたから、そのついでに説明を受けたのかもしれない。そっかそっか。

……会話、途切れちゃったな。

タイミングを逸した俺は、とりあえずご飯を食べることにした。せっかく作ってくれたのに冷めちゃったら申し訳ないもんね……。

「ごちそうさま。すごくおいしかったよ」

「ありがとうございます！　デザートにケーキを用意してありますから、コーヒーと一緒にお持ちしますね？」

「ケーキまで用意してくれたのか⁉」

「ふふっ。お誕生日ですから。でも手作りなのであんまり期待しないでくださいね？」

あいは手作りケーキとアイスコーヒーをテーブルに置く。

シンプルなケーキのてっぺんに、将棋駒の形をしたクッキーがちょこんと載っていた。

駒は大きな『竜王』と、小さな『歩』。

その二枚が寄り添うように、重なっている。

「あ…………」

この二枚の駒の意味は、鈍い俺でもさすがに察しがつく。俺と歩夢《あゆむ》のカップリング……なわけはない。この子にはそういう嗜好《しこう》はない。

――あいが俺を想う気持ちは……師弟愛の枠を超えつつあるのか？

だとしたら歯止めをかけなければならない。

あいは小学五年生。今はまだ子どもだけど、あと二年もせず中学生になる。そうなったらもう『まだ子ども』という言い訳は通用しなくなってしまう。

――早い方がいい。傷が浅いうちに……！

再び覚悟を固めると、俺は決然と口を開いた。

「あい。ちょっと話があるんだけど」

「あっ！　すみません師匠。お風呂《ふろ》の準備を忘れてました－！」

ぱんっ、と手を叩《たた》いて立ち上がると、あいはパタパタ慌てて脱衣場へと消える。

「あ……………お風呂ね。うん。ありがと……」

覚悟崩壊。

俺はとりあえずケーキをいただくことにした。小学生が手作りしてくれたケーキは、お店で買うものよりも少し形はいびつだけど、それがかえって家庭の温《ぬく》もりを感じさせてくれる……。

「すみません師匠。なにかお話がありましたか？」

「ん？　いや……急ぐ話じゃないから、暇なときにでも」

戻って来たあいに、俺は笑顔を浮かべて「ケーキおいしいよ」と伝える。

うぅ～ん……。

何だろう？　さっきから微妙に間合いを外されているというか……すべて見透かされているというか……。

いやいや！　偶然だよね？　考えすぎ……だよね？

きょ、今日は疲れてるしな！　とりあえずいったん仕切り直そう。

「じゃあ部屋で荷物の片付けをしてるから、風呂の湯が溜《た》まったら教えてくれ」

「はぁーい！」

無垢《むく》で元気な返事に送られつつ俺は自室へ。

スーツの上着をハンガーにかけ、ネクタイを外すと、シャツとズボンはそのままでベッドに倒れ込む。

「はぁー……すげー癒《いや》されてしまった……」

昨日の対局から張り詰めっぱなしだった気持ちが一気に弛緩《しかん》して、起き上がれないほど力が抜ける。

冷え切った状態でいきなりお湯に浸《つ》かると、身体が痺《しび》れるだろう？　あんな感じ。

疲れたんじゃない。

むしろ圧倒的な癒しによって、身体が『このままがいい！　このままぬるま湯に浸かってたい！』と叫んでいるのである。

ベッドのシーツから香るお日さまの匂《にお》い。太陽に干したおふとんだぁ……。

「………きもちいいなぁ……」

そうなのだ。

あいとの生活は、べらぼうに気持ちがいいのだ。

そしてそれが劇的な成績向上に繋《つな》がっているのは否定し難《がた》い事実。

仮にあいが来てくれなかったら、俺は連敗を続けたまま今頃《いまごろ》は竜王位も失冠し、順位戦もC

級2組のままだったろう。

二冠なんて夢のまた夢。

当然ながら姉弟子とも釣り合わず……関係も変わらないままだったはずだ。

「……幸運の女神だな、小学生って」

もう……あいのいないこの家なんて想像できない……っていうか、すぐボロボロになって帝位戦も挑戦失敗する未来しか見えない……。

あいが与えてくれたのは質の高い生活《クオリティ・オブ・ライフ》だけじゃない。

将棋に関しても、俺はあいに与えたものよりも遥《はる》かに大きなお返しを貰っている。それこそ自分の将棋観が変わるほどの刺激を……。

そこまで考えて愕然《がくぜん》とした。

「い、いつのまにか俺は……あいがいなければ生きていけない身体になってしまったのか⁉」

ふっかふかのベッドで寝返りを打ちながら懊悩《おうのう》する。

「俺は…………俺はいったい、どうすればいいんだ…………⁉」

姉弟子とは、恋人としてしっかり付き合いたい。

結婚だってしたい。子どもも欲しい。二人の家庭を築きたい。

あいのことも、師匠として責任を果たしたい。少なくとも独り立ちできるようになるまでは手を抜かず育てたいと思っている。

義務感じゃないんだ。棋士として、あいの可能性を自分の手で伸ばしたいから！

俺が望む永遠とは――――

「いっそのこと……週の半分はここであいと過ごして、残りの半分は姉弟子のマンションで過ごすとか？」

超名案じゃん！　やったぜ全部解決した!!　と一瞬だけでも思ってしまった俺は自分のアホさ加減に絶望する。

「いやいやいや！　いま俺サイッテーのこと考えてなかったか!?」

優柔不断、八方美人もいいとこだろ!?

そんなことしたら両方を傷つけるだけだ。そもそも小学生のあいを週の半分たった一人でアパートに放置なんてできるわけがない。

「…………どうすりゃいいんだ……？　どうすりゃ……………？」

名人との対局でもこれほどまでに判断に悩んだ局面はないと言い切れるほど難しい決断を迫られ、着替えもできないままベッドの上で悩み続ける。

そして疲れ切っていた俺はそのまま「スリャア……」と眠りに落ちた。

チュン……チュン……。

「ん……？　…………しまった、寝ちゃったかぁ…………」

翌朝。

スズメの鳴き声で目を覚ました俺は、自分がどういう状態か、すぐには把握できなかった。

「風呂は……入らなかったよな？　着替えもしてなかった………あれぇ？」

おかしい。

汗染《あせじ》みていたはずの身体はサッパリしてるし、服も清潔なパジャマになってる。しかもこのパジャマ、師匠の家で内弟子してた頃に使ってたやつと同じメーカーだ。

「……途中で起きて風呂入って着替えたんだっけか？」

そうとしか考えられないからきっとそうなんだろう。まあ公式戦の後だとこういうこともあるもんなーと思いつつベッドの上で身体を起こす。

そして何気なく動かした右手が、柔らかいものに触れた。

「ん？　何だこれ？」

ふにふに。

柔らかさの中に固い芯《しん》の残る……そう、まるで未熟な果実みたいな感触だ。甘酸っぱい香りも漂っている。そして季節は夏。つまりこれは！

「………桃、かな？」

違った。それは果物じゃなかった。っていうかベッドに桃が転がってるわけがない。

俺の隣に転がっているのは――

男物のシャツを着てすやすやと寝息を立てている、小学生だった。

「……あ…………い…………？」

「ん…………しょう……」

目をこすりながら顔を上げたあいは、俺を愛《いと》おしそうに見詰める。

珠のような肌を包み込むのは、俺が着たまま寝てしまったはずの、白いシャツ。小さな女の子が男物のシャツを着てるのっていいよね？　ぶかぶかな袖《そで》とか萌《も》え〜。

じゃなくて。

え？

ちょっと待って待って待って？

「ご、ごめん！　ま、まままま、まさか隣にいるとは思わなくて――」

「ふふっ」

慌てふためく俺を見て微笑むあいの表情は、十歳の子どもとは思えないほど、大人びていて……思わずドキッとしてしまった。

俺は最近、これと同じ種類の表情を見たことがある。

そうだ。

この表情は、まるで……銀子ちゃ、ゃ、ゃ、ゃ、ゃ、ゃ、ゃんが俺を見る時と同じ――

「師匠、昨日は本当にお疲れだったんですね？」

「え？」

「だって……何をしても起きなかったもん」

衝撃的なセリフを口にする小学生。

ちょっと待って何をしてもって俺はナニをされて起きなかったのっていうかどうしてあいは俺のシャツ着て俺のベッドに寝てるのいつからそこにいるのこれって浮気《うわき》になるのそれ以前に逮捕されるの逮捕されるんだよねだってさっき触ってたのどう考えても、お、お、おし──

「おせんたく、しておきますね？」

そう言って俺のシャツを着たまま、あいは家事をするために部屋を出て行った。シャツに残った香りをすんすんするような仕種をしながら……。

「……………………」

い、いったい俺は………何をされてしまったのでしょう…………？

☗ 境界線

さてさてどうしたもんかと悩みながら、俺の足は自然と関西将棋会館へと向いていた。

特に用があるわけじゃない。用は無いんだが……予感はあった。

「「あ」」

ばったりエレベーター前で顔を合わせ、その予感が的中したことを悟る。

空銀子。

俺の姉弟子であり、三段リーグで戦う史上初めての女性。女流タイトルを二つ保持し、対女流戦績は無敗。

将棋千四百年の歴史の中で最も強い女性だ。

銀色の髪と、透き通るような白い肌と、たまに青く見える灰色の瞳と、妖精《ようせい》みたいに整った容姿から《浪速《なにわ》の白雪姫》という異名すら有する。将棋界を代表する有名人。

そして――

俺の…………いちばん大切な人。

「お、お久しぶりです………姉弟子」

「……うん………」

恥ずかしさでお互い目が合わせられないまま、何ともくすぐったい挨拶を交わす。

姉弟子は詰《なじ》るような口調で俺に言った。

「こ……こんなタイミングで、連盟に何の用？」

「お、俺はほら。帝位戦の打ち合わせの予定を確認するためで…………姉弟子は？」

「私は……三段リーグが明日あるから、その下見に……」

目を逸らしてゴニョゴニョ言う姉弟子に俺は突っ込む。

「三段リーグの下見？　って、いつも使ってる関西将棋会館の対局室を下見する必要なんてないでしょ？」

「や、八一だって……打ち合わせならともかくその予定の確認なんて電話一本で済むじゃない」

つまりそういうことなのだ。

俺たちは、表向きは将棋に集中するため『会わない』という約束をしている。

お互いの気持ちを『封じ手』にして、その気持ちは姉弟子が三段リーグを抜けて四段《プロ》になるまで秘めておくと。

けど『たまたま遭遇してしまった』なら仕方がない。

だからこうして特に何の用もないのに連盟をウロウロしてたわけだ。

連絡を取り合ったわけじゃない。

相手のことを考えて行動するだけで、こうして出会ってしまった。つまりお互いがお互いのことを想い合っていたということ。

やばい。

こんなにかわいい子が俺のこと好きなの？　両想いなの？　死ぬわ。

あの唇に、俺は…………ごくん。

「………じろじろ見るな。ばか。えっち……」

わざとらしく扇子《せんす》を広げて口元を隠す姉弟子。その仕種がむしろ俺を刺激した。

「姉弟子。ちょっとこちらへ」

顔見知りのガードマンさんに会釈《えしゃく》して、警備員室の脇《わき》にある夜間通用口の前の物陰まで移動する。

「エレベーター前だと誰が来るかわかりませんからね。ここで話しましょう」

「……同歩《どうふ》」

姉弟子はなるべく唇を動かさないよう短く答えた。

ちなみに『同歩』とは、相手が駒を動かした場所に自分も歩を突くこと。

転じて将棋界では手軽な相槌《あいづち》として使用されている。

イエスであり同意であり『自分もそれと同じで』みたいな意味をまるっと含んでおり、非常に便利な言葉なのだ。

「ところで姉弟子。せっかく会ったんで、お願いがあるんですが」

「なに？　聞くだけ聞いてあげる」

「誕生日プレゼントをいただけないかと思いまして」

「おめでと。以上」

それだけ言って立ち去ろうとする姉弟子の手をぐっと引き寄せると、俺は腰に手を回して退路を遮断する。

「ちょっ……ち、近いから……！」

「誰も見てませんよ」

この時間はみんな正面玄関を使う。

お互いの鼻先がくっつくくらいの距離で、俺は囁《ささや》いた。

「俺、十八歳になったんです」

「同歩」

「十八っていうともう成人なわけですよ。法律もそう変わるっていうし」

「同歩」

「車の免許も取れるし」

「同歩」

「結婚もできるし」

「……同歩」

「将棋が指せるように子どもは二人欲しいし」

「ど…………!?」

「大人なんですよ、もう」

「……はいはい同歩同歩。だから？」

「だからプレゼントに『大人の封じ手』をお願いしようかと」

「同…………は？　どんな封じ手よそれ？」

姉弟子は素に戻って尋ねてくる。遠回しすぎて伝わりにくかったかな？

「だからその……ほら。絡《から》ませるわけですよ」

「キ……封じ手で絡ませる？　ああ、手を繋いで、指と指を絡ませる？　こ、恋人繋ぎしながら……するの？」

どんだけウブやねんこの子。

「そうじゃなくて」

誰にも聞かれていないとはいえさすがに大きな声で言うのはアレだから、俺は姉弟子を抱き寄せるようにぐっと近づけ、耳に口を寄せて説明する。

「つまり…………」（ゴニョゴニョ）

「っ⁉　ふぇぇ……？」

「で、舌と舌を…………」（ゴニョゴニョ）

「ひゃえ⁉　でぃ…………ええええっ⁉」

ボンッ！　と首から耳の先っぽまで赤くなる姉弟子。

《浪速の白雪姫》とまで称される真っ白な肌がリンゴみたいになった。

そして俺を殺そうと首を絞めてくる。

「あ、ああああ、あんた頭おかしいんじゃないの⁉　このクズ！　変態ッ‼　で、できるわけにゃいでしょしょんにゃこと⁉」

舌を意識しすぎるあまり噛《か》み噛みになってしまった姉弟子ちゃんは世界一かわいいと思います。

「そもそも神聖な将棋会館でキ……封じ手しようとしたり、一門の先輩をちゃん付けで呼ぼうとしたり！　礼節を弁《わきま》えなさい！　礼節を‼」

「じゃあ連盟を出たら『銀子ちゃん』って呼んでいいの？」

「ん…………ま、まあ…………呼びたいなら、いいけど……♡」

照れ隠しに髪の毛をそわそわとイジりながら姉弟子は頷いた。むしろ呼んで欲しそうな感じすらある。

俺は姉弟子の手を引っ張って夜間通用口を出ると、外の駐車場へ。

連盟所有の乗用車や自転車が並んでるが、誰もいないし、物陰になっているから周囲の視線も気にならない。

「ここは？」

「姉弟子って呼びなさい」

駐車場を一歩だけ出た路上へと移動して確認する。

「ここは？」

「ぎ、銀子ちゃんでも…………いい……」

なるほど一歩でも敷地を出ればＯＫと。

銀子ちゃんの手を引っ張って建物正面へと移動して、玄関で確認する。

「じゃあここは？」

「姉弟子……かな」

「トゥエルブの中は？」

レストランは関西将棋会館の正面玄関と入口が別になっている。ここをどう評価するかは判断が難しいところだ。

姉弟子の出した答えは――

「連盟の関係者がいるときは姉弟子で、いないときは銀子ちゃんでもいいけど……」

「じゃあいないときに『あーん♡』とかしていいの？」

「そ、それは………誰もいなくて、マスターも見てなかったら…………………同歩……」

「じゃあじゃあ、中の売店は？」

「売店は絶対ダメ！　私のグッズとか売ってるし！」

「なら、正面のドアの手前の……ほら、ここスペースはどうです？　ドアの外だけど」

「ここは………姉弟子で」

「けどここ公道だよ？　銀子ちゃんの権勢は及《およ》ばないでしょ？」

「そうかもしれないけど！　でも連盟の目の前だからダメなの！　名前呼び禁止なのっ！　だ

めったらだめっ！　ばかばかばかばかっ!!」

「認めませーん。だから銀子ちゃんって呼んじゃうもん銀子ちゃん銀子ちゃん銀子ちゃん！」

「だ、だめよバカやいち！　だめだってばぁ！　もー！」

そうやって関西将棋会館の玄関先で鬼ごっこみたいなことをやっていると。


「何やってるんだ？」


急に第三者の声が聞こえて、俺と姉弟子は完全に動きを止める。

声の主は意外な人物だった。

「「さ、坂梨さ……ん？」」

坂梨澄人三段。

関東の奨励会員で、今期の三段リーグ順位一位の強豪だ。確か今回のリーグで年齢制限を迎えるはず。

俺にとって色々な意味で忘れられない奨励会員の一人。

明日の例会のため東京から来て、連盟に泊まるんだろう。

その坂梨さんは大きな旅行鞄を持ったまま、途方に暮れた感じで立ち尽くしている。

「は、はぅ………はわわ………」

信号機みたいに真っ赤になったり真っ青《まさお》になったりを繰り返してる姉弟子はまともに言葉を発せる状態ではないため、俺が尋ねた。重要なことを。

「………いつからご覧になってました？」

「五分前くらいからだが……」

だいたい見られたな……。

俺たちから微妙に目を逸らしながら、坂梨さんは苦言を呈する。

「いや、まあ………そういうことをするなとは言わんが、人が来るような場所では控えたほうがいいんじゃないか？　二人とも有名人なんだし……」

ごもっともです。

有名とか関係なく控えるべきです。完全に公害でした。バカップルでした頓死《とんし》します。っていうか銀子ちゃん俺の背中に隠れて死にそうになってます。

「……失礼しました。どうぞお通りください」

恥ずかしさのあまり相手の顔を見られないということもあって深々と頭を下げながら、俺は脇を通り過ぎようとしていた坂梨さんに言う。

「そういえば坂梨さん、明日は一局目に辛香《からこ》さんで二局目に鏡洲さんですよね？」

「っ⁉　あ、ああ……」

「上位と当たる重要な対局の前にお見苦しいものをお見せして、本当にお詫《わ》びの言葉もありません。この通りです」

「九頭竜………先生」

奨励会員としての立場から俺に敬称を付けつつも、驚いた表情を浮かべる坂梨さん。

「憶えてるのか？　俺のこと……」

「へ？　だってつい二日前に記録取ってくれたじゃないですか。挑決の」

「いや……そうじゃなくて、奨励会で対局――」

「そりゃ忘れませんよ。四段昇段の一局だったし、三段リーグが始まる前から一番手強《てごわ》い相手だと思って対策を立ててましたから」

「対策？　……俺の？」

「ええ。歩夢に聞いたりして」

気まずさがないわけじゃないが、正直に告白する。

タイミング的にも坂梨さんとの将棋が昇段の一局になると考えていた俺は、形振《なりふ》り構わず勝ちに行った。

そこまでしたのにギリギリの勝負になって……地力の差を感じた一局だった。

今でもよく夢に見る。

終盤で俺が間違えて、まだ奨励会にいる夢を……。

「坂梨さんとは初手合《はってあい》でしたから、俺の研究手がたまたま刺さっただけで。まともにぶつかったら負けてたと思います。世間も将棋界も中学生棋士の誕生を後押ししてて、坂梨さんに逆風でしたし。運がよかった」

「私は普通に力でねじ伏せたけどね」

姉弟子がボソッと呟く。しかも坂梨さんに聞こえるくらいの声で。負けず嫌いだなぁ。

俺は苦笑しながら、

「銀……姉弟子との対局はもう終わってるんでしょ？　だったら俺に坂梨さんを避ける理由はありません」

むしろこの人とは一度ゆっくり話してみたいと思っていた。

奨励会を抜けた後もその後の動向を気にするくらい、坂梨さんの将棋には注目しているからね。

「そうだ！　よかったら飯でもどうです？　この辺りのいい店を紹介しますよ」

「いや結構」

即答だった。

ちょっとショックを受けたのが表情に出たんだろう。坂梨さんは俺の顔を見て少しだけ困ったような表情を浮かべると、言い訳をするようにボソリと呟いた。

「……気を悪くしないでくれ。先約があるんだ」

☖　恋愛相談

「ど、どうしたの銀子ちゃん？　連絡もせず急に来て……」

すごい剣幕でやって来たその綺麗《きれい》な女の子に、わけもわからず有無《うむ》も言わさず私――清滝《きよたき》桂香は母屋《おもや》へ引っ張られる。

清滝家の経営する将棋道場『野田《のだ》将棋センター』で店番をしていたんだけど、そっちは信用できる常連さんに任せてきた。

肩で息をしている銀子ちゃんのために冷たい麦茶を用意しつつ、ボヤく。

「いきなり来るんだもの……お父さんはいないわよ？　蔵王《ざおう》先生に呼び出されて飲みに行っちゃったから、明日の昼まで帰って来ないと思う。いつも酔《よ》い潰《つぶ》れちゃって――」

「大丈夫。いないほうがいい」

「あらそう」

明日の三段リーグのことを相談に来たかと思ったけど、将棋とは関係なさそうね。だったら和室じゃなくて台所でいい。自分の分も麦茶を用意して、私は椅子《いす》に腰掛ける。

向かいに座った銀子ちゃんは一転、石のように黙ったまま。

「…………」

それにしても……本当に綺麗な子ねぇ……。

銀色の髪は輝きが増し、肌は処女雪よりも白くて肌理細《きめこま》やか。

そして瞳は氷のように真っ青で……《浪速の白雪姫》とは本当によくいったものね。誰が付けたんだったかしら？

小さい頃から綺麗だったけど、最近は三段リーグで自信が付いたのか、さらに美しさが増したように見える。まるで蒼《あお》い炎のように……。

「どうしたの？　私に解決できるかはわからないけど……悩み事があるなら何でも言ってみて？」

「…………」

銀子ちゃんは冷たい麦茶にも手を付けず、真一文字に口を引き結んでいる。

どうやら本当に重大な相談のようね。こっちにも緊張が伝染してきたわ……。

やがて、探るような視線と共にこう尋ねてきた。

「……だれにも言わない？」

「もちろんよ」

「ほんとに？　ほんとに言っちゃやだめだよ？」

「私が今まで銀子ちゃんの秘密を誰かに漏《も》らしたこと、ある？」

「…………」

それでもしばらく逡巡《しゅんじゅん》したあと、銀子ちゃんはようやく重い口を開いた。

「こ、これは…………………私の、友達の話なんだけど……」

銀子ちゃんにお友達なんていないでしょ？

ニッコリ笑ってそう言いそうになったけど、ギリギリで堪《こら》えた。危ない危ない。

「うんうんお友達ね？　そのお友達に何が起こったのかなー？」

「そ、その………友達に、最近………か、彼氏……みたいなのが、できて……」

来た。

来た来た。キマシタワー。遂に来てしまいました。

「よかったじゃない！　ずっと好きだったものね？　おめでとう！」

「あ、ありが………じゃない。えっと……確かにその、と、友達は……ずっと好きな相手から急に告白されて、すごく嬉しかったんだけど……」

「嬉しかったんだけど、急に不安なこともできたのよね？」

「…………」（こくん）

うんうん。わかるわかる。

今はそういう時期よね？

こう、何て言うの？　不安？　戸惑い？

それまでずっと友達以上恋人未満で姉弟みたいな関係だったのが急に変化して、どういう距離で接したらいいのかわからなくて………くぅぅ〜！　甘酸っぱいですなぁ！

しかも八一くんから告白したみたい。やるじゃんあいつ！

今度会ったら褒めてあげないとと思いつつ、早くも何らかの危機が訪れている様子。ここは桂香さんの出番ね！

「それでそれで？　そんな幸せいっぱいの銀子ちゃん……の、お友達は、彼氏の何に悩んでるのかな？」

「すごく、その…………したがるの」

「ふむふむ」

ま、ありがちな相談よねー。

そりゃねー。十代の男の子だもんねー。

むしろ健全な証拠だと思うけど、告ってすぐにそればっかり求められたらそりゃ『カラダが目当てだったの⁉』みたいな気持ちにもなるわよね。

「なるほど。つまり『付き合って何ヶ月くらいでそういうことをしたらいいの？』っていう相談ね？」

「そ、そうじゃなくて…………するのはもう、しちゃったから……」

「えっ⁉」

思わず腰を浮かせる私。危うく麦茶の入ったコップを倒すところだった。

「そ、そう…………もう、しちゃったの……」

「い、一回だけだよ⁉　一回だけ、その…………………はぅ……」

真っ赤になった顔を両手で隠す銀子ちゃん。耳の先まで真っ赤だ。

こ、これは………本当に、致しちゃったみたいね……。

八一くんはつい先日、十八歳になった。

銀子ちゃんもあと一ヶ月弱で十六歳。

初体験が早すぎるっていうことはない。むしろ十年以上前からお互いを意識してきた関係でようやく結ばれたという感すらある。

けど……ねぇ？

確かに私も前からちょくちょく暁《けしか》けてた部分はあったけど。

とはいえそれは心の中で『まだまだ子供でしょ』っていう意識があって、いきなり一線を超えることはないだろうという安心感ゆえのこと。

急に大人になられると……寂《さび》しさも、ある。

それに、こうなってくると他にも注意しないといけないことがある。こうして早い段階で話す機会を持てたのは幸いだった。手遅れになってないといいけど……。

でもそっかー。しちゃったかー。

「まあでも一回しちゃったのなら、それはやっぱり二回三回と求めてくるのは当然よ。我慢なんてできるわけないわよ。むしろ銀子ちゃんにメロメロだからそういう要求をしてくるわけであって」

「そうかもしれないけど！　でも今は三段リーグに集ちゅ……ごほんげふん！　け、桂香さん⁉　これは私じゃなくて友達のことだって言ってるよね⁉」

「ああそうだったわね。で？　続けて続けて」

「今は、その……受験勉強に集中しないといけない時期だし。だから正式に恋人になるのは四段になってか……だ、大学に受かってからって言って、会うのも控えるって約束してたのに、顔を合わせたらすぐ『したい』って迫ってきて……」

「あいつそんなにしたいしたい言ってるの？　自分も忙しいくせに元気ねぇ……銀子ちゃんの研究部屋で迫ってくるなら、合《あ》い鍵《かぎ》を取り上げるとか──」

「ううん。そこらへんの物陰とか……」

「そこらへんの物陰で⁉」

「口の中に入れようとしたり……」

「そこらへんの物陰で口の中に入れようとするの⁉　あいつ殺してやるッ‼」

　思わず台所にあった適当な刃物を掴んで立ち上がった私を見て、銀子ちゃんが慌てて引き止めようとしてくる。

「ちょっ⁉　ちょっと桂香さん⁉　鋏《はさみ》なんて持って何するつもり⁉」

「決まってるじゃないあのクズのドラゴンを切断してやるのよ‼」

「そこまでしてとは言ってないよ⁉」

それに……と、銀子ちゃんは耳の先まで真っ赤にしつつ、

「わ、私も……イヤってわけじゃなくて…………ちょっと恥ずかしい、だけで……」

「あなたそこらへんの物陰で口に突っ込まれてちょっと恥ずかしいだけって正気⁉　そんなハシタナイ子に育てた憶えはありませんっ‼」

「そ、そんなにいけないことなの⁉　キスとか、海外だと普通に外でもしてるし……」

「え？　ん？　……銀子ちゃん？　何を求められてるの？」

「え？　そ、その……だから…………キス、を……」

「キス？　…………それだけ？」

「そ、それだけって………だってその、しっ、舌まで入れようとしてくるんだよ⁉」

銀子ちゃんは身を乗り出して訴えてくる。

この反応こそが、まだ大人になってないという最高の証拠だった。

「なーんだ。それならそこらへんの物陰でいくらでもちゅっちゅしたら？　べつに減るもんじゃないし」

はぁ……心配して損したわ。

やっぱりまだまだ二人ともお子ちゃまねー。

「そっかそっか。チューね。安心したわ。まぁ恋愛経験が全く無いお子ちゃまなら、チューで

も大事件よねー。大騒ぎしても仕方ないか」

「…………むぅ」

「そこらへんの物陰じゃなくて、お城みたいな建物にでも連れ込まれそうになったら、また相談してちょうだい」

あしらうようにそう言うと、銀子ちゃんはほっぺを膨らませて、固い声でこう返してくる。

「そういう場所には何回も行ってるから。桜《さくら》ノ宮《みや》とか」

「へ⁉　ど、どうしてそんなトコに行ってるの？」

「それはご想像にお任せするわ」

「いやいやいやいやいや。お任せしないで？　そこは重要なところよ？　そんな場所に出入りして、もし万が一……子供でもできちゃったら大変よ？　もし四段になれたとしても、休場しなくちゃいけなくなるのよ？」

「でもプロになれたら、あとは結婚して…………だから、こ、子供ができても、問題ないっていうか……花立《はなだち》先生も、妊娠中にタイトル戦に出て、しかも強くなってたし――」

「あらぁ？　銀子ちゃんの『友達』って棋士のことなの？」

「んひゃっ⁉　え、ええと…………就職‼　就職したらっていう意味だもん！　お金をもらうようになれば誰だってプロでしょ？　違う？」

「はいはい就職ね。まーね。ギリギリセーフかなぁ」

それで隠せてると思えてるあたり完全にまだお子ちゃまだわ。こりゃ本番はまだまだ先の話だわ。百万光年くらい先ね。

ホテルに行ったたっていうのも、たぶん何かの弾みで入っただけで、特に何もなかったに違いない。

はー……心配して損した。

私は麦茶のお替わりをぐびぐび飲んで、カラカラに乾ききっていた喉《のど》を潤す。ぷはー。

「……ところで桂香さん。参考までに聞きたいんだけど……」

「なーにー？」

「桂香さんは将棋関係者と恋愛したことって、ある？」

「うーん。残念だけど、私は将棋関係の人と恋愛したことはないかなー」

「そっか。…………じゃあ参考にならないな……」

「っ」

参考にならないな……ならないな……ならないな…………。

ボソッと漏らされた本音に、胸を抉《えぐ》られる。

四歳の頃からずっとお世話してきた子供にたった一言で切り捨てられるという屈辱……ぶっちゃけ将棋で負かされるより数倍つらい。つらみざわ……。

「なら、学校とかバイト先とかは？」

「それならまあ、そこそこは」

これでも人並みには恋愛してきたつもりだ。

っていうか人並み以上にはモテると思うし？

「まあでも結婚とかぜんぜん意識しなかったわよ？　何回か遊園地とか映画館に行って、手を繋いだだけで終わっちゃったし」

「……フッ」

んんー？

今この子、鼻で笑いませんでしたか？

「そっかそっか。じゃあさっきから微妙に話が噛み合わないのも仕方がないのかな。好きな人が職場にいて、それを隠さなきゃいけない苦労って、経験したことがないと全く理解できないと思うし」

はぁぁぁぁぁ～～～～～～～ん？

好きな人が職場にいるから大変だぁ？

彼氏持ちゆえの優越感？　っていうの？　そういうのを振りかざしてマウントを取ってきた小娘は、二十代後半に突入した独り身の女性である私を憐れみのこもった目で見る。

そして最後に——

銀子《こむすめ》ちゃんは爆弾を投下した。

「いいなぁ桂香さんは。将棋だけに集中できる環境で」

「…………………………………………………………………………そっすね」

そうか。

わかった。よっっっくわかった。

どうして話を聞いてるだけでこんなにイラつくのかが、完璧《かんぺき》に理解できた。

これは『相談』じゃない。

単なる『惚気《ノロケ》』だ。

「そうね？　私は本当に恵まれてると思うわ。逆に銀子ちゃんは大変よね？　でもすごいわよね。三段リーグの真っ最中に将棋に集中できない環境になってもちゃんと立て直してるし。マジ尊敬。尊敬しかないっすわ」

「だ、だからこれは私の話じゃなくて、友達の――」

「ぶちころすぞわれ？」

「ちょっ……桂香さん、それ私のセリフ……」

「せっかく相談してもらって悪いけど、アドバイスできるほど私は恋愛経験も豊富じゃないし？　将棋も強くないし？　だから他の人に聞いてみてくれる？　何なら関西将棋会館でアンケートでも取ってみたら？」

「だ、だめよ！　まだ秘密なんだから………桂香さんも、誰にも言っちゃだめだよ？」

ここまで話しておいてこのセリフですよ。

しかもこの言葉すら額面通りに受け取ってはいけない。

『自分から言うのは恥ずかしいから、桂香さんから言いふらしておいて。それでみんなから「八一くんと付き合ってるの？」って聞かれたい！』

そんな意図が透けて見える。スケスケだわ。

完全にどうでもよくなった私は冷蔵庫から麦茶の代わりに缶チューハイを取り出すと、一瞬の躊躇《ちゅうちょ》もなくフタを開けてぐびぐび飲む。

そうよ？　ヤケ酒よ？　文句ある？

飲まなきゃやってられねーっつーの！

「どうしても迫られて困るってんならマスクでもしたらいいんじゃないのー？　物理的に遮断しちゃえばいいんだし」

「ふーん……マスクか」

銀子ちゃんは温《ぬる》くなった麦茶をごくんと飲んで、

「ま、いちおう友達に言っとく」

「ええ。お友達に伝えておいて」

ついでにこうも言っておいてくれる？

『頓死しろリア充《じゅう》。ぶちころすぞ？』って。

☗ 坂梨澄人

「よっ。久しぶりだな坂梨君」

福島駅のガード下。

そのドン詰まりにある、カウンターしかない小さな寿司屋《すし》。

『カラっ風《かぜ》』という名のその店に入った俺を出迎えたのは――明日、三段リーグで戦う相手だった。

「お久しぶりです。あの……ありがとうございます、鏡洲さん」

一週間前。俺はこの人に一通のメールを送っていた。

『鏡洲さんさえよければ、いつもの店でどうですか？』

返事はなかったたし、もらえるとも思っていなかった。もっと言えば、今日ここにこの人が来ている確率も半々だと。

でも鏡洲さんは普段通りそこにいて、いつものように俺を見て笑ってくれて。

「そろそろ来ると思って頼んどいたぞ。好きだろ？　イワシ」

「…………どうも」

三段リーグの序盤で四連敗した自分にとっては共食いのようで微妙な気分だが、大先輩の厚意をムダにはできない。黙って口に放り込んだ。

白魚《しらうお》の軍艦巻きを摘み上げながら鏡洲さんは言う。

「おかしな世界だよなぁ。寿司ネタすら勝負に引っ掛けて『雑魚《ざこ》』を食べたり、出世魚のハマチやスズキを何となく選んじまったりする。『早く上がる』に引っ掛けて麻雀《マージャン》は必ず三人麻雀《サンマー》だしな」

「……最初はバカバカしく思っってても、いつのまにか自分もそうやってゲンを担《かつ》ぐようになってる。こういうの、勝負に染まるっていうんですかね？」

「ふっ……どうだろうな」

「けど鏡洲さんはむしろ奨励会員っぽくないと思いますよ。普通は明日当たるやつと並んで寿司食ったりはしないでしょ？」

「まあトップを走ってるからな。明日、三段リーグで当たる相手と仲良く飯を食うなんて、普通じゃ考えられないかもしれないな」

互いに上がり目や退会・降級もない『終戦』の状態ならともかく、いくら仲が良くても対局前は避けるのが当然だ。

「けど、断らないほうが俺っぽくないか？　坂梨君だってそう思ったからこそメールをくれたんだろ？」

「……ですね」

東西に分かれていることもあり、俺と鏡洲さんは親しかったわけじゃない。

俺たちがこうして会うようになるには一つの切っ掛けがあった。

「さっきそこで九頭竜に会いましたよ。空と鬼ごっこしてました」

「何やってんだあいつらは……」

「あの二人を見てると、こうして例会前に寿司を食うくらい何でもない気がしてきます。やっぱ関西は魔界ですわ」

三年前。

九頭竜八一新四段を誕生させてしまった俺は、そこから酷《ひど》く調子を崩した。

中学生棋士のその後の活躍はイヤでも耳に入ってくる。史上最年少でタイトル挑戦、そして奪取……そんな報道に触れるたび、その切っ掛けとなった将棋を思い出した。

『あのとき、この手を指していたら……』

敗れた将棋をずっと引きずって正常でいられるわけがない。次の期はボロボロだ。

壁にブチ当たった時、俺は不思議な行動に出た。

関西将棋会館に行ってみようと思ったのだ。

別に九頭竜を見つけて何かしようってわけじゃない。ただふと思いついて……気づいたときにはもう行動してた。

夜行バスで早朝の大阪駅に辿り着くと、そこから歩いて福島の関西将棋会館まで来て、ふらっと棋士室に入って……。

そこで俺を受け容《い》れてくれたのが鏡洲さんだった。

『坂梨君じゃないか。よかったら将棋を教えてくれないか?』

そして俺は鏡洲さんに完膚《かんぷ》なきまでに負かされた。手も足も出なかった。

それだけじゃない。

あの頃はまだ級位者だった椚創多《くぬぎそうた》なんて化け物とも初めて指した。関東じゃあ噂《うわさ》だけしか聞いてなかったが……笑っちまうほど強すぎて、早指しで十連敗くらいした。

自分よりも強いのに。

自分よりもずっと長く苦労しているのに。

それでも四段になれない人がいる。

それを知ったとき……下らないことで悩んでた自分が急にちっぽけに思えて、俺は再び将棋に向き合うことができたんだ。

「あのとき……朝早くから棋士室に集まって将棋を指してる鏡洲さんたちを見て、自分に足りないものがわかりました。ありがとうございます」

「坂梨君は強かったからさ。将棋を見れば勉強してるかどうかはわかるだろ? 自分にも何か得られるものがなけりゃ誘わないよ」

その言葉は半分本当で半分嘘《うそ》だろう。

立ち直った今ならともかく、あのときの腐った俺と将棋を指しても得られるものなんてなかったはずだから。

「それから、今期もありがとうございます」

「ん？」

「開幕から四連敗して、絶望で盤の前から立ち上がれなかったとき……ちょうど関東に来てた鏡洲さんに『まだまだじゃん！　頑張ろうぜ？』って言ってもらえたから、何とか立ち直ることができました。その礼を直接言いたくて」

「おいおい急にどうしたんだ？　礼なんて言ってもここの勘定は割り勘だぞ？」

「四連敗して、運転免許を取りに行くことにしました。学歴もない上に車も運転できないんじゃあ就職は難しいでしょうからね」

「辞めるのか？」

鏡洲さんは驚いた顔をする。

「勝ち越せばまだ延長できるだろ？　俺みたいに」

「いえ。今年で辞めるつもりです」

「…………そうか」

考え直せ、とは言われなかった。

俺が食事に誘うメールを出した時点で察する部分はあったんだろう。

「……偉いな。坂梨君は」

「いえ。諦《あきら》めずに勝ち越し延長を続けた鏡洲さんのほうが――」

「俺はさ、怖いだけなんだ」

喰《く》い気味に鏡洲さんが言った。その言葉の激しさに、はっとする。

「生活の全てが将棋に染まりすぎてて、外の世界に出るのが怖いだけなんだよ。本当はもっと前に将棋から心が離れてたんだ。辞めてるのと同じだったんだよ」

「そんな――」

「三段に上がってすぐにタイトル戦の記録を取った。名人と月光先生のゴールデンカードさ。楽しくて、凄すぎて、いつまでもずっと記録を取っていたいと思った……」

鏡洲さんは何かを吐き出すかのように喋《しゃべ》り続けた。

俺は黙って先を促す。

「感想戦で月光先生が俺に『何かありましたか？』って声を掛けてくださって。記録を取りながらずっと考えてた手を言ってみたら、今度は名人が『そうか。いい手ですね』ってさ……その言葉にどれだけ励まされたか」

その気持ちは痛いほどわかる。記録係をやった最大のご褒美だ。

「でもこの三段リーグが始まる前に記録係をやった時は……一日目の昼からもう『正座がつらいな』って考えてる自分がいたんだ」

「っ……！」

「愕然としたよ。いつからこんなふうに心が将棋から離れちゃったのかなって。それがいつからだか思い出せないことにも……愕然としたんだ」

「けど鏡洲さんはトップを走ってるじゃないですか！　将棋だって、凄い切れ味で……将棋から心が離れたなんて思えませんよ！」

「まあな。その時、約束したからさ」

「約束……ですか？　誰と？　何を？」

「……………」

鏡洲さんは答えない。

願掛けみたいなものだろう。俺もそれ以上は尋ねなかった。

「ところで、椚創多が空に負けたって本当ですか？」

「ああ」

「開幕局で空に逆転負けした俺が言えることじゃないかもしれませんが……椚が負けたらダメでしょう？　一体どうしたんですか？」

「あいつは甘いところがあるからな。気を遣ったんだろ」

「何にです？　三連敗してた空の心情や体調に、ですか？」

そこまで仲の良い感じはしなかったが……。

とはいえ椚は小学生。棋力は十分でも精神面で四段に上がれない例は腐るほどあるし、立て直せないままならこのままズルズル行くことも——

「おいおい二五歳の坂梨君よ。十一歳の天才を心配してやるなんて随分と大物になったなぁ？」

「っ……！　心配をしてるわけでは……」

「明日の一局目は辛香さんだろ？　あの人は今の関西奨励会の礎《いしずえ》を築いた人だ。将棋は古いが心は強い。甘く見ないほうがいい」

「『辛香理論』ってやつですか？　確かに関西のクソ粘りには手を焼かされましたからね」

「フッ。そんな甘いもんならいいがな……」

甘い？　どういう意味だ？

「大将。締めをお願いしていいかい？」

鏡洲さんがそう声をかけると、待っていたかのようにカウンターに二貫、同じものが並ぶ。

『玉子《ギョク》』。

寿司の世界は玉子をギョクと呼ぶ。そこから、棋士のシメは『ギョクを取る』にひっかけて玉子になった……ちょっと強引《ごういん》な気もするが。

俺はそれを一口で。

鏡洲さんは味わうようにゆっくりと食べる。

「明日はいい将棋を指そう。お互い……悔いの残らないような将棋を」

店を出る時、鏡洲さんは笑顔でそう言った。そして握手して別れた。

第二譜

「《浪速《なにわ》の白雪姫》と対局できるなんて光栄です。今日はよろしく！」

盤の向こうから差し出された手を、私は驚いてただ見詰めていた。

関東から遠征してきた傘杉《かさすぎ》三段は盤の上で宙ぶらりんになってる右手をさらにこっちに伸ばして握手を促してくる。

「空《そら》さん？」

「あの……すみません。これから戦う方と、握手は……」

「そうですよね！　お気になさらず」

笑顔で手を引っ込めると、傘杉三段はようやく駒《こま》を並べ始めた。

──これが噂《うわさ》の《スポーツマン》か。爽《さわ》やかな人ではあるけれど……。

はっきり言ってしまえば苦手なタイプだ。

傘杉三段は二十代前半の古株に当たる三段で、体育大学を卒業したという異色の人物。教員免許も持っているという。

──今期はここまでたった二勝しかしてない。でもこの明るさ……体育会系だから？

三段リーグ第13・14回戦を、私は関西将棋会館で迎えた。

半年間続くリーグ戦も、今日を含め残りは三回。

しかも最終日は全《すべ》ての三段が関東で対局するため、慣れ親しんだこの場所で対局できるのはあと二回。

——上がるためには一局も落とせない。全部勝つ！

そう気合いを入れているのは私だけじゃない。

対局場の空気は、今までの三段リーグとも明らかに違う。

トップ集団は『負けない』ことを目指して沈鬱《ちんうつ》なほど冷静さを保とうとしている。

私を含めた第二集団は『とにかく勝つ』とギラギラした闘志を放つ。

しかし誰《だれ》よりも異質な空気を発散しているのは……ここまで星が伸びず、退会や降級がチラつき始めた人々だ。

目の前にリアルな『死』を突きつけられた成績下位の三段たちは、首に掛けられたロープが絞まった状態で……酸欠と絶望でパニック状態になったまま将棋を指すことを強要される。

そして相手を務める私たちにも求められるのだ。その首を切る覚悟が。

『感情のピーク』。

普通に生きていては経験できない。そんな極限状態での将棋は、三段リーグ以外にはこの地球上のどこにも存在しないだろう。

胸の中で爆発《ばくはつ》するいくつもの想《おも》いを礼節の殻に閉じ込めて、私は頭を下げた。

「……よろしくお願いします！」

「こちらこそ！　お願いします‼」

大きな声で返事をした傘杉三段は、キビキビした手つきでテンポ良く攻めを繰り出してくる。

マラソンにたとえれば先行逃げ切り型だろう。

序盤でリードを奪い、そのまま逃げ切ろうという魂胆だ。

後手番《ごてばん》の私は形勢を離されないよう、相手の背後にピッタリとくっ付いて耐える。

――今は耐える。今は……。

創多《そうた》との一戦を経て、私の将棋は格段にレベルアップしていた。自分でも『強くなった』とわかるほど好調が続いている。

ネットを使った練習将棋でもほぼ負け無し。

終盤に手が見えるのもそうだけど……特に際立《きわだ》ってるのが、中盤と終盤の切り替えだ。

――ここッ！　ギアを上げて一気に突き放す‼

それまで相手のペースに合わせていた私は、向こうの息《せめ》が切れる瞬間を見計らってスパートをかけた。受けを手抜いて攻めに転じ、カウンターを決める。

それが自分でも驚くほどにハマるのだ。

「くっ！　…………強いな…………ここまでとは……」

傘杉三段がボソッと呟《つぶや》き、私の表情を盗み見る。そして焦《あせ》ったようにチェスクロックの時間を確認した。

ジリジリと減っていく持ち時間。

快調に攻めているときは気にならなくても、そこから耐える展開になったときの時間の減り方は異様なほどに早く感じるもの。

たちまち傘杉三段は一分将棋に突入した。こっちはまだ三十分以上残している。

――しかも局面は既に私の優勢……いや、勝勢はある。

冷静に形勢判断をした私だったけど、慌てて気持ちを引き締めた。

以前、八一《やいち》がこんなことを言っていたから。

『三段リーグの終盤は負けてるやつほど強くなります、、、、、、、、、』

もう勝ち越しを決めてる人間にとっては消化試合。

しかし全く勝てなくて退会や降級がチラついている人間は、死力を尽くして抵抗する。

――まさに窮鼠猫《きゅうそねこ》を嚙《か》むってところね。

この傘杉三段も今期は『鼠《ねずみ》』に分類される成績。たとえ勝ち目がなくなっても最後の最後まで抵抗してくるだろう。仕留めるのは容易ではないはず。

――油断は禁物！　相手が投了《とうりょう》するまでは盤上にだけ意識を注《そそ》ぐ！

「ッ……時間が………ええいこれしかないかっ‼」

やがて傘杉三段が、秒に追われてやや慌てた手つきで着手《ちゃくしゅ》する。

そして私が腰を据えて最後の読みを入れようとした、その瞬間だった。

「しっ、失礼しますッ!!」

叫ぶようにそう言って立ち上がった傘杉三段が、バタバタと対局室を出て行ったのだ。

何が起こったのか理解できなかった。

「え？　…………ええっ!?」

まさか…………。

一分将棋に入ったのに…………トイレに行った？

「…………嘘《うそ》でしょ？」

隣で対局してる他の三段たちも将棋を指す手を止めて、驚いた目でこっちを見ている。

瞬間的にこう思った。

──指せば時間切れで勝てる！

私がすぐに指せば、相手に残された時間はわずか一分。

トイレに行って戻って来るにはギリギリの時間だ。

しかも傘杉三段は戻って来て着手しなければいけない。棋譜《きふ》を取っていない三段リーグでは
どの駒を動かしたのかすぐには把握できないから──

──ここで有り得ない手を指せば混乱させられる！　勝てる!!

指し手の流れに沿った手なら相手もすぐに気付く。

けど意表を突いた『一手パス』のような手を指せば混乱させられるはず。いけるっ！

――でも……もしここで私が指せば、噂は一瞬で広まる……。

『あいつの一勝は時間切れで勝ったやつだろ？』

『本物のプロじゃないよな』

永久にそう言われ続けるのは目に見えてる。卑怯《ひきょう》な時間責めで得た、偽りの四段だと。

――この局面なら時間切れにしなくても普通に勝てる。だったら……。

ただ……じゃあ仮に指さなかったら？

『空は意外に優しい』

『トイレ行きたくなっても待ってくれるから一分将棋になっても怖くないな』

そんな評価は人間としては嬉《うれ》しくても勝負師としては不利にしかならない。それにここで終わってくれたら、二局目のために貴重な体力を温存できる。

――どっちが正解なの⁉　どっちが……？

この瞬間、私の頭から将棋の形勢に関する一切《いっさい》が消えていた。

勝勢から一転、『感情のピーク』を迎えたのだ。

その状態で決断した。

――迷ってる時間がもったいない！　何でもいいから指すッ‼

慌てて盤へ手を伸ばそうとした私は…………ふと視線を感じて、動きを止める。

そして気づいた。

トイレに行ったはずの傘杉三段が襖《ふすま》の向こうに立っていて、じっと私を見詰めていることに。

「ッ……⁉」

少しだけ……ほんの少しだけ開いている襖の隙間《すきま》から、こっちを覗《のぞ》き見ている傘杉三段の目が、常軌《じょうき》を逸した輝きをギラギラと放っていた。

そして無言のはずのその目がこう叫んでいる。

『指せ！　早く指せッ！　さっさと悪手《あくしゅ》を指せよッ‼』

その瞬間、逆に冷静になることができた。伸ばした手を引っ込める。

……そうか。そういう『手筋《てすじ》』だったのね。

落ち着いて考えれば相手の策はすぐに読めた。

ここで私が慌てて指せば、持ち時間が残っているのにそれを放棄したことになる。

そして形勢を考慮する余裕を失った一着は、普通に指すよりも悪手を指す確率が飛躍的に高まるだろう。

――危なかった。もう少しで間違った選択をするところだった……。

「すぅぅー…………ふぅぅ……」

深呼吸して気を鎮めると、心の隙《すき》に滑り込んで来た邪念を振り払って、じっくりと読みを入れる。

そして冷静に、正々堂々と、流れに沿った手を指した。

戻って来た傘杉三段は「チッ」と舌打ちしてから、ふて腐れたように駒を投じる。そこに爽やかな《スポーツマン》の面影は微塵《みじん》もない。

「……ありがとうございました」

今度は『こちらこそ』という返事はなかった。

渇望していた白星を手に入れても、達成感はない。

自分の求める大切なものを汚された気がした。

──まともにやれば勝てたかもしれないのに……どうして？

そんな判断力や人として最低限の礼節すらも奪うのが三段リーグなのだとしたら、そんなことをして将棋に何の関係があるんだと思ってしまう。

──地獄ね、ここは……勝っても負けても。

ベテランの三段が感情のピークで見せたその顔に……なぜか私が、ひどく傷ついていた。


結局この日、私は連勝で切り抜けることができた。第二集団はトップと違ってとにかく勝つことだけを目指せばいいから、気持ち的には一番楽なのかもしれない。

しかしそんな甘い考えはすぐに打ち砕かれる。

「また連勝か。強いな」

幹事のところへ報告に行くと、いつもは無口なその人が珍しく褒めてくれた。

「ありがとうございます」

私は素直に頭を下げる。

「……けど三敗もしてるようじゃ、昇段はかなり幸運がなければ無理ですよね」

「そうでもない」

「え？」

「上位陣が星を喰《く》い合い始めた」

白黒の星が押された三段リーグの表をこっちに示しつつ幹事が口にした言葉は、将棋を指している時は保てていた平常心を私からいとも簡単に奪い去った。

「ッ…………!!　…………あ…………あ、あ……………」

動悸《どうき》と、そして息切れ。

今まで感じたことのない凄《すさ》まじいプレッシャーで過呼吸になった私は、掻《か》き毟《むし》るように胸を押さえてその場に蹲《うずくま》る。

——ま、負けられない……勝たなきゃ……どんなことを、い、い、い、してでも……！

傘杉三段のように襖の陰で息を潜める自分の姿が思い浮かび、慌ててその妄想を振り払う。

本物の感情のピークで自分がどんな顔を見せてしまうのか……それが堪《たま》らなく怖かった。

☗ 星勘定

「おはようございます！　今日はよろしく！」

これから殺し合いをするとは思えないほど元気のいい挨拶《あいさつ》をされて、坂梨澄人《さかなしすみと》は呆然《ぼうぜん》と相手を見返す。

辛香将司《からこしょうじ》三段。

年齢は四十代。

一局目の相手であるその男は、三段編入試験を経て関西奨励会に再び甦《よみがえ》った。

その辛香は早々に下座《しもざ》に腰を下ろすと、二十歳近く年下の坂梨に笑顔と上座《かみざ》を提供する。

「さ、どうぞ上座へ。坂梨先輩」

「いえ。それは――」

「いやいやいやいや！　僕は出戻りやから。ささ！　どうぞどうぞ！」

異様に元気のいい挨拶。慇懃無礼《いんぎんぶれい》とも感じる上座の譲り合い。どちらもドライな関東には存在しない、関西独自の風習だった。

「じゃあ……失礼して」

対局前の面倒な儀式を、坂梨は相手の要求を全て受け容《い》れるという形で省略した。

――上がり目のある状態なら拒否もしようが……。

自分はもう四敗。死に体だ。

対する辛香は、鏡洲《かがみず》と同じ一敗でトップを走っている。

その辛香について坂梨は、既に対局を終えた関東の三段連中から評判を聞いていた。

『金銀が六枚くらいあるんじゃないかと思えるような将棋』

自陣に駒を埋め厚みを築くその棋風は、関西奨励会に共通する勝つのではなく負けないことを目指す将棋だった。

――辛香理論……まさかその創始者と奨励会で盤を挟むとはな。

アマチュアでもトップクラスになると棋譜が残る。坂梨はこの三段リーグが始まる前から辛香を警戒し、その棋譜を調べ、対策を研究していた。

――三段リーグが始まる前にやっといてよかった……。

序盤でその対策を披露しながら、坂梨は苦笑する。四連敗した後では研究しようという気力も起こらなかったろう。自動車学校の学科の勉強を優先したはずだ。

そんな研究の成果もあって対局は序盤から坂梨ペースで進む。

――だが、ここからがしぶといはず。

胡座《あぐら》にしていた足を正座に戻すと、坂梨は長い長い中盤の捩《ねじ》り合いと、果てしなく続くであろう終盤戦に備えて気合いを入れ直した。

たとえ既に死に体であろうと、一度盤の前に座れば死力を尽くすのが奨励会員。

その矜持《きょうじ》を胸に、坂梨は辛香の次の一手に備えるが――

「うん。負けました」

「は？」

坂梨は思わず声を上げていた。

辛香の次の一手は……投了だったのだ。

驚くほど呆気《あっけ》ない幕切れ。他の対局はまだ中盤といったところだ。終盤でひっくり返されないよう、坂梨がほとんど時間を使わなかったからだが……。

「さすが順位一位！　強い。強すぎるわぁ」

辛香は扇子《せんす》まで開いて坂梨の指し回しを絶賛する。

「いやー、うん。僕の完敗です。序盤で完璧《かんぺき》に作戦負けして押し切られたね。感想戦をやるところもないわ。終わりにしましょ」

「は、はあ……」

「そういえば坂梨先輩、次は鏡洲くんと対局やね？　頑張ってください！」

満面の笑みで激励までされ、坂梨はくすぐったい気持ちで対局室を出る。強豪を相手に自分の作戦がハマッたのは素直に嬉しい。

普段は残り物しか食べられない弁当も、一局目が早く終わったこの日は一番人気の唐揚げ弁当を手に入れることができた。

そして二局目は、一局目とは比較にならないほど激戦になった。

「…………負けました」

幾度もの逆転を経て、最後に間違えたのは——鏡洲飛馬《ひうま》。

「あ…………ありがとう、ございました…………」

肩で息をしながら坂梨は頭を下げる。下げた頭をしばらく上げられないほど疲れていた。

しかし同時に、二人にとって最高の棋譜が残ったという充実感もある……。

「やっぱり強いよ、坂梨君は……」

悔しさと清々《すがすが》しさの混ざった表情で鏡洲は言う。

「いや……体力の差です。鏡洲さん、一局目は千日手《せんにちて》になってたでしょ？　昼も食べられなかったんじゃないですか？」

「ああ。さすがにトップを走ってると楽に勝たせてはもらえない……今日は特に疲れる将棋だった……」

鏡洲は天を仰《あお》いで「疲れた……」ともう一度漏《も》らしてから、

「ここ数年はトップに立つことなんてほとんどなかったからな。上がり目がある状態が半年も続くってのは、こんなに疲れるものなんだな……」

「ふっ。俺《おれ》も去年はそうでしたよ。序盤で上がり目がなくなった今年とは比較にならないほど疲れて——」

そこまで言って、坂梨は背筋に氷柱を押し当てられるような寒気を感じた。

「…………疲れ？」

その坂梨の視界の隅に、まだ続いていた最後の一局が映る。

戦っているのは、一局目とは打って変わって鬼のような形相で盤に向かっている辛香。

相手は、この三段リーグにいるのが場違いなほど、小さな子供。

そんな子供に向かって、四十を過ぎた大人が吠《ほ》えた。

「よっしゃぁぁぁぁッ!!　これで終わりじゃぁぁぁぁぁぁぁぁ――――ッッ!!」

バッッッチィイイイ――――ンッッ!!!

両手で駒を持って斧《おの》のように振り下ろした辛香が絶叫すると、盤の向こうに座っていた対局者の小さな肩がビクッと揺れた。

まるで叱《しか》られた子供のように。そして――

「…………まけました……」

泣いているのかと思えるほど小さな声で、椚《くぬぎ》創多は投了した。

その瞬間、観戦していた三段たちが色めき立つ。

「椚がまた負けたぞ……っ！」

「辛香さんが天才に二つ目の黒星を付けた！」

「ノーマル三間《さんげん》飛車で粘りに粘って大逆転だ……すごい将棋だったなぁ……」

前回まで堂々と無敗でトップを走っていた天才少年が、一度は年齢制限で退会した苦労人に負けたのだ。

他人の不幸は蜜の味。それが輝かしい才能を持つ天才の不幸なら、なおさら。

どれだけ取り繕っても奨励会の本質は『脱落』にある。

プロ棋士の人数を増やしすぎないようにする産児制限であり、有望な才能を腐らせ、摘み取るためのシステム……坂梨にはそう思えることがあった。

なぜなら今、将棋界に充満している空気が、そう言っているから。

『椚、負けろ』

奨励会員も、プロ棋士も……言葉にはしないが、そう思っている。

──もう昇段を諦《あきら》めた俺くらいだろ。椚が上がっても何とも思わんのは。

むしろ坂梨は、椚の圧倒的な才能で現在の将棋界をブチ壊して欲しいと思っていた。

「ここ、ダメだったな」

「えっ？」

色めき立つ御上段《おんじょうだん》の間で一人、鏡洲だけが盤上に意識を注ぎ続けている。

「俺のこの手だよ。最後の最後まで守り続けるつもりだったのに、それができなかった」

「あ、ああ……そうですね。代えて、こうなら──」

坂梨も慌てて盤上に意識を戻す。

けれど二人が感想戦を続けるあいだも、三段たちの話し声は止まない。

「順位はどうなったんだ？」

「トップは鏡洲さんのままだけど……一敗勢が仲良く負けてみんな二敗になったから──」

「先期の順位の差で鏡洲、辛香、椚だな」

「このままなら昇段は鏡洲さんと辛香さんか。椚との直接対決を制したわけだから、順当だな」

「やっぱ強《つえ》ぇな。あのオッサン」

「いや。椚が割と大したことないのかもしれんぞ？」

「意外と脆《もろ》かったな。しかしこうなると、三敗勢にもチャンスが──」

敗れた創多の心の傷に毒を塗るかのように奨励会員たちはヒソヒソと言葉を交わす。

そして辛香の大きな声が聞こえてきた。

「いやー！　一局目で坂梨先輩に負けた時はもう終わりや思ったけど、それがよかったんやね！　勝つしかないと捨て身で行ったから！　僕みたいな凡才が天才に勝つには捨て身やないと！　目の前の一局に全てを懸けて戦うのが奨励会員やん⁉　それ忘れたらあかんわ」

聞いていた奨励会員たちは感心したように頷《うなず》くが、

「……一局に…………全てを……？」

その瞬間、坂梨の中で今日の全てが繋《つな》がった。

──もし一局目で俺と辛香さんが潰《つぶ》し合えば……どうなっていた？

辛香は坂梨に勝てても、疲弊した状況では創多に勝てなかっただろう。

坂梨も、疲れ果てた状態で鏡洲に勝てたとは思わない。一局目で鏡洲が疲弊していたから、体力の差でかろうじて勝てた。

結果的に……辛香は先期順位一位の坂梨と、椚創多という天才との連戦を、一勝一敗で切り抜けることができた。そして競争相手にも黒星を付けることができた。

導かれる結論は一つ。

『辛香将司はわざと坂梨に負けた』

トーナメントは全て勝たなければ終わる。

しかしリーグ戦は星勘定。

辛香は自分も一敗することによって、鏡洲と椚にも黒星を付けた。そうすることが最も自分の利益になると理解していたからだ。

——そうとも知らず俺はアホみたいに喜んで……その勢いで恩人に土を付けたわけか！

自分のバカさ加減に腹が立つ。

だが坂梨には別の気持ちのほうが強かった。

疲労困憊《ひろうこんぱい》の状況でも真面目《まじめ》に感想戦を続ける鏡洲に付き合いながら、坂梨は誰にも聞こえない声でこう吐き捨てていた。

「道理でいつまでたっても上がれないわけだ………甘すぎるからな。俺も、鏡洲さんも……」

☖　ガチャガチャ

「ただーいまーっ‼　ふぅ、思ったより遅くなっちゃったなー」

帝位戦の展望記事のため梅田《うめだ》でインタビューと写真撮影を受けてから家に帰ると、もう夕方になっていた。

「ついつい話に熱が入っちゃって。ま、いっか！　姉弟子《あねでし》も連勝したし！」

帰りがけに幹事から連絡を貰《もら》って気をよくした俺は、今日はＪＳ研をやってるはずだからと話題のフルーツタルトをおやつにたくさん買って来たんだけど……。

　何か、様子がおかしい。

「あれ？　駒音《こまおと》も話し声も聞こえない…………けど、みんないるな？」

玄関に靴はある。

女子小学生特有の小さな靴が四足、きれいに並べてある。かわいい。

しかし……静かすぎるのだ。

小学生にしか発し得ない、あの元気のいい騒々しさ。たとえ「静かにしなさい！」と言っても、どうしても静かになりきれない、あの無秩序に放射されるＪＳパワーを感じないのである。

「この俺が、小学生の気配を感じられない……だと？」

そんな馬鹿《ばか》な！

「……将棋を指しすぎて、みんな疲れて寝ちゃってるのかな？」

だったら起こすと悪いと思って静かに靴を脱ぎ、部屋の中に入る。

するとそこには――――予想外の光景が広がっていた。

四人とも和室じゃなくて台所のテーブルに向かって、黙々と何かを書いているのだ。

「みんな、将棋も指さずに何やってるんだ？　夏休みの宿題？」

「内職だよ！」

澪《みお》ちゃんだけが顔を上げて元気よく答えてくれた。他の子は集中しきっているのか、手を止めようとしない。

特にあいの姿には鬼気迫るものがある。まるで紙に念を込めるかのように、黙々と文字を綴《つづ》っていた。なんかこわい。

「な、内職？」

「そうです。夏祭りで販売するガチャガチャの景品を執筆中なのです」

一区切りついたらしい綾乃《あやの》ちゃんは使っていたカラフルなペンにフタをすると、書き終えた紙を器用に小さく折り畳んでいく。

「んんー？　何をして………あっ‼」

まるで折り紙のように綺麗《きれい》に折り込まれたそれに、見覚えがあった。

「それって……よく学校で女子が授業中に作ってる手紙じゃないか⁉」

男子は決して中を見ることができずただ『向こうに渡して』とリレーのバトンみたいに中継することしかできないあの手紙だ！　懐かしい!!

　澪ちゃんが言う。

「いま、ガチャガチャに女の子の手書きのお手紙を入れて売るのが話題なんだって！　それならお金もかかんないから、みんなで手分けしてたくさん書こうってことになったんだよー。ね、あやのん？」

「はいです。うちたちがそれぞれ文面や筆跡に個性を出して、ついついガチャを回したくなるような魅力的なお手紙を量産しているのです」

「しゃうもー！　しゃう、がちゃがちゃしゅきだかぁ、いっぱいかいたんだよー？」

「そんなのガチャガチャで売ってんの⁉」

　確かに何でもガチャガチャで売ってるイメージがあったけど、手書きの手紙が売ってるなんて知らなかった！

「っていうか誰が買うんだよそんなの？　そりゃ男子にとっては物珍しさもあるし、興味が全く無いと言ったら嘘になるけど、わざわざ金を払ってまでガチャ回そうとは――」

「ちちょ……しゃうのおてかみ、ほてぃくない……？」

「いただこう。十万円でいいかな？」

　俺は反射的に万券を十枚ほど揃《そろ》えてシャルちゃんに差し出す。

「買ってんじゃーん！　くずにゅーせんせー速攻で買ってんじゃーん！」

「はっ⁉　し、しまった………つい……」

ちなみに将棋界では先輩が後輩に奢《おご》る習慣があるので『タイトル保持者《ホルダー》は常に現金で十万持っとけ』という教えがある。

特に俺は集《たか》ってくる連中に狙《ねら》われてるからな……月夜見坂《つきよみざか》さんとか供御飯《くぐい》さんとか月夜見坂さんとか供御飯さんとか。

「十万円は高すぎるです。ガチャガチャは一回二百円なのです。経費を差し引いても、それで十分すぎるほど儲《もう》けが出る計算なのです」

スマホの電卓機能を使って利益を表示する綾乃ちゃん。

ふむ。確かにこれだけ稼げれば、あとは普通に指導対局をするだけで費用はペイできるし、来年の準備資金まで確保できそうだ。

「ま、まあ……確かに魅力的な商品であることは認めざるを得ないかな？　一回二百円ならネタでガチャ回してみようって気にもなるだろうし」

四人分のお手紙を揃えようと思ったら最低でも八百円。ガチャが被《かぶ》ることも考えれば千円くらいは必要だろう。

需要と供給をマッチさせた見事な戦略！　小学生が考えたとは思えない。プロの仕事だ。

「それにしてもこんな商売、誰から教わったの？」

「「晶《あきら》さん」」

シノギじゃねーか。

澪ちゃんと綾乃ちゃんが詳しい経緯を語る。

「お祭りの屋台で何を売ったらいいのか連盟道場で相談してたら、ちょうど一人で来てた晶さんがアドバイスしてくれたんだよね。すっごい的確で助かっちゃった！」

そりゃあの人は本職だからなぁ……。

「お礼に『鬼殺《おにごろ》し』を教えてあげたのです」

ハメ手じゃねーか。

「そだ！　くずりゅーせんせー、ちょっと澪の書いたお手紙を読んでみてよ！　んで感想とか教えてほしーな！」

「それはいい考えなのです。ターゲットであるロリコ……こほん。男性の意見は貴重なのです」

綾乃ちゃんいま俺のことロリコンって呼びかけた？

「どれどれ……？」

まあ、細かい事はいい。

俺はちょっとドキドキしつつ、折り畳まれた手紙を開封する。鉛筆で下書きをしたのか、香り付き消しゴムの甘い匂《にお》いがふわりと広がる。

そこには女子小学生特有の丸っぽい文字で、こんな言葉が記されていた。

おにーちゃんへ。

いつも澪のこと大切にしてくれてありがと！

あのね？　このまえ相談したこと……おぼえてるかな？

そう。澪がクラスの男子から告白されたことだよ。

澪、いろいろ考えたんだけど……やっぱり断ることにしたんだ。

だってね？　澪にはもっと大事な人がいるってことに、気づいちゃったから……。

いつか男気をだして、澪が告白するから……それまで待っててね？

だいすきだよ！　おにーちゃん♡♡♡

「俺も大好きだよッ!!」

「わっ!?　び、びっくりした……」

手紙を握り締めて絶叫する俺を見て、澪ちゃんは物理的に引いた。三歩分ほど離れた。

「もちろん本物じゃないよ。でもドキドキするっしょ？」

「危うく澪ちゃんの告白を待つ前に自分から逆告白しようとしてたよ」

まだドキドキしてる俺に、綾乃ちゃんが冷静な説明を加える。

「名古屋《なごや》で売っている本家のガチャガチャは、あらかじめ用意された例文を本物の女子高生さんが手書きで書いたものを販売して、大ヒットしたそうなのです。ちなみに例文を考えたのは男の人なんだそうです」

「筆跡が女子ってだけでここまでリアリティーが増すとは……」

ってていうかアレだ。

「コピーじゃなくて直筆ってところがポイントなんだろうね。温かみがあるっていうか……気持ちがより強く伝わってくるし」

将棋の免状も竜王や名人が直筆のサインを入れてるけど、やっぱり字の上手《うま》い下手《へた》というよりも直筆だからこそ価値がある。免状と同じようにＪＳの直筆お手紙も誰だって一枚くらい手元に置いておきたいに決まってるしね！

スマホで簡単にメールを送れる時代だからこそ、手紙の価値はむしろ高まっているんだな。

「夏祭りのために頑張ってくれてありがとう。たくさん書いて疲れたろ？　おやつにタルトを買ってきたから、これでも食べて一休みしてよ」

「「「わーい！」」」

小学生は甘いものが大好き。疲れたＪＳの脳と身体には砂糖とフルーツたっぷりのタルトが何よりのご褒美……のはずなんだけど。

あいだけはタルトに目もくれず黙々と手紙を書き続けている。すごい集中力だ……。

「おっと。あい、一枚テーブルの下に落ちてるぞ？」

俺は身を屈《かが》めて弟子の書いた手紙を拾い、ついでに内容を確認した。

こんにちは。

いつもうちの師匠がおせわになってます。師匠の一番弟子の、あいです。

対局中は個人的なお話はできないので、こうしてお手紙を書かせていただきました。

はっきりもうしあげます。

師匠にちょっかいかけるの、もうやめてもらえますか？

先輩の立場をふりかざして研究会とかVSとか、ひんぱんに誘うのって……。

それって二人っきりになりたいだけですよね？

そういうの、パワハラいがいのなにものでもありませんよ？

師匠も本当はすごく迷わくしてると思います！

いいかげん、師匠のやさしさにあまえてるだけって気づいてくださいね？

師匠はあいのことを一番に考えてくれてますし、あいももっともっと師匠から将棋を教わりたいんです。ほかにも、いろんなこと、いっぱい……。

ふたりの気持ちは通じ合ってて、あなたが入り込むすき間なんて1ミリもありません。

わたしたちの大切な時間をこれ以上うばわないでください！

あと、このお手紙のことを師匠に言ったら……人生が詰むと思ってくださいね？


……………え……？

「うん。ちょっと……あい？　こ、このお手紙は、不特定多数というよりも……特定の誰かに宛てたもの…………なの、では……？」

「…………」

あいは黙々と動かし続けていた蛍光ペンをピタリと止めると、あの大人びた笑顔を浮かべ、優しい声でこう言った。

「おこころあたりがあるんですか？」

「え⁉　い、いや…………特に……そういうわけでは…………」

「じゃあ問題ありませんね？」

「あ…………はい…………」

あいはお手紙の量産体制に戻った。タルトには見向きもせず。

こ、これは……俺と姉弟子の関係に気づいている……？　いやでもあいは姉弟子に対して元々こんな感じだったし……っていうかこの手紙見られたら俺があいに何の説明もしてないって姉弟子にバレて殺される……。

だ、大丈夫大丈夫！

姉弟子の目に入る前に全て回収しちゃえば問題ない。つまり俺が買い占める。い、いくらかかるんですかねぇ……？

山のように積み上げられたあいのお手紙を見て震える俺に、タルトを上品にナイフとフォークで切り分けながら綾乃ちゃんが説明してくれる。

「それは師匠と弟子パターンなのです。将棋の屋台で販売するので、そういうのがあるのも自然だと思うのです」

「自然？？？　かなぁ？？？」

そもそも将棋の弟子は師匠の恋愛に対して何も言わないと思うんだけど……。

「基本的に、年齢差のある男女のストーリーが受けるのです。メインターゲットはロリコ……こほん。大きなお兄ちゃんなので、当然なのです」

豪快に手づかみでタルトを食べていた澪ちゃんも誇らしげに胸を張る。

「いろんなバリエーションがあるんだよ！　学校の先生と生徒とか、部活の先輩と後輩とか！」

「全八種類なのです」

「なるほどねぇ。それは確かに気になって全部集めてみたくなっちゃうかも」

っていうかマジで何百回くらいガチャを回す必要があるんですかねぇ……？

ゲンナリしていると、タルトで口周りをべとべとにしたシャルちゃんが、お手紙を持って俺に抱きついてくる。

「ちちょー！　しゃうのもみてー」

「どれどれ？」

失敗した折り紙みたいになってるシャルちゃんのお手紙を広げて、中を見る。

『お正月　しゃる』

……これはお手紙というよりも、書き初めじゃないのかな？

でも漢字が書けるようになったのでエライと思いました。よーし九頭竜《くずりゅう》先生お祭りでいっぱいガチャ回しちゃうぞ!!

奨励会同期

「お前…………何しに来たんだ？」

京橋《きょうばし》にある銭湯『ゴキゲンの湯《ゆ》』。

番台に座ってレジの小銭を補充していた生石充《おいしみつる》は、暖簾《のれん》をくぐって現れた男を見て、思わずそう言っていた。

「何しにってそら、お風呂に入りにやん？」

ピエロのような笑顔を浮かべたその男——辛香将司はわざとらしく額を右手で拭いながら、

「今日の三段リーグで天才小学生を倒すのに冷や汗かきまくったからなぁ！　早く熱い風呂を浴びてサッパリしたいわ」

「椚創多に勝ったのか⁉　お前が⁉」

「そない驚かんでも。銀子《ぎんこ》ちゃんでも勝てたんやし」

「俄《にわか》には信じ難いな……クソ粘りしか能のないお前の将棋が昇段候補の若手に通用するとは思えんのだが？」

「あのソフト発祥の、金を座布団《ざぶとん》みたいに玉の尻に敷く妙ちきりんな囲いを使われたけど、まあ何とかなったわ」

「っ！　……あれか……二ツ塚《ふたつづか》とかいう、於鬼頭《おきと》の信者みたいなヤツが指し始めた……」

『ソフトとだけ指して奨励会を抜けた』と豪語し、奨励会時代から《ソフト翻訳者《トランスレーター》》の異名を持つ関東の若手が披露した新戦法だ。

振《ふ》り飛車《びしゃ》党の使う美濃《みの》囲《がこ》いのように素早く囲えて、しかも固い。そのため居飛車《いびしゃ》側が捌《さば》いて勝つという逆転現象が起こる。『先に駒損《こまぞん》しても大駒が捌ければ悪くない』という振り飛車の価値観が全く通用しない、新時代の囲いだった。

——あれがあったから俺は於鬼頭との番勝負《ばんしょうぶ》で振り飛車を捨てた。なのに……！

「ま、いくら才能があろうが、パソコンを使うのが上手《うま》かろうが、結局はまだまだ子どもや。付け入る隙はいくらでもあるいうことよ」

「隙……だと？」

銀子の主治医でもある明石圭《あかしきよし》を加えた三人で『関西奨励会の三羽烏《さんばがらす》』と呼ばれた辛香とは、同期だが相容《あいい》れないものを感じていた。

棋才は生石が圧倒的に上。

そう評価されつつも直接対決では辛香によく負けた。天敵と言ってもいい。

――なぜかこいつには俺の捌きが効かなかった……。

芸術《アート》とまで評される《捌きの巨匠《マエストロ》》の華麗な技でリードを奪っても、終盤でしぶとく粘られて勝ち切れない。

生石との研究会で捌きを学んだ銀子が、そんな辛香と対局したらどうなるか……不気味さと不安が心の隙間に忍び込んでくる。

――それが狙いか？　周辺から銀子ちゃんを揺さぶろうっていう……。

随分と迂遠《うえん》な気もするが……有効な手かもしれない。

辛香には警戒していても、信用する生石の言葉は銀子の心を容易く動かすだろう。そして悔しいことに、辛香の突然の訪問に動揺しているのを認めないわけにはいかなかった。

その動揺が出ないよう注意しつつ生石は問う。

「お前、本当は何しに来たんだ？　天才小学生に勝って嬉しさのあまり報告に来るような間柄じゃないだろ？　俺の失冠《しっかん》を笑いにでも来たのか？」

「なに言うてんの充くんホンマ！　寂しいわぁ！　ほら僕、奨励会で一人だけすごいオッサンやん？　話し相手もおらんから、こうして奨励会同期の家に来てん」

「そうかそうか。三段リーグの結果は連盟のホームページで見るからお前の報告は結構だ。風呂入ったらさっさと帰れ」

「もちろん！　早く帰って次の例会に向けて研究せんと。あ、せやせや」

わざとらしい口調で辛香は告げる。衝撃の事実を。

「最終日の模様はネットとテレビで大々的に中継される予定や。ぜひテレビの前で僕を応援して欲しいね！」

「………なん、だと……？」

生石は激しく動揺した……思わず声が震えるほどに。

「銀子ちゃんは女子高生。創多くんは小学生。学生やから取材制限するいう正論には誰も反論できん。けどぼくは？　オッサンやん！　せやから取材オーケーですー。三段リーグの最終日もいっぱいカメラ来ていただきますー」

「三段リーグに……しかも最終日の特別対局室《とくたい》に、カメラを入れようっていうのか？　そんなこと月光《つきみつ》会長が許すわけ――」

「最終日は関東に全員集められて一斉対局。ぼくの新しい師匠を引き受けてくださった関東選出の理事がもう取材の許可を出してますー。前例もあるしね。そうそう関東といえば充くんが高校生の時に三段リーグの最終局で頭ハネ喰らって泣き崩れたベンチ、まだ残ってたわ」

「言われなくても知ってるよ」

そこは生石が関東で対局する際にタバコを吸う指定席だった。今は別に喫煙所が設けられたから使わないが。

「お友達の明石くんに伝えといてや。大事な大事な銀子ちゃんが心配やったら、最終日も東京《とうきょう》の将棋会館に来たらええって。どうせ報道陣だらけで誰が紛れ込んでもわからんしね」

「ッ⁉　辛香、お前──」

どこまで知ってる？　と聞こうとして生石は言葉を飲み込んだ。不用意に銀子の情報を口走って藪蛇《やぶへび》になりたくない。

代わりにこう尋ねる。

「お前……退会してからどんな人生を送って来たんだ？　どうしたらそこまで棋士としてのプライドを捨てられる？」

変わってしまった奨励会の同期に《捌きの巨匠》は問うた。怒りよりも寂しさと共に。

「どうしたらそこまで………将棋を憎めるんだ？」

生石の知る辛香は、泥臭くて才能はなかったが、だからこそ将棋に対しては誰よりも真摯《しんし》な男だった。

関西の奨励会員としての誇りを誰よりも持った男だった。暑苦しいほどに。取材など入ろうものなら真っ先に反発するような、そんな古いタイプの奨励会員……。

「どんな人生……かぁ」

辛香は言う。ピエロのように笑顔を浮かべたまま。

「最初は、ある施設の清掃員」

　中卒で、何の資格も持たず、将棋以外にできることがない二六歳の男に与えられた仕事は、どれも低賃金の単純労働だった。

「それから飲食店のバイト、運送業、警備員、介護職、テレアポ、収穫期のキャベツ畑で住み込みでパートしたり。漁船にも乗ったなぁ。将棋以外のほとんど全ての仕事をやったわ。犯罪スレスレみたいなのもや。生きるためにね」

「……」

「どんな仕事が特に辛《つら》かったか、わかる？」

「さあな。肉体労働か？」

「将棋を知ってる人のいる職場や」

「ッ……！」

「奨励会を退会になったとき、僕はもう二度と将棋なんか指さんと決めた。将棋界の人間とも連絡を取らんと決めた。けど将棋を知ってる人がいる職場では、どうしても将棋が目に入る。プロ棋士の話題も出る。そのたびに……また傷が痛むんや。奨励会時代の夢を見るんや」

　唇を嚙み、血を吐くように、辛香は喋り続ける。

　笑顔のままで。

「将棋は人を生かしも殺しもする。一度殺された僕やから将棋が憎い。憎くて憎くてたまらん……けど、やっぱり僕には将棋しかないんや。殺されようと」

地獄から甦ったその男はピエロのように笑顔を貼り付けたまま、将棋への愛と憎しみを吐露《とろ》した。

「生まれ変わっても棋士になりたい。そう思ったから奨励会に戻った。貶《けな》されようが見下されようが、将棋が指せるならそれでいい。他のものを持ったからこそ……もう一度この手に駒を持つ幸せに気付けたんや」

入浴料の小銭を握り締めた辛香の手が、震えている。

生石は気付いた。

盤を挟んでいた頃は滑らかだった同期の手が……今は荒れて、傷だらけになっていることに。

「今の僕に勝てるのは、僕以上に将棋を指す喜びに気付いてる者だけや。どんなに苦しい局面でも投げ出さず戦い続けることができるのは」

その言葉のどこからが真実でどこまでが嘘なのか、生石にはわからない。ただ……ひび割れて汚れの染み込んだその手だけは、間違いなく真実だった。

思わず圧倒される生石に、辛香は再び軽い口調で言う。

「けどそれは二番目に辛い仕事や。一番は他にある。わかるかな？」

「………いや」

「やろうね。充くんには絶対わからんと思うわ」

そして辛香将司は小銭を番台に置くと、鼻歌と共に脱衣場へ消えて行った。

☖　棋士室

「…………あれ？　創多だけか？」

帝位戦の打ち合わせ（今度は本番）のため連盟三階の事務局を訪れた俺は、久しぶりに隣の棋士室に顔を出した。

いつも研究会で賑《にぎ》わっていた細長い部屋は閑散としていて、その隅っこにポツンと座って棋譜並べをしていた創多は、盤から顔を上げずに言う。

「ええ、ぼくだけです。今日は公式戦もありませんし、最近は人間相手の研究会やＶＳもあまり流行《はや》らないみたいで」

「そっか……ま、そういう時期だよな」

今は夏休み。将棋イベントに駆り出されるからプロも奨励会員もそっちで忙しい。

それに三段リーグも佳境《かきょう》だ。

棋士室の主《ぬし》だった鏡洲さんが来なくなれば、慕っていた後輩たちの足も遠のく。

「『清滝《きよたき》道場』も休止状態か？」

「級位者は相変わらず行ってるみたいですけど。八一さんこそ、清滝先生には会ってないんですか？　帝位戦挑戦の報告とか」

「ん？　あ、ああ……忙しくてな。桂香《けいか》さん経由で連絡はしたけど」

本当は姉弟子とのことがあって気まずいからだ。

も、もちろん正式に付き合うことになったら師匠にも言わなきゃと思うけど……でも姉弟子が四段に上がれる保証なんてないし、俺と姉弟子を本物の姉弟みたいにして育ててきた師匠に俺たちのことを伝えたら反対されるかもしれないし、そうなったらまた駆け落ちとか――

「八一さん？　どうしたんですか変な顔して」

「へ⁉　お、俺いま変な顔してたか⁉」

「してました。何か、鼻の下とか伸ばして……不潔」

ふっ、不潔とな⁉

男子小学生から予想外の言葉を投げかけられて動揺していると、

「……八一さん」

「ん？」

「ぼく……まだ才能、ありますよね？」

いつも自信溢《あふ》れる天才少年には珍しく、その声は震えていた。

「姉弟子と辛香さんに不覚を取ったらしいな？」

「……調子くるうんですよ。『金銀六枚持ったら優勢』とか言って、トドメに使う金駒《かなごま》を自陣に打ち付けて……盤を耕すみたいに、何度も何度も何度も！　あんなの将棋じゃないです！　農民かっての！」

受け将棋というのは、才能の無い人間の足掻《あが》きと見られがちだ。

やはり将棋の華は終盤力。

誰にも読めない複雑な局面を光のように一直線に読み切って詰ます。そこに人は才能を見る。

あいや月光会長の将棋がそれだ。創多は……どちらかというと名人と同じタイプで、直線よりも曲線を思わせる終盤を魅せる。

無論、どんな将棋を指すにも才能が必要なんだが……。

「あんなの将棋じゃないですよ！　ぼくは将棋が指したくてプロを目指してるのに！　全勝ブッチギリで最終日を迎えるつもりだったのに！　そしたら……そしたら……」

ダンッ‼　と手元のファイルを拳《こぶし》で叩いて、創多は歯を食いしばる。

そのファイルに綴《と》じられていた棋譜を見て……俺は創多がなぜ苛立《いらだ》っているのか、なぜ全勝のまま最終日を迎えたかったのかを理解した。

「才能って何ですか？」

「創多……」

「奨励会は才能を試す場所でしょ？　だったら……最初から才能が数字で見えたらいいのに。そしたら――――」

この世界で誰よりも早く奨励会三段になった十一歳の少年は、苦しそうに呻《うめ》いた。

「そしたら、本気で殺し合うことなんてなかったのに」

第三譜

長老席

「おはよう銀子《ぎんこ》ちゃん！　早いね」

八月十五日。三段リーグ15・16回戦の行われる朝。

盤駒《ばんこま》を用意する当番の私が関西将棋会館の対局室へ行くと、先に来ていた人が、重ねた将棋盤をフラフラしながら運んでいるところだった。

白髪頭のその人を見て私はびっくりした。奨励会員ではなく、職員の――

「峰《みね》さん？　お、おはようございます……って、何してるんですか！」

「今日は四階で奨励会試験の一次があるから、例会は三段リーグだけだろう？　人生を懸けた対局なのに盤駒の準備をさせるのは気の毒だからね。代わりにやっておこうかとっととと⁉」

「ッ⁉　危ないっ‼」

考えるより先に身体が動いて、私はバランスを崩して落下する将棋盤から峰さんを守る。

「ごめん銀子ちゃん！　手は……手は大丈夫⁉」

「……安心してください。そんなヘマしません」

右手はどんなことがあろうと守る癖《くせ》がついている。それより――

「ダメじゃない先生！　自分の年齢《とし》を考えてよ！」

「ははは。懐かしいなぁ……銀子ちゃんに先生って呼んでもらえたの、何年ぶりだろう？」

「……もう。ちゃんと反省してる？」

かつて道場で手合係《てあい》をしていた峰さんは、すぐ喧嘩《けんか》したりふざけたりする私と八一《やいち》を優しく注意してくれて……その何百倍もたくさん褒めてもらったっけ。

二階の道場で将棋を指してたあの頃《ころ》はこの《校長先生》に褒めてもらえることが強くなる理由の一つだった。戻りたいと思ったこともあったけど、今はもう悩まない。

二人で準備を終えると、峰さんが部屋の隅を眺めながらポツリと言った。

「銀子ちゃん。まだ『長老席』ってあるのかな？」

「長老席……ですか？」

「うん。御上段《おんじょうだん》の間の、掛け軸の前……ほら、一番奥の隅っこだよ。一番古株で、しかもみんなから『強い』と認められた三段だけが座ることができるんだ」

「確かにそこは鏡洲《かがみず》さんの指定席ですけど……」

「そうか、まだあるんだね。懐かしいなぁ」

奨励会の準備をする手際の良さにピンと来るものがあって、私は尋ねる。

「もしかして峰さん……奨励会員でした？」

「うん。所属は関東だったけど」

以前、私の心が折れた時、八一から聞いた話があった。

本気で死のうとした奨励会員の話だ。私のよく知ってる人だと八一は言ってたけど——

「まさか……将棋会館から飛び降りて、足を折った奨励会員って」

「そんな話まで伝わってるのかい？　恥ずかしいね」

「どうして私には教えてくれなかったんです？」

「どうして……か」

峰さんは寂《さび》しそうに俯《うつむ》いて、

「銀子ちゃん。奨励会を退会した人間が連盟に就職して、職員として生きていくのはね……それはそれは、つらいことなんだ」

「……ごめんなさい。峰さんの気持ちも考えずに……」

「いや、そうじゃなくて」

「え？」

「辞めていく子たちを間近で見て、送り出していくのがだよ」

「あ……」

「自分のことなんてどうでもいいんだ。そりゃ最初はいろいろあったさ。プロになった奨励会の後輩に顎《あご》で使われたりね。でもそんなことは、いずれ慣れる。本当につらいのは……」

ああ……そうか……。

この人は何十年間もずっと、辞めていく奨励会員と自分とを重ね合わせてきたんだ。

プロになるような才能ある人たちは、四段になれた人たちと素直に喜びを分かち合うことができるんだろう。

でも私や峰さんみたいに、才能のない自分にコンプレックスを抱いている人間は、辞めていく人たちにこそ共感してしまうから。

「奨励会に入った時はあんなに将棋が好きだった子どもたちが、辞める時にはもう二度と駒を見たくないと思うほど苦しむんだ。せっかく強くなったのに、その強さすら恨むようになってしまう」

七年前の今日、私がここで試験を受けたように、今年も将棋が大好きな子どもたちが奨励会の門を叩《たた》くだろう。

そしてそのうちの九割以上が辞めていく。

五年後か、十年後か、十五年後か……費やした時間と努力を呪《のろ》いながら。

「そんな姿を見るのがつらくて、つらすぎて……奨励会を退会して連盟に就職した仲間たちはみんな辞めていってしまった……」

——峰さんは……私を自分と重ね合わせていたんだ……。

だから敢《あ》えて言わなかった。

自分の姿を見ることで奨励会を辞めた未来を私がリアルに想像してしまわないように。そしてそれは、ずっと奨励会員を見詰め続けてきた峰さんから見て、私が辞めていく側の才能しか持っていないということでもある。優しく、そして残酷な視線。

──もしプロになれなかったら、私はどうするだろう？

八一と交わした封じ手《ふうて》を永遠に開封できないとしたら……きっと私は、誰《だれ》からも忘れ去られてしまいたいと願うだろう。

そして二度と将棋を……将棋界の出来事を見たくない。

八一が私以外の誰かと、あの夜みたいなことをする……急にそんな光景がリアルに思い浮かんだ。その相手は、私よりも若くて従順で将棋の才能に溢《あふ》れた、あの……。

──いやだっ!!　それだけは絶対に……!!

人魚姫のように泡になって消えてしまえるなら幸せだ。でも現実はそうじゃない。挫折を抱えたまま、生きるために将棋以外の道へ進まなければならない。

それはきっと……死んだほうがマシと思えるほどの、生き地獄。

「それでも将ちゃんみたいに戻って来る子もいるけどね。あれは驚いたなあ！」

「将ちゃん？　辛香《からこ》……将司《しょうじ》さん？」

「うん。彼も長老席に座るほどの強豪だったよ。泥臭くて粘り強い関西将棋の権化《ごんげ》みたいな男でさ。他の奨励会員に随分と影響を与えた」

そのぶん敵も多かったけど、と峰さんは懐かしそうに笑う。

「辞めた後は職を転々として……音信不通になってしばらくして急にアマタイトルを総ナメ。そして遂に連盟を動かして編入試験を実現させたんだ。粘り強い男だよ。本当にね」

「それは……将棋を指しても感じました」

「銀子ちゃん、また当たるんだよね？」

「はい。最終日の一局目に」

「二人ともプロになってほしいなぁ！　鏡洲くんも創多《そうた》くんも、関東の奨励会員も、みんなプロになれたらいいんだけど…………やっぱりつらいよ、見送るのは」

「峰さん……」

「けど、それももうすぐ終わる。定年なんだ。今年で」

「そうでしたね……ありがとうございました。今までずっと……」

「本当はね？　もっと前に辞めようと思っていたんだ。けど──」

そして峰さんは、自分だけが定年まで連盟職員でいられた理由を口にする。

「誰よりも苦しんでいるのにいつまでも将棋に真摯《しんし》な銀子ちゃんがいてくれたから、ここまで続けることができたよ。ありがとう」

「ッ……！　峰……先生……」

「だからお互い……頑張るって言葉は好きじゃないから、最後まで自分らしくいよう」

せっかく準備を手伝ってもらったのに、この後の三段リーグで私は予想外の苦労をした。

対局の後で涙を堪《こら》えたことは、いくらでもある。

けど……対局の前に涙を堪えるのは、初めての経験だったから。

☖　祭りの前

キャッキャ！　ウフフフ！

カーテンの隙間《すきま》から差し込んできた光と共に、小鳥の囀《さえず》りのように高く楽しげな幼女たちの声が漏《も》れ聞こえてくる。

「…………うん？　もう朝か……」

俺《おれ》くらいになると朝はスズメじゃなくて女子小学生の囀りで目を醒《さ》ます。はいはいロリ王ですけど何か？

「ん～～～！　夏休みだからなぁ。毎日みんなで集まって楽しそうですなぁ」

大きく伸びをしていると、机に置いていたスマホの震える音がした。

「誰だ？　……え？　歩夢《あゆむ》？」

表示された相手の名前に驚いて通話ボタンをタップ。ノータイムで芝居がかった親友《ライバル》の声が室内に響き渡る。

『くっくっく……この時間に起きているとはな。闇《やみ》の眷属《けんぞく》にしては朝型ではないか！　それでこそ我が永遠の敵手《ライバル》よ!!』

「朝がメチャ早いお豆腐屋さんに褒めていただいて恐縮だよ。切るぞ？」

大した用件は無さそうなので早々に通話終了しようとすると、歩夢とは別の……俺を優しく起こしてくれた小鳥の囀りのように心地よい幼女の声が聞こえてきた。

『ふっ！　おろかなドラゲキンなのじゃ。わらわがじきじきに連絡してやった超ウルトラレアチャンスじゃというのにな！』

「その声は……のじゃロリ⁉　のじゃロリじゃないか‼」

俺は即座に画面を操作して映像通信に切り替える。歩夢そっくりな格好をした幼女が兄と共に片手を顔の前に翳《かざ》すキメ顔を向けていた。キメ顔ダブルポーズ。ガンギマリである。

歩夢の妹の神鍋《かんなべ》馬莉愛《マリア》ちゃん（小五）だった。

あいと同学年で、頭に獣耳を載っけてるように見えるけど実はそれはお団子にした髪の毛という個性際立《きわだ》つ幼女ちゃん。

なにわ王将戦では澪《みお》ちゃんに敗れたものの、その悔しさを晴らすべく釈迦堂《しゃかんど》一門として今年の奨励会試験に挑戦………ああそうか。

そういえば今日から奨励会試験だな。小学生名人を獲《と》ってるマリアちゃんは明日の二次試験からで――

「つまりこういうこと？　奨励会試験が明日に迫って何だか不安だし落ち着かないから、あいや澪ちゃんたちと将棋を指したりお話ししたりして激励して欲しいと」

『ちっ、ちがわいっ‼』

「じゃあ切るよ？」

『いじわりゅすりゅにゃー！』

獣耳ようじょは半泣きになりながら画面に猫パンチを繰り出してきた。かわいい。

そんな妹を画面から引き離しつつ、歩夢は言う。

『まあそう厳しくするなドラゲキンよ。必ず受かる棋力があろうと、奨励会試験の前は落ち着かぬもの』

無論、本気で切るつもりなんてない。面白《おもしろ》いから遊んでるだけだ。

『ところで帝位戦のことだ。開幕局は我も副立会人として参列するのは知っておろうな？』

「聞いてる聞いてる。よく引き受けてくれたな？」

こいつのことだから貴様のタイトル戦に出るのは対局者としてのみよフハハハハ！　みたいなこと言うかと思ったんだけど。

『自身が対局者でないことに悔しさはある。しかしそれ以上に、この対局だけは現地で観戦すべきだと囁《ささや》くのでな……我の魂《ゴースト》が！』

「於鬼頭《おきと》さんが俺とどんな将棋を指すか気になるわけだ」

『然《しか》り』

「ＡＩだけと研究する棋士と十代の若手との、初めてのタイトル戦か……やれやれ」

『対策を立てるのは容易ではないぞ？』

「ああ……おそらく於鬼頭さんは誰よりもソフトを使いこなしてるし、意図的にソフト以外の感覚を排除してるとすら思う。普通の棋士が想像するよりも、もっと深いレベルで」

於鬼頭さんと対局したことはないが、それでも伝わってくるものはある。

プロ棋士として初めてソフトに敗北したあの瞬間から……そして自ら命を絶とうとしたあの日から、於鬼頭曜《よう》は人間に見切りをつけている。

「……なあ、歩夢」

『何だ？』

「お前、コンピューターになりたいと思うか？」

俺の質問に対する歩夢の答えは明快だった。即答《ノータイム》だ。

『その設問は無意味だな』

「そう。無意味なんだよ」

そして当たり前のことを俺は口にする。

「人間は、機械になれない」

その当たり前の事実を、みんな勘違いしている。

「人類がまだソフトと戦ってた頃ってさ、どうすればソフトに勝てると思ってた？」

『ソフトは終盤が正確すぎる。ゆえに序盤で突き放すしか勝つ手段はない』

「じゃあソフトに人類が完全敗北した後は、どうすればソフトの強みを自分の将棋に活かせると思った？」

『ソフトの終盤は人間には真似《まね》できぬ。であれば序盤を真似すればよい』

「だよな。多分まだほとんどの棋士はそう考えてる」

名人との竜王戦が終わってから、俺は一時的に調子を大きく崩した。

その不調は、名人という史上最強の棋士と長時間盤を挟むことで引き起こされた……と思っていたが、それはおそらくトリガーでしかない。

同時期に導入した将棋ソフト。

名人と同じリズムで将棋を指すことに慣れた俺は、当然ながらソフトでも同じことができると思った。慣れればソフトの序盤も指しこなせると。

桂単騎跳《けいたんきは》ねや、初手《しょて》に見慣れない手を指したり、ソフトがやって見せる妙な囲いも指しこなせると思った。実際それで勝ち星を稼ぐこともできた。

「けどそれは錯覚だった」

序盤でソフトの真似をしても、それは文字通り猿真似《さるまね》でしかない。

「ソフトの強みが発揮されるのは、人類との判断力の差が際立つのは、むしろ茫洋《ぼうよう》とした局面……つまり序中盤なんだ」

人類を遙《はる》かに超越した計算力。

そして圧倒的な計算資源から生成される新定跡《じょうせき》と、それを絶対に忘れない記憶力。

そんなものを持ってる人間は存在しない。

いくら於鬼頭さんがソフトに精通し、その感覚を取り入れようとも、フィジカル的に人類を超えるのは不可能だ。人間は機械にはなれない。

だから――

「於鬼頭二冠といえどもソフトみたいな序盤は指せないし、指してきたならそこが隙《すき》になる」

これが現段階での結論だ。

「頭に電極でも刺して来ない限り、俺は驚かないよ。まあ於鬼頭さんもそのくらいは理解してるだろうから、割とオーソドックスな戦型《せんけい》になると思う。前夜祭の戦型予想はそんなに悩まなくてもいいぞ?」

前夜祭では両対局者が退場してから関係者が翌日の対局の戦型予想をするのが定跡だ。

『見くびるなドラゲキン。その程度のことは我も理解している』

しかし歩夢は怒ったような口調で、

『問題はそのオーソドックスな戦型をソフトの読みで補強した場合だ！　どこまで指しても評価値が下がらぬ、永遠に最善手《さいぜんしゅ》だけを指し続ける鉄壁の研究だ！《捌《さば》きの巨匠《マエストロ》》との玉将戦は実際にそうなったではないか！』

「そこまで読んでたか……さすがは俺のライバルだな」

『茶化《ちゃか》すな！　どれだけ好手《こうしゅ》を指そうが行き着く先は千日手《せんにちて》と持将棋《じしょうぎ》だぞ⁉　どうする⁉』

歩夢は俺の研究を探り出そうとしてるわけじゃない。

純粋に親友《おれ》のことを心配してくれてるんだ。

それがわかるからこそ俺も……研究の核心に触れる答えを口にした。

「考え得る方法は二つある」

そしておそらく於鬼頭さんはそのうちの一つを試している。

人類の発展させた戦型をソフトで補強するという方法を、さらに突き詰める。人間が変わることができないのであれば――

でも俺は別の道を選んだ。より人間らしい方法を。

「実は興味深い棋譜《きふ》を発見してね。ここ最近はずっとそれを解析してた」

『棋譜？　まさか……ソフト対ソフトの棋譜か？　確かにそれならソフトの弱点を探ることができるが――』

「いや。それこそ個別のソフトの癖を探ることにしかならないし、そもそも人間には指しこなせない」

竜王戦が終わってからの八ヶ月間。ソフトに触れた俺は順位戦で引退の決まった蔵王《ざおう》先生に手痛い負けを喫《きっ》したりと、何度も足を滑らせて崖から落ちるような失敗を繰り返した。

どうすればもっと強くなれるのか？

人類最強の名人を倒してしまった以上……その答えがソフトの中にしかないと思い込んで。

けど俺はとっくに答えを手に入れていたんだ。

去年の春、俺の部屋に小さな天使が舞い込んで来た、あの瞬間から――

「解析していたのは、ソフトの棋譜でもプロの棋譜でもないよ。俺にヒントをくれたのはそのどちらでもない」

『では誰の棋譜を？』

「………ＡＩ」

『む？　しかし貴様はつい先ほど――』

なおも話し続けようとする歩夢をマリアちゃんが押しのける。

『むずかしい話はたくさんなのじゃ！　わらわは早く雑草どもと楽しくおしゃべりしたり将棋を指したりして明日への不安を消したいのじゃー!!』

「はいはいはいはいはいはいはい。じゃあスマホそのままね。ＪＳのいる部屋に移動するからね」

俺は自室を出ると、幼女たちの囀りに導かれ和室へと向かう。

おや？　普段は開けっ放しになってる襖《ふすま》が閉じられてるなぁ。

きっと寝てる俺に気をつかってくれたんだろう。

声の数からして三人以上は中にいるっぽい。駒音《こまおと》がしないな。祭りの準備か？

「おはよーう。もうみんなきてるのか？」

そう言って和室の襖をガラリと開ける。

確かにみんなきていたが………きていなかった。

　ＪＳ研は全員集合していた。来てた。

　でも全員何も着てなかった。すっぽんぽんだった。

「「きゃ――――――っ!!　えっち――――――!!」」

　顔を真《ま》っ赤《か》にしてその場にうずくまる、あいと綾乃《あやの》ちゃん。

　澪ちゃんは畳の上に広がってるカラフルな布でみんなを隠そうとする。

　あとシャルちゃんだけは「ちちょー♡」とむしろ嬉《うれ》しそうに俺に抱きついてきた。もちろんまっぱだかで。

　俺も小学生に負けないくらい絶叫ですよ。

「アイエエエエエエエエエ全裸ッ!?　ゼンラナンデ!?」

　あっ！　畳の上に広がってるこの布って……浴衣《ゆかた》!?　じゃあみんな浴衣の着付けをしてたってこと!?

　しかしスマホ越しではそこまで見えないみたいで。

『ま、またすっぱだかじゃと!?　しかも朝から複数の幼女を……やはり恐るべきロリ王よ！　これだけ多くの幼女を孕《はら》み袋にしようとは……！　これも複数冠への布石なのじゃ!?』

「どういう複数冠だよそれ!?」

　妹に続き、兄も俺を激しく誤解する。

『くっ……！　ドラゲキン、貴様……遂に人の道を踏み外してしまったのか！　その悪魔的な棋風だけではなく、魂までも闇に染まってしまったというのかッ‼』

「いやいやいや違うから！　これ今夜のお祭りの準備だから‼」

『パーティー？　そうか、夏休みの小学生を自室に集め、朝からこのように乱れた交わりのパーティーを開こうとは……やはり貴様の魂は闇に染まっている‼　もしもしポリスメン？』

「やめてぇぇぇぇ！　ポリスはらめぇぇぇぇぇぇん‼」

その後、比較的冷静さを保っていた澪ちゃんが対処してくれたおかげで、危うくタイトル戦の直前に対局者が逮捕されるという事態は免れることができた。

マリアちゃんもみんなとお話しできてよかったね！　絶対奨励会合格しろよ畜生ッ‼

黄泉がえり

焼けるように身体が熱かった。

「はぁ…………はぁ…………はぁ…………くぅぅッ‼」

ピッ。ピッ。ピッ。ピ――――

一分将棋になった対局時計の電子音が、まるで心電図のように、私の持ち時間《じゅみょう》を告げる。

「カハッ‼」

ダンッ‼　倒れ込むように拳《こぶし》を時計のスイッチに叩き込み、持ち時間を蘇生《そせい》させる。

ピ――――……

ピ――――………

ピ――――…………

止まりそうになる心臓をマッサージするかのように、私は何度も何度も何度も何度もスイッチに拳を叩き込む。

もう自分が何をしているのか、どの駒をどう動かしているのかすら、よくわからない。

今は……三段リーグの、何回戦？

二局目？　の？　終盤？　相手は誰？　私の優勢？　それとも敗勢？

わからない。そんなことを考えていると時間《じゅみょう》が尽きる。とにかく駒を動かして、スイッチを叩く。心臓マッサージを続ける。

視界はぐらんぐらん揺れている。両手を畳に突いてるのに、それでも揺れる。熱い。喉《のど》が渇く。胸が……胸が、痛い……！

師匠の顔が見える。柱の陰から泣きそうな顔でこっちを見てる。

だとしたら……これは夢なんだろうか？　だったらもう手を止めていいかな？　拳が腫《は》れて痛いの。息が苦しいの。身体が熱いの。

心臓が…………止まりそうなの。

「ああああああああああああッッ!!!!」

ダンッ!!! それでも私は対局時計のスイッチを叩く。そのまま叩き続けろと本能が告げていた。絶対に止めるなと。

永遠に続く夢だと思われたそれは、唐突に終わりを告げる。

「負けました」

あっ……。

その声に、糸が切れたみたいに私は盤の前に突っ伏す。相手の投了《とうりょう》。そうか、これは夢じゃなかった。途中で駒を動かすのを止めないでよかった。スイッチを叩き続けてよかった。

心臓が……止まらなくてよかった。

「そ、空《そら》さん？ 大丈夫ですか？」

心配そうな声。負かした相手に気遣われるなんて、棋士として失格……師匠に怒られる……。

「…………は…………い…………」

「ならいいけど……最終日も頑張ってください。昇段できるといいですね」

「…………………」

頭を下げるので精一杯だった。申し訳なさで胸が苦しい。

——連勝……今日も、連勝……できた……………三敗…………を……維持…………。

じわりと広がる、嬉しさと安堵《あんど》。

しかしそれは一瞬で、首に喰《く》い込んだロープの存在を意識する。かろうじて爪先立《つまさきだ》ちになっているだけで、楽になったわけじゃない。

それどころか……今日の他の対局の結果次第では、この首のロープがさらに絞まるかもしれない……。

「…………三敗…………まだ、三敗…………連勝…………れん、しょう…………」

「空」

誰かが私の肩に手を置いた。

心配そうに私に声を掛けてきたのは、奨励会幹事のプロ棋士。

「あ…………す、すみません。終会《ミーティング》の最中に――――」

「もうみんな帰った。今日は三段だけだから対局が終われば解散だ。朝礼で伝えただろ？」

顔を上げて周囲を見れば、広い対局室に私だけが蹲《うずくま》っている。

どれだけの時間こうしていたんだろう？　それすらわからない。

私の顔を覗《のぞ》き込むと、幹事は心配そうな声を出した。

「大丈夫か空？」

「ちゅ…………波関《なんぜき》、先生……」

「中二でいい。もう他に誰もいないからな」

関西奨励会幹事の波関五段と私は、七年前の今日、奨励会試験で当たった。

あの日のことは今でもよく憶《おぼ》えている。とてもとても暑い、お盆の日だった。

彼が中学二年生、私が小学二年生。その対局で私は奨励会員特有の粘りまくる終盤戦に絡《から》め取られ、必勝の将棋を負けた。投了ではなく時間切れで。

あと一手指せば勝てるところで心臓の発作を起こして倒れたのだ。

当然、試験は不合格。

翌年の試験で合格して奨励会に入ったけど……それ以来、私は波関さんを『中二』と呼んでつけ狙《ねら》うようになったのだった。彼の昇段の一局では必ず志願して止めに行った。今となっては恥ずかしい。

だって彼が異例の若さで幹事になったのは、おそらく私のことで責任を感じてるから……。

「中二………今日の結果は……？」

「椚《くぬぎ》と辛香さんが三敗目だ。鏡洲さんとお前は連勝」

「創多と辛香さんが……!?　…………待って。じゃあ、私…………私、は——」

心臓がまた、ドンッ！　ドンッ！　と胸を激しく叩き始める。

ダメだ………頭が全く回らない……。

「二敗が鏡洲。三敗が辛香、空、椚。つまりお前は三番手に上がった。しかも最終日のお前の相手は上位の二人。やったな！」

肩に置いた手に力を込めて、中二は笑顔を浮かべた。

……やった？　何が？　はっきり言ってもらわないとわからない。

「『自力』になったぞ、空」

「ッ……!!」

私は思わず中二の腕を掴《つか》んでいた。爪《つめ》が肉に喰い込むほど強く。霞《かすみ》が掛かっていた頭が急にクリアになった。

自力。

他人の結果で昇段が左右される『他力』じゃない。自分が勝てば必ず上がれる。

自分の力だけで……プロに、なれる!!

「しかしその体調でよく勝ったな？　昇段も退会も関係ない相手だったから消化試合とはいえ、どちらも関東の強豪だぞ？　本当にお前、急に強くなった。どんな魔法を使ったんだ？」

「いえ……危なかったわ………………対局中、師匠の幻覚まで見えて……」

「清滝《きよたき》先生なら下にいるぞ」

「え？」

「今日は奨励会試験の一次があるから試験官で来てらっしゃる。知らなかったのか？」

「…………師匠……が…………」

そういえば私が倒れたあの日も、なぜか用もないはずの師匠が連盟にいて、真っ先に駆け寄って来たっけ。

太い眉毛《まゆげ》をハの字にして、不安そうにこっちを見てるだけの師匠。そんな顔して見守ってたのに、家に帰ったらそのことには絶対触れない。最近じゃあ私を避ける素振《そぶ》りすら見せてて、家にすらいない。そんな、臆病《おくびょう》で優しい……私の師匠。

——いつも黙って見守って……入会にあれだけ反対してたのにさ……。

師匠らしいなと思った。涙が一つ零《こぼ》れ落ちて、畳を打つ。

「苦しいか？　清滝先生に来ていただくか？」

「いえ」

摑んでいた波関先生の腕を放すと、私は膝《ひざ》に力を入れて、自分の足で立つ。

「大丈夫です。一人で歩けます」

もうあの頃の弱い私じゃない。それを証明したかった。

心配をかけつづけた師匠に……みんなに、安心して欲しかった。


エレベーターから出ると、一階のロビーで私を待っている人がいた。

「やっ！　連勝おめでとう！」

私の次の相手であり……私より順位が一つ上の、同じ三敗勢。

「最終日の第一局、お互いにとって負けられん将棋になったからね。宣戦布告っちゅうか、正々堂々いい将棋を指しましょうと。ま、そんなことが言いたくて待ってただけやから」

辛香将司三段はこっちが喋《しゃべ》る隙がないほどベラベラと捲《まく》し立てる。

昂《たか》ぶったままの神経と疲労困憊《ひろうこんぱい》の身体に、その声が酷《ひど》く障った……とはいえ逃げるわけにはいかない。弱味を見せられないから。

「にしても空さん、強くなったねぇ！　僕の編入試験で当たった時も強い女の子やなぁと思ったけど、まさかあの天才小学生に勝っちゃうとは！　僕あの日は関東遠征で棋譜は知らんのやけど、メチャメチャ強い将棋やったらしいね。ごっつ怖いわぁ」

「……辛香さんも創多に勝ったそうですね？」

「伸びきった鼻っ柱を空さんがポキッと折ってくれてたから、僕は簡単に勝てたわ。あの子、今日も負けてたしね。順位の差で空さんにも抜かれたし、今期は厳しいと違う？」

「辛香さんも負けたとうかがいましたけど」

「うん。鏡洲《トップ》くんにね」

まるで負けることが最初から織り込み済みだとでもいうように、あっけらかんと辛香さんは鏡洲さんの実力を褒めそやす。

「鏡洲くん、強いわぁ。気迫が違うもん！　長老席《かみざ》、年上の僕にも絶対に譲らへんかったしね！　まぁ僕は二年寿命があるけど、彼は今期がラストチャンスやから、その差が出たっちゅうところかな？」

「……」

——保険ね。これは。

辛香さんの狙いは二位での昇段。それには私に直接対決で勝つのが一番早いけど、仮に負けた場合は、私が最終局で敗れるのが絶対条件となる。

私が最終局の相手に——鏡洲飛馬《ひうま》三段に負けることが。

そのために鏡洲さんの強さを刷り込もうとしてくる。そういうことだ。

——でも残念。ノーダメージよ、おじさん。

だって言われなくても鏡洲さんの強さは、誰よりも私がよく知ってるから。十一年前に初めて出会った三段が……奨励会員の凄さを思い知らせてくれたのが、鏡洲さんだったんだから。

憐れなピエロはそんなことも知らず、無駄なお喋りを続けている。

「銀子ちゃんは十五歳やっけ？　年齢制限の二六歳まで十一年もあるね。余裕やなぁ……あっ、でもそっか。そんなに余裕なわけでもないか」

辛香さんは馴《な》れ馴れしく私の名前を呼んでから——————信じられない言葉を口にした。

「また心臓が止まるかもしれんもんねぇ」

「ッ⁉」

内臓を鷲摑《わしづか》みにされたかのように、私は息ができなくなる。

なんで？

なんで………知って…………？

「本当に治ってるのかなぁ？　明石《あかし》くんは楽観的すぎると僕は思うんやけどね。今日の対局もつらそうに胸を押さえてたし。いっぺん病院で診てもろたら？　ああけどドクターストップがかかると不戦敗になるしなぁ。ま、僕にとってはそのほうがありがたいんやけどね！」

「…………明石先生に聞いたんですか？　私のこと……」

「いやいや！　彼は立派なお医者さんやからね。守秘義務は守るんちゃう？　僕はもう十年以上会ってないから」

この人の言葉はウソだらけで、どれが本当なのかわからない。

言葉だけじゃない。

ピエロみたいに貼《は》り付いたその笑顔すらきっと、ニセモノだ。

――この人は…………誰？

ピエロの化粧の下にある素顔を知りたいと思ってしまう。

対局中、そんなことに意識が向いたら最悪だ。でも……。

考えれば考えるほど術中に嵌《は》まるとわかっていても、こうして私を絡め取り、爆弾を埋め込んでいく。最終日に破裂するかもしれない爆弾を。

「ああ！　そうそう」

追《お》い討《う》ちをかけるかのように辛香さんは、私の心臓に埋まっていた不発弾を掘り起こす。

「空さんと同じ病棟で、一緒に将棋を指した子どもたちがどうなったか、知ってる？」

あの子たちは退院したはずだ。私はそう聞いた。

今はもう、私のように完治して、どこかで幸せに暮らし——

「死んだよ。みんな死んだ」

それだけ言うと、ピエロは私の脇《わき》を通り過ぎて連盟を出て行った。

あれだけ熱を発していた身体が今は、冷え切っている。

きっとエアコンが利《き》き過ぎてるんだろう。おかしいな？　一階のロビーはエアコン、利いてないはずなのに。でもエアコンが利いてるとしか思えない。

だって……立っていられないほど身体が震えてるんだもの。

☖　夏祭り

からん、ころん。からん、ころん。

浴衣姿のＪＳたちが軽《かろ》やかにぽっくりの音を響かせながら、商店街を闊歩《かっぽ》する。

「将棋の子たちだね！　がんばって！」

「期待してるよ！」

「夜になったら遊びに行くでー」

祭りの準備をしている商店街の人々から声を掛けられると、ＪＳ研のみんなは手を振って応《こた》えた。

　特にあいは一歩歩くごとに声を掛けられるほどで、すっかり有名人だ。師匠で竜王の俺は二年間住んでても全く声を掛けられないのに……。

「あいちゃんすごいね！　大人気だし、将棋も強いし、おまけに浴衣の着付けまでできるんだもんなー！」

「さすが温泉旅館の娘さんなのです！」

　浴衣が大好評ですっかりご満悦の澪ちゃんと綾乃ちゃんが、長机の上に敷いたビニール盤にプラスチックの駒を並べながら、あいを褒めそやす。

「浴衣で難しいのは帯だけだから……あ、師匠」

「ん？」

「襟《えり》が少しゆがんでます。来て」

「お、おう……」

　言われて近寄ると、あいは俺の浴衣の襟を手早く直してくれる。

　か、顔が近い……。

「ひゅーひゅー！」

「まるで新婚さんみたいなのです！」

　澪ちゃんと綾乃ちゃんに冷やかされても、あいは「ふふっ」と例の大人びた笑みを浮かべるだけで、以前のように「もー！」とか言わない。

成長したってことか？　それとも……。

「しゃうもー！　しゃうも、ちちょとちんこんしゃんみたいなこと、すぅー！」

どうぶつしょうぎの駒を積み木みたいに積み上げて遊んでたシャルちゃんがそう言って駆け寄って来ても、あいは冷静だ。

「でもシャルちゃんは師匠の弟子にしてもらう予定なんでしょ？　お嫁さんとどっちになりたいの？」

「おー？　んー……りょーほーっ!!」

すごい回答だ。澪ちゃんも目を丸くする。

「両取りへっぷばーんだ！」

「だめだよシャルちゃん。両取りを掛けても、取れる駒は一つなんだから」

あいは冷静にシャルちゃんの鬼手《きしゅ》を窘《たしな》めると、俺の襟を直す手に力を込めて、

「ですよね？　師匠」

「ん!?　ま、まあしかしアレだよ。『両取り逃げるべからず』という格言もあってだね……」

「それは『どうせ片方しか取られないから慌てるな』って意味よ。クズ師匠《せんせい》」

こ、この小生意気な喋り方は――!!

「「天《てん》ちゃん!?」」

「ハッ！　何よこの商店街？　初めて来たけど貧乏臭いったらありゃしないわ！」

黒い浴衣に身を包み、翼《つばさ》のように長い黒髪を珍しく結い上げた美少女が、同じように黒い浴衣を着た長身の女性を従えて立っていた。

俺の二番目の弟子である夜叉神《やしゃじん》天衣《あい》と、そのボディーガードの池田晶《いけだあきら》さんだ。

あいは大喜びして天衣の手を握りながら、

「どうしたの天ちゃん⁉　あれだけ誘っても『興味ない』の一点張りで、もう絶対に来てくれないと思ってたのに――」

「か、勘違いするんじゃないわよ⁉　晶が変なアドバイスをしたらしいから……主人として責任を取りに来ただけなんだから！」

顔を真っ赤にしてそうおっしゃる天衣お嬢様を、みんなでニッコリ迎え入れた。


「将棋やってまーす！　ぜひご覧になっていってください！」

夕方になって客足が増えると、将棋ブースも本格始動。

将棋のルールや自作の詰将棋《つめしょうぎ》が印刷された手作りプリントを道行く人々に配りながら、あいが声を張り上げる。

「素敵な景品が入ったガチャガチャもあるですー。将棋を知らなくても楽しめるのですー」

「指導対局の受付はこちらでおこなってまーす！　安いよ安いよー！」

「どーぶちゅしょーぎは、こっちなんだよー！」

綾乃ちゃんは将棋ファン以外に訴え、澪ちゃんとシャルちゃんは客引きだ。天衣は指導対局ブースにふんぞり返っている。そして晶さんは地元の子どもに混じってスーパーボール掬《すく》いに興じていた。あの人マジ自由な。

女流棋士のあいと天衣は一回一五〇〇円。研修生の澪ちゃんと綾乃ちゃんは五〇〇円のワンコインで、シャルちゃんとのどうぶつしょうぎは破格の一〇〇円だ。

その安さを澪ちゃんが盛んにＰＲする。

「史上最年少の小学生女流棋士と、一回一五〇〇円！　一五〇〇円ぽっきりでお手合わせねがえちゃいます！　プロは一五〇〇円だけど、素人《しろうと》のＪＳとはたった五〇〇円だよー！　低学年は超デフレの一〇〇円だよーっ!!」

……なんだかイカガワしく聞こえてしまうなぁ？　変態が寄ってきたらどうするんだと思いつつ俺は財布から一万円札を取り出すと、それを綾乃ちゃんに渡してオーダーを入れる。

「どうぶつしょうぎ一〇〇回。領収書は『おにいちゃん』で」

変態が寄ってきたら危ないから今夜は俺がシャルちゃんを独り占めだぜ！

すぐあいがすっ飛んできて、例の笑顔を浮かべる。

「師匠？　遊んでないで働いてくださいね？」

「……タイトル保持者《ホルダー》はあんま軽々しく指導対局やっちゃダメなんだけどなぁ」

やるなとは言われないが、ここまで安い金額で受けるのはちょっと……。

「こんな商店街の夏祭りで目くじら立てるようなことしないでしょ。そもそも連盟からの依頼で働いてるんだし」

天衣にまで暗《あん》に『働け』と言われてしまい、俺もお祭り価格で指導対局に入ることに。

するとさっそくお客さんがついた。

「四枚落ちでお願いします」

「あ、はーい………って、鐘ヶ坂《かねがさか》先生⁉」

あいと澪ちゃんの担任である鐘ヶ坂操《みさお》先生は、この商店街の中にある小学校の教師だ。俺も授業で将棋を教えさせてもらったことがある。

「来てくださったんですね。プライベートですか？」

「仕事です。教員は夏休み期間中も普通に働いていますから」

お盆の夜も仕事とは……小学校の先生は激務だぜ！

「夜間に人が集まるこういうイベントでは、スーパーボールや金魚ではなく小学生を小銭で釣ってお持ち帰りしようとする変質者が多発します。教師が目を光らせねば」

「なるほど！　実にケシカランですね！」

俺は駒を動かしつつ憤慨《ふんがい》する。思わず大きな駒音を立ててしまったほどだ。

「でもだったら指導対局なんて受けてていいんですか？　巡回とかしないと……」

「危険人物を監視しておくほうが効率的でしょう？」

えっ⁉　このブースに小学生を狙う危険人物がいるだって⁉

「どこです⁉　俺が捕まえてやりますよ！」

「ではそこから動かないでください」

不思議なお願いをされてしまったが、指導対局をすればいいだけだから簡単だ。よーし防犯のために頑張っちゃうぞ！

四十分ほどで鐘ヶ坂先生の指導対局を終えると、すぐまた別のお客さんが。

「あ、あの…………ひ、ひ、飛車お…………やっぱり二枚落ちで……」

「飛鳥《あすか》ちゃん！　それに巨匠《マエストロ》も⁉」

《捌きの巨匠》こと生石充《おいしみつる》九段と、その娘さんで俺と同じ歳《とし》の生石飛鳥ちゃんだった。

「こ、こんばんは…………さ、差し入れ、持って来たよ……」

「わぁいとんぺーやき！　ありがとう飛鳥さん！」

飛鳥ちゃん自慢のとん平《ぺい》焼きに、あいは大喜びだ。ずっと指導対局をこなしてて飲まず食わずだったから、手軽に食べられる差し入れは大歓迎。

飛鳥ちゃんはあいと話が盛り上がっているようなので、俺はその隣で仏頂面《ぶっちょうづら》をしている父親に話し掛けた。

「珍しいですね。生石さんが人の多い場所に出て来るなんて」

「ふん。盆くらい家でゆっくりしたかったんだが、飛鳥のやつがどうしてもってな……」

周囲をキョロキョロ見回しながら生石さんは言う。

「……ところで八一。銀子ちゃんはいないのか？」

「姉弟子《あねでし》ですか？　今日は三段リーグがありましたからね。さすがにそのまま家に帰ったんじゃないかと……何かご用でも？」

「いや。大したことじゃないんだ。大したことじゃないんだが……」

そこまで言うと、巨匠は不自然に話題を変えた。

「そういえば帝位戦の挑戦者だってな。一応、おめでとうと言っておこうか」

「ありがとうございます」

生石さんの敵《かたき》は俺が討ちます！　……なーんて言ったら大喧嘩だ。

こういう場合、後輩はただ黙ってるだけでいい。生石さんが何のためにここに顔を出してくれたのかを俺は理解した。

「一つ、アドバイスのようなものをしてやろう」

「承ります」

「於鬼頭の野郎は、後手番《ごてばん》だと最初から千日手を狙ってる雰囲気があった。そりゃ後手番ならそれも戦術のうちなんだろうが……あれは異様だ」

生石さんの口調からは、怒りや恐怖よりもむしろ戸惑いが感じられた。

「選択肢の一つって感じじゃない。何が何でも千日手にするって意思が……わかるか？」

「ありがとうございます。とても貴重な情報です……とても」

ソフトの評価値は、初形《しょけい》でも微妙に後手がマイナスとなる。これは将棋というゲームが先手ちょい有利だとソフトが評価していることによる。

すると後手を引いたソフトはまず、そのマイナスをゼロに近づけようとする。

ゼロ――――つまり千日手だ。

互いに最善手を指し続けるソフト同士の対局では、最初の評価値の差が縮まらないまま延々と指し続けることになる。

結果、千日手や持将棋が激増。

ソフトの大会ではルールが改定されたほどだ。

「………生石さんとのタイトル戦で既にそうだったとすると……やはり於鬼頭さんは……いや、でもまだ…………」

「もしもーし？」

考え込んでいると、不意に女性から声を掛けられた。

「そこの爽《さわ》やかイケメンさん、指導対局お願いしてもいいかしらー？」

「はいはいはーい！　盤面局面ぼくイケメン！　……って、桂香《けいか》さんじゃーん！」

目の前に立っていたのは、浴衣姿の桂香さん。

もちろん声でわかってたんだけど……まさか浴衣で来てくれるとは思ってなかったので、その艶《あで》やかさに圧倒されてしまう。

と、特に……少し乱れた胸元《むなもと》ぉぉぉぉ……!!

「八一くん、難しい顔して何を考えてたのかな？」

「おっぱ……じゃなかった。生石さんから気になる情報を貰《もら》ってね」

アドバイスを聞いてからどうやら一人でずっと思考の海に浸っていたらしく、巨匠は多分タバコ吸いにどっか行っちゃってるし、飛鳥ちゃんもあいの指導対局を受けてる。

「でも桂香さん、指導対局なんて本気じゃないよね？」

「ごめんね八一くん。指導対局を受けるのは私じゃないの」

そう言って桂香さんが身体をズラすと…………その後ろに、花の精がいた。

「あれ？　……姉弟子？」

今日は三段リーグがあったのに？　終わってから来てくれたのか？　髪まで結って？

ちなみに結果は幹事から最速で連絡を受けてるので連勝したのは知ってる。とはいえ裏で連絡貰ってるのは内緒だから色々と気取られないよう平静を装いつつ、美しく結った髪に花を飾る姉弟子に話し掛けた。

「どういう風の吹き回しです？　連盟がどれだけ要請してもイベントには絶対協力してくれないのに、こんな商店街のお祭りに顔を――」

「は？　気分転換に近所のお祭りに来て悪い？　三段リーグに出てる奨励会員はずっと家の中

に閉じこもって将棋指してなきゃいけない決まりとかあるの？　ぶちころすぞ？」

「ちょっ……わ、悪いなんて一言も……」

いきなり噛《か》みついてきた姉弟子の腕を引っ張りながら、桂香さんが言う。

「こらこら二人とも。違うでしょ？」

「「…………」」

いったん言葉を引っ込めると、お互い急に色々な感情が爆発《ばくはつ》する。それはすぐに一つに収束して……胸の奥が熱くなって……。

恥ずかしさで目を逸《そ》らしながら、俺は本心を口にした。

「…………嬉しいです。顔を見れて」

「…………………同歩《どうふ》……」

姉弟子はそれだけしか言わない。それだけで……胸がいっぱいになった。

時間がなかったんだろう。制服のまま、少しでもお祭りに似合うよう髪を花で飾って、小物を持って。俺に見せるために綺麗《きれい》な装いをしてくれたと思うのは自惚《うぬぼ》れすぎだろうか？

――でも……そう思っていいんですよね？

抱き締めたくなる衝動を必死に堪えながら、俺はこの美しい少女の姿を目に焼き付けようとする。もうすぐ始まる戦いで心が折れそうになった時、思い出せるように……。

「あっ！　空せんせーだ！」

「ちらゆきひめたまー！」

姉弟子を見つけた澪ちゃんとシャルちゃんがとてとてと駆け寄ってくる。思えば最初のＪＳ研で出会ってから小学生のみんなも姉弟子と随分仲良くなった。

初めは緊張して、キラキラした憧《あこが》れの瞳《ひとみ》で見上げていただけだったのに。

今はほら、あんなに親しげに声を掛けて——

「空せんせー！　ガチャガチャ回してー！」

「一回二百円なのです」

らめぇぇぇぇぇぇぇ‼　ガチャ回しちゃらめぇぇぇぇぇぇぇぇぇぇっっっ‼

「姉弟子！　が、ガチャガチャは、その……子どものため！　子どものためのものですから！　オトナな女性の姉弟子が回すのはご遠慮くらはい！　姉弟子はもうオトナでしょ⁉」

「……何か怪しいわね」

頭脳は大人、バストは子どもの姉弟子は敏感に何かを察知すると、あらゆる意味で大人な女性に小銭をせびる。

「桂香さん。おこづかい」

「ダーメ。もう銀子ちゃんのほうが稼いでるでしょ？」

桂香さんはやんわりと姉弟子の要求を断りつつ、俺に向かって目配せする。

『貸し一つだからね？』

『はい。一生かかっても払わせていただきます』

もし正式に姉弟子と付き合うことになったら、俺は永久に桂香さんに頭が上がらなくなるんだろうなぁ……今でもそうっちゃそうだけど。

話題を逸らす意味も込めて、俺は気になっていたことを桂香さんに尋ねる。

「ところで師匠は？」

「今日から奨励会試験でしょ？　聖市《せいいち》お兄さんに頼まれて、その試験官の仕事をね」

「師匠が試験官？　今年の受験生が気の毒……」

俺が思わずそう漏らすと、姉弟子も頷《うなず》く。

「同歩。八一の言う通り、ただでさえ夏場で蒸し暑いのにあのヒゲが目の前にいたらムサ苦しくて死にそうになるものね」

「俺そこまで言ってないよ⁉」

と、久しぶりに夫婦漫才《めおとまんざい》みたいなやり取りをしていると。

「師匠。お取り込み中もうしわけありません」

例の大人びた口調であいが俺に声を掛ける。姉弟子も表情を固くするが、あいとは互いに決して目を合わせようとしない……あわわわわ……。

「あ、あいゴメン！　指導対局だよな⁉　すぐやります今やります何なら一度に四面でも十面でも――」

「それでもぜんぜん足りません」

「え？」

「大変なことになってます」

「えええええっ⁉　な、何だこの大群衆は⁉」

話に夢中になってて気づかなかったけど……いつのまにか将棋ブースにとんでもない人集《ひとだか》りができていた。

お目当てはもちろん俺………じゃ、ない。

「……あの子《浪速《なにわ》の白雪姫》でしょ？」

「ウソッ！　本物⁉」

「あんなカワイイ子ほかにいないって！　髪の毛マジ銀色だし‼」

「ヤダヤダヤダ！　わたし大ッッファンなんだってっ‼」

将棋ファンだけじゃない。むしろ将棋ファンは極々少数。

スマホを構えた老若男女がどんどん増えて、商店街の道を塞《ふさ》いでしまうほどだ。

芸能人並の集客力……いや、今はテレビでも姉弟子のことが報道されまくってるから、それ以上の盛り上がり。

次々に集まって来るお客さんは《浪速の白雪姫》と握手や写真が撮れると思い込んで列を作り始めてる。こ、このままじゃ将棋ブースが崩壊してしまう……！

「……仕方がないわね。八一、ちょっとどきなさい」

「「「えっ⁉」」」

俺、あい、桂香さんの声がハモった。

将棋祭り系のイベントに顔を出すだけでもレアなのに……このうえファンサービスまで⁉

ニュースになるぞ⁉

「ぎ、銀子ちゃんがここまでしてくれるなんて……どういう風の吹き回しかしら？」

「ははは。雨でも降らなきゃいいけどね」

俺が笑いながらそんな冗談を口にした、その瞬間。

ぽつ…………ぽつ…………。

「ん？」

ザアアアアアアアアア――――――――…………………‼

「うわぁぁぁぁ十砂降りだぁ！」

「キャ――――ッ‼」

「か、雷だ！　近い！　みんな建物の中へ避難しろ！」

「雹《ひょう》まで降ってきたぞ⁉　どうなってんだ⁉」

列を作っていたお客さんたちが悲鳴を上げて逃げ惑う。

頬《ほお》に水滴の感触がしたと思ったら、あっというまにバケツをひっくり返したような勢いで雨が降ってきた！

おまけに雷と雹まで！　真夏なのに⁉　商店街中がパニックだ。

将棋ブースも当然大混乱で、みんな慌てて軒先へと避難する。

あいは怒りの矛先を姉弟子に向けた。

「どうしてくれるんですかー⁉　せっかくみんなで準備して成功しかけてたのに……夏休みの半分を費やしたんですよ⁉」

「こ、これは私のせいじゃないわよ！　…………ないわよね？」

不安そうにこっちを見る姉弟子。ど、同……歩？

「うわー。こりゃしばらく止《や》みそうにないよねぇ……」

「盤と駒が木じゃなくてよかったです……」

澪ちゃんと綾乃ちゃんは、どうぶつしょうぎのセットだけ手早くまとめて保護している。厚紙でできてて、濡《ぬ》れちゃうとふにゃふにゃになっちゃうからな……ビニール盤とプラスチックの駒は雨ざらしになってしまっているけど、これはもう仕方が無い。

どこか続きをできそうな場所は――

「姉弟子。三段リーグはもう終わったんですよね？　だったら連盟の対局室や多目的ルームが空いてませんか？」

「けど、そこまでお客さんをどうやって移動させるの？　この滝みたいな大雨の中」

「……ですよねぇ」

いっそ俺の家に避難するか？　いやでも俺だけならともかく小学生の弟子も一緒に住んでいる家の場所をお客さんに知られるのは危険か……そもそも全員は入れないし……。

と、そんなことを考えていると。

再び姿を現した鐘ヶ坂先生が解決策を授《さず》けてくれた。

「許可が取れました。みなさん、小学校へ行きましょう」

もう一度

ざあざあと雨が降りしきる小学校。

みんなが指導対局やどうぶつしょうぎに熱中するのをよそに、雛鶴《ひなつる》あいは玄関に近い少し離れた場所に一人で座っていた。

新たにやって来るお客さんを誘導できるよう受付をしているのだ。

——……それだけじゃ、ないけど……。

長机の上に自分で作ったプリントを置き、パイプ椅子《いす》に腰掛けて両足をぶらぶらさせていたあいは、頑《かたく》なに、みんなのほうを見ないようにしていた。

そこに見たくない光景があったから。

けれど見たくないものが自分から近づいて来てしまって、声まで掛けてくる。

「ここ、いい？」

「だめです」

「ありがと」

空銀子は吐き捨てるように礼を言うと、あいの隣に問答無用で腰掛けた。

あいはブチブチと横を向いて文句を言う。

「……………だめって言ったのに」

「何か言った？　雨音で聞き取りにくいから、言いたいことがあったらはっきり言いなさい」

「だらぶち……」

「それ意味わかんないから褒められたと思っておくわ」

そして銀子は今回の祭りについて上から目線で講評する。

「小童《こわっぱ》の企画にしてはなかなか頑張ったじゃない。ま、六十点ってところ？」

「誰かさんが雨雲と共にご登場なさらなかったら一〇〇点満点大成功だったんですけどねー」

「…………」

「…………」

目を合わせずともバチバチと火花が散る二人。

『『やっぱりこいつとは合わない！』』

　そこだけは意見の一致を見る。そこだけは。

「ふん……」

　あいが作った詰将棋のプリントに視線を落とすと、銀子は家事のできない嫁をいびる小姑《こじゅうとめ》のようにそれを鼻で笑った。

「何この詰将棋？　将棋を知らない人に向けたプリントにこんな難しい詰将棋を載せるなんて、あんた将棋ファン減らすつもり？　っていうかそもそもこんな長手数《ちょうてすう》の詰将棋を解いて何か意味あるの？」

「詰将棋は古来から最高の上達方法といわれているんです。空先生は三段リーグでご苦労なさってるようですから『将棋無双《むそう》』と『将棋図巧《ずこう》』をお貸ししましょうか？　わたしはもう解いちゃったし全部頭に入ってるので！」

「勝負の厳しさを知らないお子ちゃまの戯言《ざれごと》ね。こんな詰将棋をどれだけ解いたって将棋は強くならない」

「解けないからって強がりをおっしゃらなくてもいいんですよ？」

「言ってなさい」

　銀子はプリントを手に持って読みを入れる。

「…………『逆王手《ぎゃくおうて》』に『移動合《いどうあ》い』ね。面白いけど、やっぱり実戦には出ないわ」

「ッ⁉」

一瞬で作意を見破られ、あいは愕然《がくぜん》とした。

『逆王手』は、王手をかけられたときに逃げたり受けたりする手が、逆に相手の王手となること。

『移動合い』は、持ち駒で王手を受けるのではなく、盤上の駒を動かして合駒《あいごま》とすること。

どちらも実戦ではほぼ出現しない。

それだけに盲点となりやすく、詰将棋の題材としてよく使われる。

それでもこの問題は一〇〇手以上の詰み筋を読んで、最後の最後に作意がわかるようにできている。

つまり銀子は一瞥《いちべつ》しただけで問題を解いたのだ。あいが作った渾身《こんしん》の詰将棋を。

――これが……奨励会三段の強さ……。

圧倒されそうになる自分を奮い立たせ、あいは強がりを言う。

「ふ、ふーんだ！　それはぜんぜん簡単なやつですから！　あいが本気出したらもっと難しい詰将棋があるんやから‼」

そしてプリントを裏返すと別の詰将棋を書き始める。

「ちなみにこれはあいが実戦で読みを入れてる時に発見した詰み筋で、これが解けなかったら実戦でも弱いってことですからね⁉　双玉《そうぎょく》問題で、持ち駒は――」

しばらくその様子を眺めていた銀子は、ポツリと言った。

「………八一のこと、頼むわね」

「え？」

「あいつ、将棋に集中すると他が全く目に入らなくなるから。特にタイトル戦の最中は自分の体調管理も疎かにして将棋だけにのめり込むし……」

銀子は思い出という名のおもちゃ箱を探り、記憶を語る。

「昔からそうなのよ。いい手を思いつくと冬でも風呂《ふろ》上がりに裸で盤の前に座り続けて肺炎になりかけたことだって一度や二度じゃない。本当に将棋しか見てないから。歩いてて穴に落ちたり、電車を乗り過ごして大変なことになったり……そのたびに私が連れ戻しに行ってたわ。あいつがあっち側へ行ってしまわないように」

「………なんなんですか……」

全身を震わせながら、あいは反発した。

「自分は師匠のことを昔から知ってるって言いたいんですか⁉　あいだって、あなたの知らない師匠のこと、いっぱい知ってるもん‼　一緒に暮らしてるから何だって知ってるもん‼」

「悪いけどそこは譲らない。一番は私」

銀子はきっぱりと言い切る。

「でも、お願い。八一が間違った方向へ進みそうになったら、それを止めて。あいつの手を掴んで引っ張ってあげて」

「そんなに心配なら――」

自分ですればいいじゃないですかッ！

その言葉を、あいはギリギリで飲み込んだ。「じゃあそうする」と、あっさり返されるのが怖かったから。

うすうす気付いていた。

でも……確かめるのが怖かった。

「…………………」

あいは黙り込む。負け将棋では、どんな手を指しても自分が悪くなる。

けれど……投了は絶対にしたくない。自分から手を離すのだけは……。

「あんたの将棋は、そのままでいい」

あいが新しく書いた詰将棋のプリントを丁寧に折り畳んでポケットに仕舞いながら、銀子は立ち上がる。

「真《ま》っ直《す》ぐ伸びて行きなさい。私には必要ない長手数の詰将棋だって、あんたには必要なものなのかもしれない。私では吸収しきれない八一の発想も、あんたなら吸収できるかもしれない。生まれた時から将棋の星にいる、あんたなら」

将棋の星？

あいには銀子の言葉の意味が理解できなかった。

今、自分は励まされているんだろうか？　それとも――

「強くなった雛鶴あいと、もう一度…………盤を挟んでみたかったわ」

「え……？」

――いま、初めてあいの名前を呼んで……!?　ううん！　それより今の言葉って……。

だがその言葉の真意を確かめる間も与えず銀子は傘を差し、雨の中へと身を躍らせる。

そして土砂降りのカーテンの向こうへと歩き去った。

たった一人で。闇の中へ。

「どういう意味なんですか……」

冷気すら漂わせる銀色の背中が消えた方向へ、あいは呟《つぶや》く。

なぜだか震えが止まらなかった。

☖　九頭竜《くずりゅう》一門会議

さて、夏祭りも無事に終わったある日の午後。

関西将棋会館一階の『トゥエルブ』では、三人の幼女による、とてもかわいい会議が行われていました。

「だいにかいっ！　くずりゅーいちもんかいぎ～!!」

「ぱふゅぱふゅぱふゅ〜！　なんだよー」

「…………………」

その表情は、まさしく三者三様。

一番弟子の雛鶴あいちゃん（議長）はノリノリです。

二番弟子である夜叉神天衣ちゃんはそのノリについていけません。最近のあいちゃんは妙に元気なのです。夏だからでしょうか？

「秘密の話があるって聞いたからわざわざ来てやったけど、ここで話して大丈夫なの？　客が来るんじゃない？」

「ランチタイムが終わってから夜の営業が始まるまでの時間なら、マスターが貸し切りにしていいって。あっ！　マスターはおうちで休憩してるから秘密の話をしても大丈夫だよ！」

「それって単なる店番じゃない……」

夏祭りの実行委員をこなしたことで、今やあいちゃんはここ福島《ふくしま》ではちょっとした顔役になっています。ゆーずーがきくのです。

「ちなみにこのまえ天ちゃんがわたしの観戦記を褒めてくれた時が第一回の会議なの！　あの時みたいにお互いの思ってることを隠さずお話ししようね！」

「それはいいけど」

「なぁに？」

「どうしてこの……金色チビもいるわけ？」

と、天ちゃんは当然のような顔で同席しているシャルちゃんを指さしました。

「ふおー？」

シャルちゃんはといえば、そもそも今から何が行われるか全く理解していません。ただ一つ理解していることは、大好きなあいちゃんと天ちゃんと一緒にいられることがとても嬉しいということだけです。

あいちゃんが理由を説明します。

「シャルちゃんも弟子候補だし。そうなんだよね？」

「うぃ！」

バンバンと嬉しそうに両手で何度も机を叩きながら、三番弟子（候補）のシャルちゃんが頷きます。

「ちちょ、しゃうを、でてぃにしてくえうっていったー」

「はぁ？　いつ？」

「なにわ王将戦でだよ。低学年の部でシャルちゃんすごくがんばって、倒れちゃったの。そのときに師匠が感極《かんきわ》まってそう言ったみたいで……」

「しゃう、とってもがんばったかぁ、ちちょがごほーびくえたんだよー！」

シャルちゃんはニコニコして言いますが、聞いてる途中から天ちゃんの広いおでこにはビキビキと青筋が走ります。

「あのクズ！　また新しい女に手を出して……本当、仕様のない人ね！」

「てんちゃん……しゃうがでてぃになうの、いやー？」

寂しそうに姉弟子（予定）を見上げるシャルちゃん。

捨てられた子犬のようなその視線には、さすがの天ちゃんも抗《あらが》えません。

「……………ま、こいつはもともとクズのお気に入りだったし？『お嫁さんにしてあげる』とか戯言を抜かしてるよりはマシかもね」

「わぁい！　しゃう、てんちゃんらいしゅきなんだよー!!」

「その代わり私のことは姉弟子として敬うこと！　ちゃんと『夜叉神さん』と呼びなさい！」

「やちゃちゃちゃちゃー？」

「や！　しゃ！　じ！　ん！　あと『さん』を付けなさいチビ助！」

「やちゃちゃちゃしゃちゃー？」

「ぜんぜん違う！　やちゃ……じゃない、夜叉神さん!!」

「やちゃ…………ちん？」

「チンじゃない！　チンってゆーな!!」

バンバンと机を叩いて怒る天ちゃんに、あいちゃんは笑って言います。

「あはは。シャルちゃんにはまだ無理だよー」

「無理ってなによ？　一門の序列も守れないようじゃ弟子入りなんて認めないから！」

「じゃあ天ちゃんも、あいのこと姉弟子として敬ってくれるんだね？」

「うっ……」

「それより会議だよ会議！　ちょー重要な議題があるんだよっ！」

今度はあいちゃんがバンバンと机を叩く番です。

天ちゃんは既に疲れた表情で、

「空銀子から妙なことを言われたっていう？　気にならないと言えば嘘《うそ》になるけど、具体的にはどんなことを言われたのよ？」

「それはね――」

あいちゃんは夏祭りの日に空先生と交わした会話を天ちゃんに伝えました。

それなりに長くて難しかったので、シャルちゃんはぽかんとしています。

しかし天ちゃんは烈火《れっか》の如《ごと》く怒り出しました。

「何それ？　自分はプロ棋士になるから二度と対局の機会は無いって言いたいわけ？」

「やっぱりそういう意味なのかなぁ？」

「それ以外に取りようがないでしょ。ったく！　もう三段リーグを突破したつもり？　椚創多に勝ったくらいで調子に乗ってんじゃないわよ！」

「でもトップの鏡洲さんとは勝ち星で一つしか差がないんでしょ？　プロになれる自信がある

んじゃないかなぁ？」

「順位は下から二番目よ。勝ち星が同じなら順位が上の三段が上がる。それに一期抜けは私たちの師匠ですら無理だったんだから」

「おばさんがもしプロになったら……女流タイトルはどうなるんだっけ？」

「あんたねぇ、それくらい調べときなさいよ」

呆《あき》れ顔の天ちゃんは、それでも親切に説明してくれます。

「現行の規程では、プロ棋士は女流棋戦には出られない。つまり空銀子の持つ女王と女流玉座《じょりゅうぎょくざ》は返上ということになるわ」

「その場合って挑戦者決定戦がタイトル戦になるの？」

「そういうことね。棋戦創設時と同じ感じよ」

天ちゃんは頷くと共に、意味ありげに呟きます。

「……ま、私は将棋連盟やスポンサーがそうやすやすと空銀子に女流タイトルを手放させるとは思ってないけどね」

「ふぇ……？」

「それより！」

バンッ!!　と机を平手で叩くと、天ちゃんは本題に入ります。

この九頭竜一門会議における最も重要な議題。それは——

「師匠と空銀子の関係よ。あの二人が怪しいって、本当なの？」

「…………うん……」

「どのくらいまで進んでると思う？」

「四段目……たぶん……」

「四段目か……まずいわね」

恋愛のことも将棋用語で表現し合う二人。グズグズしてる歩でも、あと一手で『と金』になってしまいます。

あいちゃんも天ちゃんも、かなり危機感を持っている様子ですが……。

「あんたはそれでいいわけ？」

「イヤだよ！　イヤに決まってるよ!!」

ノータイムで叫んでから、あいちゃんは急に苦しそうに俯いて、

「でも……あいはずっと師匠と一緒に暮らしてて、ずっとずっと師匠を見てきたから……師匠のことは、なんでもわかるから…………だから――」

「なによ？　こんな時にも自慢？」

「だから…………師匠の気持ちがどこにあるのかも、わかっちゃうから……」

「……………」

寂しそうに、つらそうに、そう言葉を絞り出すあいちゃんを、天ちゃんは黙って見詰めます。

一度だけ、あいちゃんがそうやって言葉を絞り出す場面を見たことがありました。

二人の初めての対局です。

七手詰を逃してあいちゃんが投了した、あの瞬間と同じだと……。

やがて天ちゃんが、静かにこう言いました。

「九頭竜八一が弟子を取ったって聞いた時、私がどう感じたか、あんたわかる？」

「え……？」

「『やられた！』とか『ふざけるな！』とか、その程度の感情じゃないわ。それまで信じてた世界が全《すべ》て崩壊するような絶望感だった。九頭竜八一の一番弟子になるんだと親から言い聞かされて、いつかあの人が迎えに来てくれると信じ切っていたから」

「天…………ちゃん…………」

「それまで私は、このまま屋敷で一人で将棋を指して待ってたら、王子さまがきっと見つけ出してくれるって信じてたわ。お笑いよね！　そんな都合のいいこと起こるわけがないのに」

フッ……と、天ちゃんは鼻で笑います。かつての自分を。

「現実は、あの人のところに自分の足で飛び込んでいった素人が弟子になって、ずっと将棋を勉強してきた私はあの人に認識すらされてなくて……」

「だから…………将棋連盟に何度も教師役の棋士を派遣させたの？　師匠を指名するんじゃなくて？」

「ええ。それでもまだ正面から、あの人の弟子にして欲しいと言うことができなかった。認めたくなかったもの。私のほうがずっと前から九頭竜八一の弟子になるつもりでいたのに……将棋を覚えてたった半年の、同じ年の小娘に、先を越されたことを」

「天ちゃん……わたし、そんなこと知らなくて──」

「あんたが教えてくれたことだから」

だから今度は私が教えてあげる。

不器用な天ちゃんは、それでも将棋で繋《つな》がった姉妹《しまい》と初めて何かを共有しようと、精一杯に言葉を紡《つむ》ぎます。

「自分一人で勝手に想《おも》いを抱えていたって、伝えなければ何の意味もないのよ？」

「っ……！」

きっぱりと、天ちゃんは言い切りました。

迷いのない表情で。

「どれだけ崇高《すうこう》な目標を持っていても、どれだけ完璧《かんぺき》な計画を立てていても、最初の一歩を踏み出さなきゃ……踏み出す勇気を持たなきゃ、決して実現しないものなの。月並みなことを言うようだけど、それがなければ何も始まらない」

「踏み出す……勇気……」

あいちゃんは扇子《せんす》を握り締めていました。

それはいつも肌身離さず持っている、一番大切な、師匠からのプレゼント。

「私は一度、空銀子と戦って負けたわ。完敗だった。本気を出して限界まで努力して、それでも負けた」

天ちゃんは話し続けます。

けれどそれはもう、あいちゃんに向かって話しているというよりも、自分自身に語り掛けているかのようでした。

「もうこれ以上は無理というほど努力をしたのに負けた……あそこまで心を折られたのは、初めての経験だった。余裕もプライドも自信も全て粉々に砕かれて、立ち直れないと思ってた。砕かれるまでは」

「っ……!!」

「完膚《かんぷ》無《な》きまで負かされたからこそ、私はもう、負けるのは怖くない。一番下まで落とされたなら、あとは上っていくだけだもの。意外と爽快《そうかい》なのよ？」

そう言って、天ちゃんは笑います。

黒い髪を翼のように翻《ひるがえ》して。

「私は戦う覚悟をもう固めた。どれだけ傷つこうが、また心を全てを砕かれようが、構うもんですか！」

「天ちゃん……」

「あんたには感謝してる。おかげであの人の一番弟子になれなかったから。私を一番に選んでくれなかったという経験が、今は私を強くしてくれているから」

天ちゃんは宙《ちゅう》へ手を伸ばし、

「だからみっともなく足掻《あが》けるの。夏祭りにだって浴衣を着て押しかけるわ。勝つために図々《ずうずう》しくなれた私は、それだけでも昔の私より強い。待ってるだけの私より」

伸ばしたその手を拳に変えて、天ちゃんは言います。力強く。

「自分で選んで、自分で摑み取るの。それ以外のものに価値なんてないって、もう知っているから」

そしてあいちゃんに問いかけました。

「雛鶴あい。あんたはどうなの？」

「わたしは…………」

ずっと両手で扇子を握り締めているあいちゃんは、それ以外の何も摑むことはできなくて。

「…………わかんないよ。どうしたらいいのかなんて……」

持てないよ……勇気なんて……。

大好きな人の手で『勇気』と書かれた扇子をぎゅっと握り締め、俯いて泣きべそをかくあいちゃんに、シャルちゃんが「いたいの？」「あいたん、らいじょーぶ？」と問いかける声だけが、お店にずっと響いていました。

第四譜

夜会

「ちょっと師匠《せんせい》。ネクタイが曲がってるわよ」

「ん⁉ お、おう……すまん」

慌ててネクタイの位置を直しながら、俺《おれ》は八歳も下の少女に謝罪した。

このネクタイを贈ってくれた少女――夜叉神《やしゃじん》天衣《あい》は、美しくドレスアップされたその姿に怒気を漂わせている。

怒っているとなぜかますます綺麗《きれい》に見える少女だ。

そんな弟子に圧倒されつつ、俺は言い訳をした。

「初めて使うネクタイって締めづらいんだよ……いいネクタイほどツルツルするし、長さの調整も難しいし、それに今日は服だって――」

「もういいから任せなさい。ほら！ 腰を屈《かが》めて。こっちに顔を寄せて」

「……すまん。せっかくのプレゼントを」

夏祭りの日の、帰り際。

天衣はこの高価なネクタイをプレゼントしてくれた。

『誕生日とタイトル挑戦を祝して。勘違いするんじゃないわよ？ 私の師匠がみすぼらしい格好で人前に出るのが耐えられないだけなんだから』

天衣からプレゼントをもらえるなんて思ってなかったし、形に残るものを弟子からもらえたことに、俺は自分でもびっくりするくらい感激した。

『ありがとう！　対局は和服だから、前夜祭や取材の時に使わせてもらうよ』

『別にいいわ。そんなことのために贈ったんじゃないから』

『へ？　じゃあ……どんなことのために？』

『次回の指導はドレスコードのある場所でお願いするから、その時に使うためのものよ』

『ど、どれすこーど？』

『ネクタイに合うスーツを着てきなさい』

……とまあ、このような経緯で今に至る。

一張羅のスーツを着た俺は、海の見えるテラス席で天衣と二時間ほど将棋のレッスンをしてから、同じ建物の別の場所で食事をしに行くところだった。

その途中で衣服の乱れに注意を受けたのだ。

結局、天衣は俺のネクタイを一度解くと、再び慣れた手つきで締め直す。

「このスーツ、なかなかいいじゃない。着てるところを見たことないんだけど、対局で使ってるの？」

「正座して対局するとな？　ズボンだけすぐボロボロになっちゃうんだ。だから対局用のスーツはあんまり高価《たか》いのは着ない」

対局で使うのはズボンだけたくさん買えるやつか、ダメになっても痛くない安売りのやつ。

「じゃあこれはどんな時に着るためのものなの？」

「将棋を指さないイベントで着る。他人の就位式だったり。あと、四段に上がった時のお披露目《ひろめ》で着たり。これは俺がプロになった時に作ったスーツだよ」

「へぇ……思い出のスーツなのね」

「ああ。姉弟子《あねでし》に選んでもらったんだ」

「だからセンス悪いのね」

「ぐっ⁉　ちょ、ちょっと天衣！　締めすぎ締めすぎ……！」

急にネクタイを締める手に力が入った気がしたが、天衣は俺の抗議を無視する。

「ほら。できたわよ」

「……ありがとう」

ちょっぴり生命の危機を感じたけど、ネクタイの形は完璧《かんぺき》だ。

「それにしても小学生でネクタイ結べるなんてすごいな！　いつ練習したんだ？」

「晶《あきら》もネクタイ締めるのがヘタだから」

「なるほど」

お付きのボディーガードである池田《いけだ》晶さんの姿は見えない。今日は天衣の送り迎えだけなんだろう。

「九頭竜《くずりゅう》様、夜叉神様。どうぞお席へご案内させていただきます」

こっちの準備が整うのを見計らっていたかのように、店の人から声が掛かった。

その後についていこうとすると――

「ちょっと師匠。一人で行くつもり？」

天衣が眉《まゆ》を吊《つ》り上げて俺を呼び止めた。

「エスコートくらいしてちょうだい。女に恥をかかせないで」

「お、おお……すまん。どうぞ」

「よろしい」

俺が腕を差し出すと、天衣は満足気に自分の腕を絡《から》ませる。

まだ十歳だというのに俺より遙《はる》かに堂々としたその歩みは、何だか急に大人になったみたいで…………ん？　あれれ？

「天衣。背、伸びたか？」

「今日はヒールよ。バカ師匠」

シンプルな黒いドレスを纏《まと》った天衣は、夜に舞う妖精《ようせい》みたいに可憐《かれん》で、輝いていて。

そして俺たちは、懐かしい場所へと辿《たど》り着いた。

『サン・アンジェリークＫＯＢＥ』。

天衣が女王戦第三局を指した、神戸《こうべ》の街を一望できる結婚式場だ。

その際に対局場となった展望室は、当然だが今日は畳も将棋盤も存在しない。代わりに花やテーブルや食器が並んでいる。これが本来の姿だろう。

夜景を一望できる窓際の特等席に案内された俺と天衣は、まずノンアルコールで乾杯だ。

「お誕生日おめでとう師匠」

「ありがとう。こんなにしっかり祝ってもらえて嬉《うれ》しいよ」

「どういたしまして。お礼に私を二冠の弟子にしてくれるんでしょう？」

「ええ!? そ、それは確約できないぞ？」

「ふふ……だったら別の形でお礼をもらわなくちゃね」

そして彩《いろど》りも鮮やかなコース料理が運ばれてくる。

さて。気になるお味だが――

「うまい………んだろうけど、緊張で味がわかんないな……」

「ドレスコードのある店でコース料理なんて、タイトル戦で慣れてるでしょ？」

「仕事で来るのとプライベートで来るのとじゃ勝手が違うんだよ。前夜祭や打ち上げの食事会は将棋関係者しかいないから恥もかかないし……」

多くはないが、今日はそこそこお客さんが入ってる。

ここ……結婚式場なんだよな？

「結婚式場ってね？　式の入らない平日とかはこうやって普通にレストランとして営業してる

ところもあるの」

「ふーん。ま、そりゃそうか」

シェフやパティシエを自前で抱えてるなら遊ばせとくのはもったいない。

「ここで式を挙げた夫婦を記念日に招いたりするのよ。それで私のところにも招待状が来たんだけど――」

「結婚したわけでもないから相手がいない。で、俺を誘ったわけか」

「お店の厚意を無にするのも申し訳ないから、研究会で使えるか確認して……ね。タイトル戦の対局者として最低限の義務は果たさないと」

「うん。いい心掛けだ」

既に天衣は女流棋界の顔であり、特に神戸では将棋界を代表するような立場だ。それ相応の振る舞いというものを求められる。

ところで……。

対局者はもう一人いる。そう、タイトル保持者だ。

天衣に招待状が来たということは当然、姉弟子《あねでし》にも行ってるはず。

しかし俺には何のお誘いもない。

もちろん三段リーグに集中するためハナから招待を無視してる可能性もある。っていうかあの人はそのパターンだろう。

けど……もし他の誰《だれ》かを誘っていたら？

そんなことはないと理解しつつも、着飾った姉弟子がここで俺以外の誰かと食事をするところを想像すると、今まで感じたことのないほど激しい嫉妬《しっと》に駆られた。

いやいや！　ない！　銀子《ぎんこ》ちゃんに限ってそんなこと……。

でも…………うぅ、連絡取れないと不安になるなぁ………。

「考えてることを当ててあげましょうか？」

姉弟子のことを悶々《もんもん》と考えていると、急に天衣が声を掛けてきた。

「空《そら》銀子にも当然、報《しら》せは行ってるはずよ。お誘いはなかったの？」

からかうように問われた俺は感情のこもらない声で返す。

「姉弟子からは、〝三段リーグに集中するって理由で連絡を控えるよう言われてるんだ」

「ふぅん？」

猫が鼠《ねずみ》をいたぶるように、天衣はニヤニヤと俺の顔を眺めている……くそ。師匠の恋愛を料理のツマミにしやがって……。

それからしばらく沈黙が続いた。肉を切るカチャカチャという音だけが微《かす》かに響く。

やがて唐突に、天衣は口を開いた。

「空銀子と付き合ってるの？」

「ぶっ!!」

喉《のど》に肉が詰まって死にかけた。

「げほっ！　がはッ………きゅ、急に何を言うんだよ⁉」

「どうやら図星みたいね」

「つ、付き合ってはいない…………………………まだ……」

「まだ？　今後はそうなる可能性があるってこと？」

「か、可能性はあるだろ？　どんなことにでも」

「………」

天衣は俯《うつむ》くと、無言で何かを考えているようだった。

「……そうね。どんなことにでも可能性はある」

メインの肉料理を食べ終えた天衣はナイフとフォークを置くと、

「ま、それはいいわ。ところで相談があるの」

「俺に答えられるようなことならいいけどね」

さっきみたいな不意打ちはゴメンだ。

皿が片づけられ、デザートと食後のコーヒーが運ばれて来てから、天衣は『相談』の内容を口にする。

「もっと早く生まれていれば……って、思ったことはない？」

それは意外な言葉だった。少なくとも夜叉神天衣のセリフとしては多少の違和感がある。

「世代論か？　お前さんにしては弱気だね」

「あの名人がタイトル一〇〇期を達成したということは、他の一〇〇人がタイトル保持者《ホルダー》になれる可能性を潰《つぶ》したっていうことよ」

俺の軽口を無視して天衣は話し続ける。

「一〇〇人が幸せになれる……その家族や関係者を含めれば何千人という人々が幸せになれる可能性を、あの悪魔は喰《く》らって強くなった。そんな男が国民栄誉賞だなんて笑わせるわ。この国の人間って本当に脳天気よね！」

棋神を侮辱する言葉を躊躇《ちゅうちょ》無く口にすると、天衣は悪びれた風もなくデザートを食べる。

やれやれ……。

ま、仕方が無い。跳ねっ返りの気性をそのままにして育てたのは、そのほうが強くなるからという確信があったからではあるけど、最終的には俺の好みだ。

コーヒーで気分を落ち着かせてから愛弟子《まなでし》の問いに答える。

「名人の全盛期がいつなのかは議論の余地があるにしても、俺はむしろあの人と対局できるタイミングで棋士になれたことを幸せに思ってるよ」

「別の時代に生まれていたらもっと楽にタイトルを獲れたとしても？」

「仮に獲れたとしても、その将棋はきっと、名人と指したものより完成度は低い。俺は後世に自分の名前を残すより、いい棋譜《きふ》を残したいんだ」

「そして敗北者として永遠に記憶されるわけね」

「そ、それはまだわかんないだろ……一応、名人には勝ち越してるし……」

「名人だけじゃないわ。ソフトが人間より弱かった時代だったら、もっとシンプルに盤に向かえたんじゃない？　プロ棋士《じぶん》の存在価値に疑問を抱かずに済むもの」

「別に変わらないと思うぞ？　今までも自分より強いヤツがいるのが当たり前だったからな」

「ふん……じゃあ次の質問」

「どうぞ」

「誰かが大切にしているものがあって、それがこの世に一つしかない場合、あなたはそれを奪い取る？　それとも諦《あきら》める？」

「抽象的だな」

「難しい問題ってだいたい抽象的よ」

質問を言い終えた天衣はデザートの残りに手を付ける。まるでタイトル戦の対局で、手番をこっちに渡したかのように………ん？　タイトル戦？

そうか……そういうことか。

マイナビ一斉予選も終わり、そろそろ女王戦の本戦が始まる。

前期挑戦者の天衣は本戦からの登場で、もちろん連続挑戦を狙《ねら》ってるだろう。

三連敗だったとはいえ無敗の絶対女王を先手番《せんてばん》で千日手《せんにちて》に追い込んだ天衣は、現在の女流棋界において頭一つ抜けた二番手。

それは俺と名人の関係に近い。

圧倒的な力を持つ第一人者に対して、若さだけが武器の二番手がどんな心構えで戦えばいいのか？　この前の三番勝負では心の隙《すき》を突かれただけに、今度は精神面でも万全の準備をするつもりなんだろう。

それで俺と姉弟子の関係にまで探りを入れてきた……ってのは考えすぎかもしれんけど。

「確かに、誰かが持ってる大切なものを奪うのは気が滅入《めい》るよ。俺も最初の竜王戦で奪取に王手をかけた時、ちょっとだけ相手のことを考えたりもした」

前夜祭などで相手の家族を見てしまうと、それが頭をよぎる瞬間はある。

いや。子供の頃《ころ》からそれはもうあった。

負ければ親に厳しく叱《しか》られる子供と戦う時。小学生名人戦の決勝。奨励会の入会試験。

俺に負けて誰もが涙を流していた。

そしてその最たるものは……三段リーグ。

明石《あかし》先生のように、奪うことよりも与えることを選ぶ人もいる。

けれど俺や天衣はきっと、そんな生き方はできない。姉弟子もそうだ。

将棋以外にできることもしたいこともないから。

だったら――

「対局中はそれを考えない。自分にとって大切なものなら、奪うことを躊躇するのは心の弱さでしかないからな」

「あなたはそれを許すの？」

「許す？　ああ。それがこの世に一つしかなくて、誰よりも欲しいと思うのなら、奪うしかない。当然だろ？」

負けて得られるものなどない。たった一人の勝者以外は全《すべ》て敗者でしかなく、二位とは最後に負けた者を意味する。それが勝負の世界だ。

——もしかして……天衣は俺にエールを贈ってくれてるのか？

ふと、そう思った。話せば話すほど闘志が湧《わ》いて、タイトルを獲りたいという気持ちが強くなるのを感じたから。

「遠慮なんかいらないさ。勝負の世界に遠慮なんて言葉はむしろ不純だ。ひたすら勝利だけを追い求めればいい」

「不意打ちや奇襲を使ってでも？」

「それが天衣の持ち味だろ？　俺は好きだけどね。そういう勝負師的なところは」

「ふっ……」

黒髪のシンデレラは吹っ切れたように微笑《ほほえ》むと、デザートのスプーンを俺の唇に当てた。

「その言葉、後悔するんじゃないわよ？」

☖　シンデレラの奇襲

「海沿いは風が気持ちいいな……」

真夏の夜の神戸。

大阪《おおさか》のド真ん中じゃあ熱帯夜が続いてるけど、ここは海風が吹いて過ごしやすい。

式場正面の長い長い階段を二人で並んで下りながらそんな心地よい風を感じていると……その風に乗って、天衣の声が聞こえてくる。

「ねえ、師匠」

「ん？」

「空銀子のこと。もし、正式に付き合うことになったら……あいには言うの？」

「言わなきゃなぁとは思ってるけどね」

夜空を見上げて溜《た》め息《いき》を吐《つ》く。

「どうだろう？　言ったらどんな反応をすると思う？」

「ショックを受けるに決まってるじゃない」

「そ、そうかな？」

「そうよ」

天衣はキッパリと言い切った。そしてこうつけ加える。

「子供だって恋をするわ。女の子なんだもの」

「そうかな？」

「……そうよ」

あいが俺に特別な感情を抱いているのは、さすがにわかる。

だけどそれは恋と呼ぶにはあまりにも幼い感情なんじゃないだろうか？

とはいえそれを恋だと本人が思っているなら……ショックを受けるのは、確かにその通りなんだろう。

そんなことを考えていると……こっちをじっと見詰めていた天衣が、不意に言った。

「師匠」

「ん？」

「ネクタイが曲がってるわよ」

そう言って天衣は俺のネクタイに手を伸ばす。

「ん？　ああ、すまん」

俺も、さっきのことがあったから天衣に直してもらおうと腰を屈めた。

しかし天衣の手はネクタイを素通りすると、俺の頬《ほお》に触れる。両手で挟み込むように。

……あれ？

と、思った時にはもう決まっていた。

無防備に晒《さら》け出した俺の唇に、天衣が素早く自分の唇を重ねたのだ。

それは、あまりにも一瞬の出来事で――――そして完璧な奇襲だった。

「好きよ。八一《やいち》」

唇を離すと、天衣は囁《ささや》くように……。

だが、はっきりとそう言った。

「ッ……!?」

そして驚いた俺が言い返すよりも早く、二度目の奇襲を敢行する。

動揺した相手をノックアウトするには十分な破壊力を、それは持っていた。

天衣が……俺に、キス……してる？

しかも……俺のことを好きだって!?

からかわれてるのか？　壮大なドッキリ？

あまりにも意外な展開にそんなことも考えてしまう。けれど。

唇の感触が、その全てを押し流す。

「お、お……お………」

唇と唇が離れた時、こっちはもう投了《とうりょう》寸前だ。

それでもギリギリのところで踏《ふ》み止《と》まり、抵抗を試みた。

「俺の話をちゃんと聞いてたのか⁉」

「タイトルホルダーは空銀子。私は挑戦者。そういうことでしょ？」

「そういうことじゃ…………そういうこと、なのかなぁ？」

納得しかけてしまった俺は、慌てて否定する。

「いやでもダメだろ！」

「年の差が気になる？」

「差というよりも年齢そのものだ！　お前まだ十歳じゃん！」

「あなたは空銀子のことを何歳から好きだった？」

「っ……！」

「でしょ？　恋に年齢は関係ないわ」

ダメだ。

天衣の準備は完璧……思い返せば食事の前にネクタイを直した時から『奇襲』は始まっていた。

いや！　そのもっと前……ネクタイを俺に贈った時から、もう……。

だ、だとしたら――

「い、いつから…………俺のことを……？」

「さあ？　いつかしらね？」

妖《あや》しく微笑む天衣。

そう言われてしまうと、こっちとしては考えざるを得ない。

──いつだ？　いつからだ？

初めて出会ったあの瞬間？　それとも『家族になってくれ』と手を握ったあの時？

俺のためだけに将棋を指してくれたと言った、去年の誕生日？

一緒にご両親のお墓参りに行ったあの時には、もう……？

その瞬間、俺は愕然《がくぜん》とした。

自分の頭の中が天衣でいっぱいになってしまっていることに。

わずか十歳の女の子に、完全に手玉《てだま》に取られてしまっていることに。

だ、ダメだダメだ!!　これ以上この話題を続ければもっともっと天衣のことだけを考えてしまう……！

「俺は…………姉弟子とも、その…………したぞ。同じこと……」

「そう言えば私が諦めるとでも思った？」

天衣は俺のネクタイを摑《つか》んでグイッと引っ張ると、額がくっつくほど顔を近づけて好戦的な表情を浮かべた。

「残念だったわね！　往生際の悪さと空気の読めなさは師匠譲りなの。恨むなら、私をこんな女に育てた自分の教育方針を恨みなさい！」

そう言い放って今度は急にネクタイを放す。

「わわっ……⁉」

バランスを失った俺は階段で不様《ぶざま》に尻餅《しりもち》をついた。

「今は空銀子のことが好きでも構わない。そのくらいのハンデがあって上等よ」

傲然《ごうぜん》と俺を……この世の全てを見下ろしながら、夜叉神天衣は言う。

ヒールの音を鐘のように高らかに鳴らして階段を一つ一つ下りていく様は、十歳の少女のものとは思えないほど大きく……そして美しい。

「あの女からは全てを奪ってやる」

そう宣言する天衣の前に、晶さんが運転する黒塗りの高級車が音も無く滑り込む。

「まずは女流玉座戦《じょりゅうぎょくざせん》で挑戦者になって、初タイトルを奪取。その次は女王戦で、この前の雪辱を」

翼《つばさ》のような長い黒髪を翻《ひるがえ》してこっちを振り返った美しき挑戦者は、艶《あで》やかに光る瞳《ひとみ》で俺を射貫き、言う。

「そして最後にあなたを奪う。覚悟しておきなさい、八一」

こうしてシンデレラは車に乗り込むと、お城のような式場から優雅に去って行った。

ガラスの靴ではなく……俺の唇に柔らかな感触だけを残して。

恋するシンデレラ

車に乗り込んだ私は、可能な限り穏やかな声で運転席の晶に命じる。

「二時間くらい適当にドライブしなさい」

「はっ」

晶は理由を聞かずに車を高速道路の入口へと向かわせた。

「少し疲れたし、さっき師匠と指した将棋を反省したいから横になるわ。家に着いたら起こしてちょうだい」

問われもしないのに自分からそう断ると、私はヒールを脱いで後部座席に横たわった。

さっきの出来事を反芻《はんすう》する。

もちろん将棋じゃない。でも、八一とのことを振り返るのは本当だ。

「奇襲成功…………でも、次の手はさっぱり思い浮かばないわね……」

すぐに家へ帰るわけにはいかなかった。

なぜならこんなにも胸がドキドキしているから。

なぜならこんなにも顔が熱いから。

なぜならこんなにも目が潤んでいるから。

なぜならこんなにも唇が——

「…………熱い……」

全身が熱いけど……そこだけは、まるで火傷《やけど》をしたかのように、今もじんじんと痺《しび》れるような熱さを持っていた。

そんなわけはないとわかっているのに、唇に痕《あと》が残っているんじゃないかと不安になる……

そんなもの、おじいちゃまに見せちゃだめだから……。

「…………や、い、ち」

そう呼んだ時の口の動きを忘れてしまわないように、自分の耳にも聞こえないくらい小さな声で繰り返す。

名前で呼んだのは二回目だった。

何度も何度も一人で練習して、本番では滑らかに言えたと思う。私は序盤から理詰めで全てを突き詰めるタイプだから、今日のことも全て計算し尽くした。

そして奇襲は成功した。

でも、一つだけ計算外のことがある。

「どうしよう……私、やいちのこと、すごくすき………どきどきが止まらないよぉ……」

いつまでたっても心臓が胸を突き破りそうなほど跳ねている。

すき。だいすき。言葉にして、行動に移したら、もっとすきになってしまった。座っていられないほど八一のことを好きだと気付いてしまった。シートに横たわったまま唇を両手で押さ

えてごろごろする。はうぅ……すきぃ……♡　だいすきだよぉ……♡♡♡

そして私は……もう一つ、とても重要なことに気付く。

運転席の晶がバックミラー越しにこっちをガン見しているということに。

「……………見たわね？」

ゆっくりと起き上がって問い詰める。晶は前を向いたまま即答した。

「いえ。何も見ておりません」

「嘘《うそ》をおっしゃい！　だったらどうして鼻血なんか垂らしてるの⁉」

「それはお嬢様がかわいすぎるからであります」

晶は即答した。鼻血を垂らしたままハンドルを握って。

「バックミラーを外しなさい！」

「お嬢様。これは外れませんが……」

「だったら反対側に向けなさい！　もう絶対にこっち見るな‼」

私は後部座席からハンドバッグを投げつけると、晶の死角になるよう運転席の後ろに隠れる。

家に帰る前にドライブレコーダーも回収する必要があるわね。

何でそこまでするかって？　決まってるでしょ！

《神戸のシンデレラ》がバックシートに寝転がって両手で唇をおさえて足をバタバタさせる姿なんて……誰にも見せるわけにはいかないんだもの！

☖ バトン

『渡したいものがある。鏡洲《かがみず》君、悪いが少し時間を取ってもらえんか？』

清滝《きよたき》先生からそんな連絡をもらったのは、三段リーグの第16回戦《ラス前》が終わった、その一週間後だった。

「よく来てくれた。まずは一局」

「勉強させていただきます」

三段リーグが始まり、清滝道場から遠ざかっていた俺にとって、先生との対局は数ヶ月ぶりのものだった。

そしてもしかしたら……最後の対局になるかもしれない。

だから心を込めて指した。

「……ここまでやな」

清滝先生の矢倉《やぐら》を相手にして俺は真正面から戦い、そして勝った。快心の将棋だった。

「うん。強い。強いな。プロと比べても全く遜色《そんしょく》がない」

「ありがとうございます」

「お師匠さんの墓参りには行ったんか？」

「はい。三段リーグが始まる前に」

俺の師匠は既に鬼籍《きせき》に入っている。

弟子入りした時にはもう八十歳を超えていて、実力もツテもないのに宮崎《みやざき》から飛び出してきた俺を弟子にしてくれた唯一の棋士だった。

家族もなく、目立った実績もなかったけど、ただひたすら将棋だけを愛し続けた人だった。

朝から晩まで俺と将棋を指しながら、いつも幸せそうにこう言っていた。

『将棋の神様は優しいねぇ』

『どうしてですか？』

『家族のおらんわしに、飛馬《ひうま》くんを授《さず》けてくれた』

俺がプロになることだけを楽しみに九十歳まで頑張って生きてくれた師匠は、三段に上がって八期目の途中で亡くなった。

三段リーグで俺が負け越したのは師匠が亡くなったその一期だけ。悲しくて、悔しくて、将棋にならなかった……。

そして師匠が亡くなった俺は、新たに師匠を選ばなければならなかった。

奨励会員にとって師匠は身元引受人の役割もあるからだ。

『それはお断りします』

しかし俺はその命令に頑《がん》として逆らった。奨励会員になって初めて反発した。

奨励会に残っている師匠の弟子は、俺一人。

そして師匠の弟子でプロになった人はいない。

俺が師匠を変えてしまったら、師匠の名前は将棋界から永久に消えてしまう。師匠の生きた証《あかし》が無くなってしまう。それでプロになって何の意味があるんだと俺は意固地《いこじ》になっていた。

『あいつは生意気だ』

『秩序を乱す輩《やから》は将棋界にはいらん』

圧倒的な才能でもあれば話は違ったんだろうが、俺は実力的にも足りてなかった。そのまま奨励会をクビになってもおかしくない。

しかしある日を境に何も言われなくなった。

不思議に思っていたんだが――

『わしが彼の後見人になります。せやから大目に見てやってください』

清滝先生が周囲をそう説得してくれていたと知ったのは、ずいぶん後になってからのことだった。

それ以来、俺は一人ぼっちでいる奨励会員に、積極的に声を掛けるようになった。

奨励会員の俺なんかが清滝先生に恩を返す手段は無い。

きっと先生もそれを望んでいない。

なら清滝先生がしてくれたことを、俺は下の世代に伝えようと思ったからだ。

「ところで先生。何か俺に渡したいものがあるって……」

「ああ。そうやそうや」

清滝先生は少し躊躇《ためら》うような様子を見せると、

「古いものやし、鏡洲君のようにオシャレな若者にとっては、こないなもん渡されても迷惑なだけかもわからんが……」

ドクン、と心臓が爆《は》ぜるように高鳴った。

まさか……。

「わしが四段に上がった時につけてたネクタイや。受け取ってほしい」

先生は手に持ったネクタイを俺に差し出した。

確かに古いデザインだし、決して高価なものではないんだろうが、今までとても大切に保存されていたことが一目でわかる。

どんなものにも代えがたい宝物のはずだ。

「そんな……い、いただけません！　そんな貴重なもの。それは俺よりも――」

「八一が三段に上がったタイミングで渡そうとも思ったが、ダメやったんや」

「え？　どうして……？」

「あいつの制服は詰め襟《つえり》やったからな。ネクタイは使えん」

ニヤリと笑う清滝先生。してやったりの表情だ。

「……中学生棋士も考えものですね」

「せやで。師匠孝行か師匠不孝か、よくわからんやっちゃ。せっかく大事に取っておいたのになぁ」

二人で大笑いした。久しぶりにこんなに笑った。三段リーグが始まってから初めての爆笑だったと思う。

そして姿勢を正すと、俺はそのネクタイを両手で押し頂いた。

「頂戴《ちょうだい》いたします」

「うん」

バトンを渡すように、清滝先生はネクタイを俺の掌《てのひら》に置く。

もし俺が四段に上がることができたら……その時はこのネクタイを自分の弟子に譲ることになるだろう。

「鏡洲君」

「はい」

「銀子との対局では全力を尽くして欲しい。わしに遠慮する必要はない」

「わかっています。命懸けで戦います」

「わしは……」

清滝先生は眼鏡《めがね》を外して片手で顔を覆《おお》うと、意外なことを語り始めた。

「わしは今でも…………銀子のことを後悔してるんや」

「奨励会に入れたことを、ですか？」

「いや。将棋を教えたことをや」

冗談には聞こえなかった。

本当に後悔していることが伝わってくる。なぜだ？　あれだけ大事に育ててるのに？

「例会のある日は、前日からもう気が気やない。いつまでたってもあの夏を思い出す……銀子が初めて奨励会試験を受けた夏も、こんなふうに、異様に暑い夏やった……」

「先生……」

おそらく銀子ちゃんが奨励会受験に失敗した時のことを言っているんだろう。俺はその現場にはいなかったが、持病のせいで倒れたと聞いた。

先生の言葉はそこで終わらなかった。

ボソリと、こうつけ加える。

「…………それに今は、別の心配もあるからな……」

「別の？」

何かある。そう直感した。

――清滝先生が本当に伝えたかったのは、もしかしたらこのことなんじゃないのか？

気にならなかったといえば嘘になる。

しかし……聞いてしまえばおそらく、銀子ちゃんと冷静な気持ちで戦うことが今よりもっと難しくなる。それを俺は怖れた。

「清滝先生」

「ん？」

「長い間……………本当にお世話になりました」

その場に両手を突いて深々と頭を下げる。

少しだけ間を置いて、清滝先生は「ふぅ……」と息を吐き、微笑む。

「くれぐれも、体調だけは気を付けるように。朗報を待ってるで」

優しい笑顔でそう言ってくれる姿が師匠と重なって、俺は思わず顔を伏せ……ずっと頭を下げ続けていた。

顔を上げれば涙を見られて、また心配させてしまうから。

☗ 青春の全て

清滝先生の前を辞した俺を、彼女は廊下で呼び止めた。

「まだ時間あるんでしょ？　来て」

先生の一人娘である桂香《けいか》ちゃんはそう言うと、俺を台所へと連れて行く。

そこには作りたての温かい料理があった。

「食べて行って。毒なんて入ってないから」

「……そのほうが怖いな」

この世界、人の恩ほど恐ろしいものはない。

俺みたいな誰に対してもいい顔をしたがる優柔不断なやつほど、恩を受けるとそれを返さなくちゃいけないと思ってしまう。それが勝負に対する甘さに繋《つな》がると知りつつも。

そして今回も俺はいい顔をしてしまった。

「ちょうど腹が減ってたんだ。遠慮なくいただくよ」

清滝桂香ちゃんとは、もう知り合って十五年以上になる。そして出会った頃からお互いにシンパシーを抱き合ってきた仲だ。

『名前に駒《こま》の字が入ってる』っていうのは、将棋指しにとっては割と恥ずかしい。結果が出なきゃなおさらだ。

挫折を経験した桂香ちゃんは俺のそんな気持ちを理解してくれる数少ない同志だった。

「相変わらず桂香ちゃんのご飯は美味《おい》しいね。いいお嫁さんになるよ」

「お上手ね飛馬くん。彼女にもっと美味しい料理を作ってもらってるんじゃないの？」

「別れたよ。けっこう前に」

「そう……ごめんなさい」

「いや。俺が悪かったんだ」

桂香ちゃんの言う通り、俺にはずっと支えてくれた彼女がいた。

奨励会員にとって恋愛は御法度《ごはっと》……というのは建前《たてまえ》で、俺が三段に上がった頃はむしろ彼女持ちが多かった。

逆に今の若い連中のほうが、あまり恋愛に興味を持たない。二十代のプロ棋士は全員未婚。

なぜなら将棋が一番大切だから。

俺や、もっと前の世代の棋士にとって、将棋ってものは自己実現の方法だった。金や名誉を得るための手段だ。

しかし今の若い奨励会員は本当に将棋だけが好きな連中が集まってる。

そういうやつらはどれだけ勉強しても苦にならないから、強い。

恋愛や金儲《かねもう》けにかける時間や体力を全て将棋に注《そそ》ぐから、強い。

ちょうど時代の変わり目を体験した俺は、次第に勝てなくなる焦《あせ》りから、自分が負けた原因をそこに求めた。

ずっと支えてくれた彼女にこう言い放ったのだ。

「『お前のせいで負けたんだよ』って。最低だろう?」

罵《ののし》られる。そう思った。

でもきっと俺は、桂香ちゃんにそうして欲しかったんだと思う。別れた彼女と桂香ちゃんを重ね合わせて、大勝負の前に少しでも罪悪感を減らしたかったんだと……。

けど桂香ちゃんは俺を罵らなかった。

代わりに切なげな微笑みを浮かべて、こう言ったのだ。

「羨《うらや》ましいな」

「え？」

「だってその女性《ひと》……将棋と比べてもらえたんでしょう？」

「ッ…………!!」

予想外の言葉に、思わず箸《はし》を落とす。

「飛馬くんが将棋に青春の全てを捧《ささ》げてきたのを私は知ってる。それは本当にすごいことだと思う。私は一度、そこから逃げちゃったから……だから心から尊敬するわ。将棋に一途な飛馬くんを」

ずっと心に突き刺さっていた、冷たい棘《とげ》。

その棘が……一本だけ、するりと抜けた。

「……ごちそうさま。久しぶりに温まったよ」

「どういたしまして。貴重な時間をこれ以上割くのはどうかと思ったんだけどね。どうしてもお礼がしたくて」

「清滝道場に参加したことかい？　でもあれは俺にとっても――」

「それはお父さんが自分でお礼をしたんでしょ？　私は別件」

別の？　何のことだ？

「銀子ちゃんが言ってたの。『飛馬お兄ちゃんがようやく私を認めてくれた』って。あんな嬉しそうな顔、久しぶりに見たから」

「そうか……なら、あの子に言っておくんだな」

握り締めたネクタイに力を込めて、俺は言った。

「三段リーグの最終日は本物の殺し合いだ。死にたくなかったらそんな甘さは捨てろとな」

〇　旅立ちの日

「じゃ、行ってくるよ」

弟子の作った美味しい朝食をいただいてから、俺は昨夜まとめておいた荷物を手に持って玄関へと向かう。

荷物といっても和服を含めて大半は郵送済みだから、鞄《かばん》一つだ。

今日はこれから新大阪で関係者と合流し、帝位戦開幕局の対局場である東京《とうきょう》のホテルに移動する。

子犬のように俺の後をついてくるあいは、起きてからずっと言い続けてることを繰り返した。

「やっぱりわたしもご一緒したいです！」

「それはダメだよ。義務教育期間中はさすがに学校を優先しないと……あいはまだ小学生なんだしさ」

移動・検分・前夜祭と詰まった今日は木曜日。ド平日だ。

もう九月に入ってるから夏休みは終了。対局の一日目が金曜で二日目が土曜だから二日目の大盤解説くらいは参加できないこともないんだけど、往復六時間かかる旅程は小学生には負担が大きい。

「二局目は神戸で三局目は金沢《かなざわ》だろ？　だから天衣が二局目の大盤解説で、あいは三局目の大盤解説。それで納得したじゃないか」

「わたしは全部行きたいんです！」

「ははっ。欲張りだなぁ」

帝位戦は土日にも対局が入るとはいえ、前後の移動日も含めれば拘束時間は四日間。

学校を休むにしても最小限に留《とど》めないといけない。

七番勝負に全部ついて来るなんて無理に決まってる。

それはあいにもわかってるはずなのに……。

「前に話した時はそれで納得してくれたろ？　むしろ金沢に行けることを喜んでたじゃないか。なのにどうして急に全局ついて来たいなんて無茶を言うんだよ？」

「それは……………だって、師匠は誰かがついてないと、ダメだから……」

うーむこの信用の無さよ。

とはいえ自業自得ではあるんだよな。竜王戦は確かに、あいがいてくれなかったら四局目で負けて失冠してたから。

あのとき俺は、あいを家から追い出して。姉弟子が家に来ても邪険に扱って。

それでもあいは俺を見捨てずに、俺の好きな食べ物を作って、自分の名前を伏せてまでそれを届けてくれて……。

──あんな情けない失敗を繰り返しちゃいけない。

だから俺はあいを安心させようと明るく振る舞って、タイトル戦の話題も出さないようにしてきたつもりだ。

なのに……今日になって急にどうしたんだ？

「ダメです！　あいもついて行くんですっ‼」

玄関でドアの前に回り込んでアリクイみたいに両手を広げ俺を通せんぼすると、あいは目に涙すら浮かべて叫んだ。

そして意外な理由を口にする。

「………空先生に言われたんです。『八一のこと、頼むわね』って……」

「えっ⁉」

姉弟子が……あいに、そんなことを……？

「夏祭りの日に、小学校で。わたし、あの日は空先生がお祭りを台無しにするために来たんだって思ってました。あいがみんなの力を借りて企画したものより、空先生が一人で来るだけのほうがお客さんを集められるんだって見せつけようとしてるんだって……」

確かに実際それだけの騒ぎが起きてるし、あいが相手だと姉弟子も大人げなくなる。

だから俺も一瞬そう思ったんだが──

「けどそうじゃなかったんです！　あの人は師匠のことを想って……例会を終えたばかりで疲れ果ててたはずなのに、雰囲気を壊さないように髪まで結ってくれて！」

小さな手で胸を押さえ、あいはその瞳に涙を滲《にじ》ませる。

「あいは、あんなこと言えないから……師匠のお世話を誰かに任せるなんて、師匠のお側《そば》に自分以外の人がいるなんて……胸が苦しくなっちゃうもん……」

「…………」

「でも空先生は、あいと同じ気持ちのはずなのに……あいを認めて、師匠を任せてくれて……」

目に涙を溜めたまま、あいは叫んだ。

「だから今度は、あいが気持ちに応えないといけないんです！　師匠に勝ってもらえるよう、がんばらないといけないんです！　空先生が人生で一番大切で一番つらい対局を安心して戦うことができるように！　じゃないと……じゃないと、あいはいつまでたっても空先生に追いつけないっ！　同じ──」

そこで一瞬、あいは言《い》い淀《よど》んで。

「同じ…………………棋士として……」

「あい……」

俺は今まで、あいを子供扱いして……何も話してこなかった。

姉弟子とのこと。天衣とのこと。これから始まるタイトル戦のことも。

この子を傷つけまいと自分で勝手に色々考えてただけで、この子の気持ちを尋ねようともしなかった。

そんな俺の態度こそが、あいを傷つけ、不安にするんだ。

あいは女流棋士として立派に成長した。

まだ小学生だけど、棋士としてはもう俺や姉弟子と対等に盤を挟む関係だ。だから――

「あい。それでも一緒に連れて行くことはできない」

だからこそ俺は一人で行くことを選ぶ。戦いの場でまたこの子に甘えてしまわないように。

「師匠っ……！」

痛みを堪えるような表情を浮かべると、あいは何かを言おうと口を開きかけた。

しかしそれよりも早く俺はあいの手を取って。

そしてその小さな手を、俺の胸に優しく押し当てる。

驚いて思わず言葉を飲み込んだ愛弟子に、こう言った。

「一緒に行けなくても……あいは、ここにいる」

「っ……！」

「中継で俺の将棋を見ていてくれ。そこにきっと、あいがいるから」

これで伝わっただろうか？

今の言葉で、あいの不安を払拭《ふっしょく》できただろうか？　安心して、また以前のように無邪気な笑顔を浮かべてくれるだろうか？

感じてくれただろうか？　俺の中にある……決して変わることのない、あいとの絆を。

長い長い沈黙の後に――

「…………わかりました」

あいはそう言って、木漏れ日《こもれび》のような笑顔を浮かべる。

それは最近ずっとこの子が浮かべていた、あの大人びた笑顔とは違う。

けれど以前のように無邪気な子供の笑顔でもなかった……初めてこの部屋に来た時よりも、少しだけ成長していたから。

「いってらっしゃい、師匠！」

「行ってきます、あい!!」

ようやく見ることのできた弟子の本当の笑顔に見送られて、俺は向かう。

決戦の地へ。

剃髪《ていはつ》

「ふはははははよくぞ来たなドラゲキンよ！　しかしわらわが関東所属となった以上、きさまにこれ以上のタイトルは許さぬのじゃ！　さあ！　わが腕の中で息絶えるがよいっ‼」

ポカリ☆

俺はマリアちゃんの頭の、ちょうど毛がお団子になってるあたりに拳《こぶし》を一発お見舞いしてやった。軽くね。

「のじゃじゃ⁉　た、たたいた？　え？　いまたたいた⁉　あたまぽかってしたな⁉　マスターにも叩《たた》かれたことないのに‼」

「奨励会員は将棋界全体で教育する。入会したからには今後は甘やかさない」

「おっ、おうぼうなのじゃ！　体罰！　タイトル保持者が体罰したのじゃ！　週刊誌にリークするじょぼ⁉」

ポカリ☆

今度は兄貴が背後から一発お見舞いし、子猫ちゃんみたいに襟首《えりくび》を掴んで妹の動きを封じる。

「愚妹《ぐまい》が失礼した」

「いやいや。合格おめでとう」

対局場に到着した俺を正面玄関で出迎えてくれたのは、関東奨励会に入会して晴れて将棋界の一員となった神鍋馬莉愛《かんなべマリア》ちゃんだった。

そしてその後ろには副立会人の神鍋歩夢《あゆむ》七段と、その師匠である釈迦堂里奈《しゃかんどりな》女流名跡《じょりゅうみょうせき》もいて、どうやらロビーでお茶を楽しんでいたらしい。すごく目立つ。

このホテルのアフタヌーンティーセットは有名だからね。

広大な庭園や神前結婚式もできる格式高い和室を備えた、明治維新の元勲《げんくん》が別荘として建てた屋敷をホテルに改築した建物。東京の中心部にあることから棋士も集まりやすく、タイトル戦の開幕局では定番だ。

そんなわけで片脚が不自由な《エターナルクイーン》も、二人の弟子の晴れ姿を見守るためにやって来ていた。

俺はお祝いの言葉を述べる。

「釈迦堂さんもおめでとうございます。マリアちゃん二次試験は全勝で、今年の最年少合格者だそうですね？」

「うむ……余《よ》もいささか驚いている」

珍しく戸惑いを含んだ表情の釈迦堂さんは手元のスコーンを落ち着かなげに触りつつ、

「まさか今になって新たな弟子を、しかも女の子を授かることになるとは思っていなかったのでな……試験当日は脚を引きずりながら鶴岡八幡宮《つるがおかはちまんぐう》へと出向き、戦勝祈願をしていた……この余が神頼みだよ。はは。笑ってくれ」

「何をおっしゃいます！　マスターの神よりも広く深く優しいお心により合格できたのです！　愚妹などにはもったいない……！」

師匠を女神のように慕《した》う歩夢はすかさずそう言ってポイントを挙げる。

じゃ、俺も親友をアシストしてやりますか。

「いい一門だと思いますよ。俺と姉弟子が清滝師匠に弟子入りした頃を思い出します」

「それは嬉しい。鋼介《こうすけ》さんのようになれるよう、余も一層励もう」

「でもこうして見ると歩夢の妹というよりは、釈迦堂さんと歩夢の娘みたいだよなー」

「ふっ……大人をからかうでない、若き竜王よ」

俺の言葉を笑顔で流す釈迦堂さんと、その横顔を黙って見詰める歩夢。

マリアちゃんはそんな歩夢と釈迦堂さんの間に入って二人の手を取ると、

「マスター！　三人で記念撮影をいたしましょう！　おいドラゲキン、わらわのスマホで撮るのじゃ。横向きでな」

ポカリ☆

「予定よりも早いけど全員揃《そろ》ったからね。検分を始めようか」

正立会人の山刀伐尽《なたぎりじん》八段がそう提案し、一同は対局室へと移動することになった。

こういう場合、対局者同士が接近しないよう、関係者がさりげなく周囲を取り囲んで二人を引き離す。

俺の隣にやって来たのは、長い髪をアップにした観戦記者の女性だった。

「九頭竜先生。於鬼頭《おきと》帝位とは初対局となりますが、今日に向けてどのような対策をなさってこられたんでしょう？　以前は封じ手《ふうて》をポイントに挙げておられましたが？」

その質問に俺は質問で返す。

「……どうして関西の記者が東京の対局で観戦記なんですか？」

「帝位戦の掲載紙は地方新聞五社連合。その全てに我が家の資本が入っているからでしょうか」

「…………」

「さらに申し上げれば、このホテルはもともと明治維新で江戸幕府を征伐に来た先祖の——」

「わかりました。もうわかりましたから」

これだから旧華族のお嬢様は……。

「ったく。この前の名人との挑決もそうですよね？　関西所属なのに関東の特別対局室《とくたい》にいたし……何でそこまでするんです？」

「誰よりも近くで見たいからですよ。将棋の歴史が変わる、その特異点を」

「ッ……!!」

「ロボットアームとプロ棋士が対峙《たいじ》する虚仮威《こけおど》しの『ソフト対人類』などではなく、本当の意味での技術的特異点《シンギュラリティ》をこの目で観測し、記事にする。それが今の私の目的です」

シンギュラリティ。

人工知能が人類に代わって文明の進歩の主役となること。

将棋という文化の担い手が人間から機械に代わる瞬間……それは機械が将棋を指す対局ではなく人間と人間が対局する状態においいいいいいいいいいて初めて起こり得ることを、この人は理解している。

「…………取材はどこまで進んでいるんですか？」

「さあ？　この対局が最後になるかもしれませんね」

先期のA級順位戦で生石《おいし》さんと於鬼頭さんが対局した時にも鵠《くぐい》さんは観戦記を担当してて、追加取材を拒否した於鬼頭さんに追いすがっていた。

世間の話題は国民栄誉賞を受賞した名人や、史上初の女性プロ棋士になるかもしれない姉弟子や、小学生棋士が期待される創多《そうた》に集中している。

けれどソフトが登場してからずっと……将棋界の中心にいたのは、あの人なのだ。

於鬼頭曜《よう》というプロ棋士がコンピューターに負けた時、全てが始まった。

終わりの始まりが。


その人物と初めて盤を挟んだ俺が最初に感じたのは、奇妙な違和感だった。

長身瘦軀《そうく》。そして背中まで伸びた長い髪。

勝負師というよりも大学の研究者じみた容姿の於鬼頭曜帝位を正面から見ながら、間違い探しをするかのように、俺はその違和感の正体を探していた。

「あ…………眼鏡か」

以前は使っていたはずの眼鏡を外している。俺みたいに対局の時だけ使うのかな？　コンタクトは目が乾くから嫌う棋士も多い。合理的な於鬼頭さんならレーシック手術という手筋《てすじ》もありそうだけど――

「…………王？　竜王？　駒はこちらで大丈夫ですか？」

「えっ⁉　あ、はい！　大丈夫ですっ‼」

帝位戦の担当記者に確認されて、俺は慌てて使用する駒について同意する。

やばいやばい。

いくら相手が気になるからって、盤上から意識を散らしすぎる状態はよくない。

その後も座布団《ざぶとん》や照明の具合などについて確認があった。

「…………」

於鬼頭帝位は微かに頷《うなず》くだけで何も言葉を発しない。

そして結局、一言も話さないまま検分を終えてスマホを立会人に預けると、一人でさっさと自室へと引き上げてしまった。

――以前はもうちょっと言葉を発するイメージだったけど……。

明日から二日間、同じ部屋でずっと過ごすことになる。何かが起こっても対局中に動揺しないよう、捉《とら》え所のなさすぎるこの相手についてもっと情報が欲しかった。

この中で於鬼頭さんと関係がある人は…………………いた。

「山刀伐さん。これ俺のスマホです」

「はい。確かにお預かりしました」

受け取った俺のスマホを意味ありげに数秒間眺めてから、爽やかに山刀伐さんは言う。

「これにボクの番号を登録しておけばいいんだね？」

ロック掛けてあるから無駄だぞ？

「ところで山刀伐さんて於鬼頭さんと奨励会被ってますよね？」

「少しだけね。彼はスーパーエリートだったから」

奨励会では苦労したという《両刀使い》は遠い修業時代を思い出すように語る。

「彼は北海道《ほっかいどう》出身で、山形《やまがた》のボクより遙かに遠い所から通いで奨励会に来てたよ。冬の例会は大雪で何度か休んだことがあったんじゃないかな？　だからもともと一人で勉強する癖《くせ》がついていたとは思うんだけど……」

その先の言葉が発せられることはなかったが、言いたいことは理解できた。

「ところで今回、雛鶴《ひなつる》あいクンは連れて来なかったのかい？」

「小学校がありますから……あいが、何か？」

急に弟子の話を振られて驚いたが、そういえばこの人は『清滝道場』であいと将棋を指したこともあったな。

「いやぁ、最近のあの子の棋譜を見て、とても感動してね！　ソフトにだってできっこなさそうなことを、あんなに小さな子がやってのけるんだから！　……それで、ちょっと思ったんだ」

修業仲間が一人で消えて行った廊下の先を見詰めながら、プロになってからも誰よりも努力を続けている男は、寂しそうに言った。

「もっと早くあの子がいてくれたら……こんな風になることもなかったのかなって」

それが於鬼頭さんだけを指しての言葉なのか、それともソフトに支配されつつある将棋界に対してのものなのか、俺には聞き分けることができなかった。


於鬼頭さんはそれが当然であるかのように前夜祭でも一言も発しなかった。

「あの……山刀伐さん？　スケジュールに『両対局者のスピーチ』が入ってないんですけど？」

「うん。ないからね。於鬼頭帝位の希望で」

「マジすか⁉　許されるのそんなの？」

「玉将戦もそれで通したそうだよ？　ほら、生石くんもスピーチとか苦手だから」

俺もスピーチが得意かと言われればそうじゃないけど……せっかく考えてきたのになぁ……。

両対局者はさっさと自室へ引き上げたが、それでも「家が超近所なんでぇ～」と飛び入りで参加してくれた鹿路庭《ろくろば》珠代《たまよ》女流二段の大活躍や、マリアちゃんのお披露目などもあって、非常に盛り上がったらしい。もともと対局者なんて飾りみたいなもんだしね。

まあともかく、事件らしい事件も起こらずに対局日を迎えたわけだ。


そして翌朝。

挑戦者としての礼儀から早めに対局室に入っていた俺は、対局開始前十五分ピッタリに現れた於鬼頭曜帝位を見て、正座したまま飛び上がった。

「はっ⁉」

思わずそんな声が出た。

だって――

「「げっ‼」」

対局室で帝位の登場を待っていた俺以外の人々も同じように声を上げる。

だって――――‼

背中まであった於鬼頭さんの長い黒髪が、バッサリ切り落とされていたのだから。

いや……これは『切る』というよりも『剃《そ》る』だ。

葬儀のように漆黒の紋付きで登場した禿頭《とくとう》の帝位は、まるで何事もなかったかのように上座《かみざ》に着いて一礼すると、駒箱に手を伸ばす。

「…………」

無言で頭を下げた時に見えた於鬼頭さんの青白い頭皮は、まるで人魂《ひとだま》のように不気味で……。

帝位の登場と同時に「のじゃ⁉」と思わず悲鳴を上げたマリアちゃんなど、恐怖のあまり部屋の隅で釈迦堂さんの背中に隠れてしまっている。

登場のインパクトから立ち直ると、周囲は激しくざわつき始めた。

「この前の総会で改訂された新規定だと、検分後はホテルの敷地から出られないはず……」

「だったら……前夜祭の後に自分で剃ったのか⁉　部屋で⁉」

「……前代未聞《ぜんだいみもん》じゃないですか？」

「い、いや……頭を丸めて来ること自体は、前例がないわけじゃないが……」

確かに前例はある。

名人戦の挑戦者が頭を剃り上げて登場した『剃髪の一局』は、昭和の将棋界を代表する事件の一つに数えられている。

けれどあれは挑戦者が気合いを入れるためにやったことだ。

タイトル保持者同士とはいえ、於鬼頭帝位は防衛する立場。しかも俺の大先輩。

ハッタリのためだけにやったとしたら……棋士道《きしどう》に悖《もと》る行為として、批判の対象にもなりかねない。

そんなリスクを於鬼頭さんが冒すとは思えなかった。

だが同時に、この人が『気合い』とかそんなことのためにスキンヘッドにするとも思えない。

――むしろ……削ぎ落とす、って感じだな。

周囲の動揺などそよ風にすら感じていない様子で駒を並べ始めた於鬼頭さんに追随しながら、俺は自分が気圧《けお》されているのを意識していた。

こんなことをした理由がもし、俺の予想通りだとしたら。

――歩夢には『頭に電極でも刺して来ない限り驚かない』と言ったが……。

これは正直、電極レベルのインパクトだ。

「では……振り駒を」

正立会人の山刀伐八段が、明らかに腰の引けている記録係を促す。

「お、於鬼頭帝位の振り歩先です」

記録係が駒を空中に放り投げ――――

それが落ちる直前、於鬼頭さんがボソリと呟《つぶや》く。それは俺がここに来て初めて聞く、対局相手の声だった。

「……………歩が五枚」

「え？」

盤を挟んだ俺にだけ聞こえる小さな声だったが……確かにそう言った。

そして絹布の上に転がった駒を記録係が確認する。

「歩が五枚ですので、於鬼頭帝位の先手番となりました」

「ッ……!?」

俺は思わず於鬼頭さんの顔を見る。

髪を剃り、頬は瘦《こ》け、一切《いっさい》の夾雑物《きょうざつぶつ》が取り除かれたその表情は、まるで修行僧のようにすら感じられた。異様に大きく見える二つの目だけが爛々《らんらん》と輝いている。

ハッタリや虚仮威《こけおど》しとは思えない。

おそらく……於鬼頭さんは目の状態と反射神経を確認したんだろう。落下直前の五枚の駒の文字ですら正確に読み取ることができるかを試した。

導かれる結論は一つ。

――感覚だけじゃない。フィジカル的にも機械と人間の差を埋めようとしている。

不要なものを削ぎ落とすだけではない。

己《おのれ》の肉体すら改造するその覚悟は、俺の中に残っていた甘さを痛烈に咎《とが》めていた。

――ここまでするのか……。

人智を超えんとする者を相手にし、果たしてどう戦うべきなのか？　どうすれば勝つことができるというのか？

――怯《ひる》むな！

俺は思わず胸に手を当てていた。

その答えは、この中にしかないのだから。

☖ 密談

戦型《せんけい》は角換《かくが》わりになった。

「は、早いっ……⁉」

初手《しょて》から三六手目まで、於鬼頭さんも俺も持ち時間を一切使わず突っ走る。記録係は指し手の早さを見て戸惑いの声を上げると、棋譜を取るのを諦め、タブレット上の駒を動かすことにだけ集中した。

「あの、ええと……ご、ご退室をお願いします！　退室です！」

担当記者の困惑した声と共に、不満そうに報道陣は退室して行く。

タイトル戦は二手目まで写真撮影があるから普通は初手くらいゆっくり指す。昔は何度も盤に駒を打ちつけるポーズを取らされていたらしい。

けど前夜祭のスピーチすら拒否する於鬼頭帝位が報道陣に配慮するわけがないし、そもそもこの人の頭の中には既に目の前の将棋以外を考慮するリソースは存在しない。

両目をカッ開《ぴら》いて盤に向かうその姿を見れば一目瞭然《いちもくりょうぜん》。

「ご退室をお願いします！　どうぞお静かに！」

せめて於鬼頭さんの頭だけでも撮影しようとする報道陣は最後の最後までシャッターを切っていた。

おそらくこの頭の画像が出た瞬間、将棋界……いや日本中が大混乱に陥《おちい》るだろう。

そんな混乱など盤上には一切関係無い。

ようやく静かになった対局室は、俺と於鬼頭さんの駒が高速で飛び交っている。

「角換わり腰掛《こしか》け銀《ぎん》………の、新型同形」

対局開始からずっと盤側《ばんそく》から離れない、俗に言う『貼《は》り付き』の態勢で取材を続ける観戦記者の鵠さんが、ポツリとそう漏《も》らした。

意外でもあるし予想通りでもある、という感じだ。

――於鬼頭さんが先手を持ったらもっと変なことをやって来ると思ってたのか？

しかし俺にとっては予想通り。

親の顔より見た戦型。それほどに流行しているが、それだけに研究が深められた現在では先《せん》後《ご》共に嫌な筋が五つほどある。

だからこそ流行は続くのだ。

先手には先手の利が、後手には後手の利がある。仮にどちらか一方だけが良くなる局面であれば、悪くなる方はそれを避けてしまうので、もうプロの対局で現れることはない。

「ん……っ！」

指を撓《しな》らせ、俺は角換わり腰掛け銀新型同形の懸案局面に到達した。

ソフトも人類もここまでは『互角』と判断した局面に。

後手が三六手目に銀を上がって歩の椅子《いす》に腰掛けると、ようやく於鬼頭さんは前傾姿勢を解いて、持ち時間を使う態勢に入る。

ここから先は『先例』はあっても定跡《じょうせき》化はされていない。

「ひゅううううううううう…………――――――――」

静かだった室内に響く、笛のような高い音。

窄《すぼ》めた口から細い息を吐きながら、於鬼頭さんは茫洋《ぼうよう》としたこの局面で思考を収束させていく。

その呼気は、まるでパソコンのファンが高速で回転を始めたかのような異音を発していた。

俺は手洗いに立ち、初めて席を外す。

「…………………ふぅ……」

対局室を出てしばらく歩いてから、ようやく一つ息を吐いた。トイレは長い廊下を歩いて行った先だ。

誰もいないはずの後ろを振り返りながら、

「部屋からかなり離れたけど………この距離でも聞かれてそうだな……」

今日の於鬼頭さんの集中は異常だ。というか全てが異常だ。

定跡を離れるタイミングでこうして席を外したのは、対局室でのこちらの挙動をあまり見せたくなかったというのがある……が、それ以上に、於鬼頭さんの姿を間近で見て冷静でいられる自信がまだないからだった。

時間の使い方。視線。呼吸。細かな動作。

「それから……対局に臨む姿」

新しい服を下ろしたら『おっ！　気合い入ってるな？　新手《しんて》も用意してきたな⁉』と思うし髪型を変えてきたら『何か心境の変化でもあった？　振《ふ》り飛車《びしゃ》とか指しちゃう？』と思ったりもする。

「将棋を恋愛にたとえる人がいるけど、ホントそうだよな」

互いに言葉を交わすことができないので、どうしても、些細《ささい》な変化から相手の考えを読み取ろうとしてしまうのだ。

ただ今回はちょっと相手のインパクトが強すぎて、自分の準備が足りないんじゃないかと不安になってしまう……初デートでウェディングドレス着て来られた、みたいな。

要するに今のあの人を見続けていると弱気になってしまいそうなのだ。

「ホントなに考えてあんな奇行《きこう》に出たんだ？　いや考えてることは予想つくけど普通はやらないし。盤外戦術《ばんがいせんじゅつ》って思われるし。初対局だと将棋の研究以前に相手の個性に驚いちゃうことあるからなぁ……話でもできれば少しは安心できるんだけど」

とはいえ対局中に、しかも中継されてるタイトル戦の最中に会話なんぞできるわけがない。

トイレを済まして廊下に出た俺は、誰かがこっちへ向かって歩いて来る姿を見た。

「…………ん？　うわっ、やば……」

於鬼頭さんだ。

もう次の手を指したんだろう。一本道だから途中ですれ違うことになってしまう。それは味が悪い。非常に悪い。

正直こっちが部屋に戻ってから入れ違いに出て欲しかったけど……そういう配慮もしない人みたいだ。

こういう場合はお互いに無視するのが定跡。

「……」(ペコ)

軽く頭だけ下げてさっさと対局室へ戻ろうとすると——

「君の推論通りだ」

すれ違いざまに声を掛けられた。

「っ⁉」

思わず足を止めて振り返ってしまった俺に、於鬼頭さんは背中を向けたまま言葉を続ける。

「私のこの姿に驚かなかった君のことだ。理由は理解しているのだろう？」

いや驚いたよ。死ぬほどビビッたわ。

ただ……於鬼頭さんのやろうとしていることを理解しているという意味では、確かに驚きよりも納得のほうが勝る。それは事実だ。

俺の頭の中を読んだかのように於鬼頭さんは言葉を続ける。

「金属探知機で調べられるので、電子機器は互いに持ち込んではいない。そして対局者以外がこの廊下を歩くことはない。ここなら観戦記者もおらず、互いに通信手段も持ち得ない。密談をするタイミングとしては、これ以上に適した場所はないと判断した」

「そ、それはそうかもしれませんけど……」

「将棋とはつまり情報交換だ。これも対局の一部と私は捉えている」

「…………」

「君の推論を聞かせてもらいたい」

このまま喋《しゃべ》り続けていいものか躊躇した。

しかし於鬼頭さんが敢《あ》えてタイトル戦の定跡を無視してこの密談を持ちかけてきたことへの興味が勝った俺は、その問いかけに答えてしまう。

「……これまでのソフトの使い方は、サイズの合わない服に無理矢理身体を合わせようとしてるような窮屈さがあったと思うんです」

「同意」

於鬼頭さんは短くそう言って先を促す。

たとえば俺がかつて試した桂単騎跳《けいたんきは》ね。

何度か使ってみてわかったが、これは人類が指すには高度過ぎる。求められる読みの広さが、人間の能力を超えているのだ。

だから俺は封印した。相手が使ってきても怖くない。最善だが、間違えるのがわかってるからだ。

「これまでソフトはその局面だけを評価して、最善手《さいぜんしゅ》や点数を弾《はじ》き出しました。プラス五〇〇点なら有利、八〇〇点なら優勢、一五〇〇点なら勝勢……ってな具合に」

俺はそこでいったん言葉を切ってから、

「でも実際にそれが勝敗に結びつくことは稀《まれ》です。人間同士の戦いである以上、ソフトの弾き出す点数はあくまで参考値でしかない」

なぜならそれは局面の評価でしかないからだ。

勝負はそんな部分で決まるもんじゃない。仮に詰みがあったとしても、棋力や疲労によってはそれを見逃すこともザラにある。

ソフトの評価値も、そして最善手も、そのままでは人類の役には立たない。

つまり────俺は核心を口にする。

「あなたは…………自分の棋風に最適化したソフトを開発したんじゃないですか？」

「不同意」

「え?」

「棋風ではない。才能だ」

それは俺の予想を上回る答えだった。

「自分に合った服をオーダーメイドするためには、まず自己の身体の寸法を測る必要がある。そのためのシステムを構築し、そしてそこから導かれた自己の才能に合わせてソフトを設計した」

ソフトを使って棋力を診断する試みは、聞いたことがある。

棋譜を解析することで歴史上の棋士の強さを点数に置き換えた論文を、俺はどこかで読んだ憶《おぼ》えがあった。

「才能の可視化と表現してもいい。正確ではないが、正確ではない表現のほうが得てして人間同士の情報交換では正確に伝わることが多い」

「才能……に、点数を付けようっていうんですか?」

「試みとしては陳腐《ちんぷ》の部類に属するが」

於鬼頭さんはそこまで説明してから、意外な言葉を口にする。

「自分の才能がわかれば、不幸は減る」

「不幸?」

「わかりやすい例が奨励会だ」

ドクン、と大きく心臓が跳ねる。

そこではまさに今、俺の大切な人たちが戦っているから……。

「年齢制限とは『その年齢まで努力を続けてもプロになれないのであれば諦めたほうがいい』と才能を年齢で評価することだが、それは無数の不幸を生み続けている。もっと早く才能を評価する方法があれば、不幸は減る」

「……確かに将棋の世界は、努力するだけじゃ夢はかなわない。努力が報われる保証もない。それは認めます」

ふつふつと湧き起こる怒りと共に、俺は言葉を吐く。

「でも！　その努力で不幸になる人はいない。将棋を指すことは、不可能に挑戦することは、決して不幸なんかじゃない。ソフトが何と言おうと、俺は将棋を指します。それが俺にとっての幸せだから」

「本当にそうか？　それは君に類《たぐ》い希《まれ》な才能があるからでは？　史上四人目の中学生棋士にして史上最年少のタイトル保持者、九頭竜八一竜王」

「ッ……!!」

「君もいずれわかる。才能を持たない者が……翼を持たない者が空を目指す、不幸を」

あくまで感情のこもらない声で於鬼頭さんは話し続ける。

しかしその声は、どこか……。

「システムは完成に近づいている。このタイトル戦は、最終試験の一つなのだ」

「……その才能採点ソフトを使って棋力を向上させたあなたが俺を倒すことで、ですか？　一つ教えてもらっても？」

「答えられることならば」

「今ここでこの話を俺にするのもソフトの指示ですか？」

「その返答は保留する」

「ふっ」

この人の底が見えた。そう思った。

そしてこうも思った。

こんなやつに負けるわけには絶対にいかないと。

「たとえあなたが機械にどれだけ評価されていようと、俺には関係ない。自分の将棋を指して勝つ。それだけです」

「…………そうだな。私の評価は関係ない」

そして於鬼頭曜二冠は再び歩き出す。

俺も対局室へと向かう。

二人は逆方向へと進み――――その道はもう、交わらない。

「定刻になりましたので、九頭竜竜王の次の一手を封じてください」

立会人の山刀伐尽八段が俺の考慮中にそう声を発した。

「えっ」

読《よ》み耽《ふけ》っていたから気づかなかったが……声に反応して顔を上げれば、盤側に関係者が勢揃いしていた。副立会人の歩夢の姿もある。

──もう……夕方の六時になったのか……？

「封じ手です。いつでもいいからね」

柔らかい口調で山刀伐さんが言う。

封じ手は、定刻を過ぎたら手番の側が行わなければならない。

が、持ち時間が残っていればそれが尽きるまで封じずに考えるのは自由。

とはいえ関係者はずっと盤側で待機しているから、そのプレッシャーに耐える精神力は必要なんだけど……。

──強い……全て最善手で、いやそれ以上の手で返されてる……。

ソフトで補強された於鬼頭さんの研究は完璧だった。

改めて局面を眺めれば、先手の垂れ歩がこっちの端を破ってと金に成ったという状況だ。後手玉からも近く、対応を誤ればすぐに詰まされそうにも見える。

——山刀伐さんが気をつかうのも無理ない……俺の形勢が悪いってのが控室の見解か。

端の対応を優先して、受けるか。

それとも攻め合うか。

最新の角換わり腰掛け銀では序盤が終わればすぐ終盤。それが延々と続く。

間違いなく、次の一手は勝敗を左右する。

「じゃあ…………封じます」

あの夜と同じ言葉を俺は発した。

——そういえば……明日は三段リーグの最終日だな。

そんなことを考えながら俺は封じ手用紙と封筒を受け取ると、その神聖な儀式を行うため一人、別室へと向かった。

それぞれの前夜

鏡洲飛馬がホテルに到着すると、後輩の三段がちょうどチェックインの手続きをしているところだった。

後ろから近づいて、なるべく明るく声を掛ける。

「よっ」

「あ……どうも」

慣れない大都会。そして三段リーグ最終日の前日というシチュエーションで既に緊張しきっていた後輩は、鏡洲に会えてようやくホッとした様子を見せる。

関西から遠征してきた奨励会員は先輩たちから引き継いだ伝統として、新宿《しんじゅく》に宿泊することが多かった。

ここ『新宿パークホテル』は関西奨励会員の定宿として、もう二十年以上利用され続けている。おかげで鏡洲はチェックインもほぼ顔パスだ。

示し合わせたわけではないし、東京までの移動はバラバラで行うが、不思議とみんなここに集まる。身を寄せ合うように。

だから最終日の前夜は関西のみんなで食事に行くのが定跡になっていた。

最終日には全ての三段が東京に集められるとはいえ、関西の奨励会員同士は当たらないように組まれているという事情もあったが――

「空と椚《くぬぎ》は連盟が用意した宿に泊まってるんでしょ？　職員が引率までして。いくら有名人だからって不公平じゃないですか。鏡洲さんだって昇段争いのトップを走ってるってのに……」

「おいおい」

温かい食べ物が腹に入って緊張が解けた三段たちは、次第に連盟や銀子たちに対する不満をぶちまけ始める。

鏡洲はそんな後輩たちを宥《なだ》めようと、できるだけ軽い口調で言った。

「銀子ちゃんは高校生の女の子だし、創多に至っては小学生だぞ？　引率は必要だろ」

しかし誰も納得しない。

他の三段がテーブルに拳を振り下ろしながら叫ぶ。

「そもそも組み合わせからしておかしいですよ！　どうして最終日に関東に全員集めておいてあんな組み合わせを──」

「それ以上は言うな」

激し始めた後輩たちを鏡洲は制した。

「銀子ちゃんも創多も、それに辛香《からこ》さんも。注目されるっていうのは……強い光が当たるってことは、そんなに楽なことばかりじゃないと思うぜ？　俺たちみたいに日陰ばかりを歩いて来た連中には、特にさ」

そう言いつつも鏡洲も彼らの言葉に共感するのを否定できなかった。

──ずっと虐《しいた》げられるばかりだったからな。俺たちは……。

『修業』とはいうものの、奨励会員に与えられるのは体《てい》のいい雑用だ。将棋界はプロが奨励会員を搾取《さくしゅ》する構造で成り立っている。

それでも我慢するのは、プロが自分たちと同じ条件で奨励会を抜けた者たちだから。

──奨励会員は何よりも公平性を求める。卑怯《ひきょう》なやつは見下される。

最終日に関東へ集められることすら、関西の奨励会員にとっては不満だった。

十年以上前。

九州出身で、ずっと関西将棋界で過ごしてきた鏡洲にとって、三段リーグが千駄ケ谷《せんだがや》の将棋会館へ行く初めての機会だった。

道を間違えたらどうしよう……不安だらけの鏡洲は先輩に尋ねた。

『あの、先輩。関東の将棋会館って、千駄ヶ谷の駅からどうやって行ったらいいんですか？』

その時の先輩の答えを鏡洲は永久に忘れないだろう。

『そんなん奨励会員みたいな顔したやつに付いて行ったらええんや！』

——ムチャクチャだと思ったけど、実際それで辿り着けたからな。

思い出し笑いを堪えながら、鏡洲は目の前の三段連中を眺める。

不健康な生白い肌。メガネ。チェックの服。

イケてない髪型に正体不明のセカンドバッグ。

通勤する人々が駅へと向かって歩いて行く中、その流れに逆らうように神社へ向かって歩いて行く。まるで社会そのものの流れに抗《あらが》うかのように。

それが奨励会員だ。

暗く、一途で、ひねくれていて純粋で、本質的に自分の成長以外に興味がない、一匹狼《いっぴきおおかみ》。

そんな奨励会員たちが今、鏡洲に向かって口々にこう叫んでいた。

「上がってください！　鏡洲さん！」

「鏡洲さんがプロになれない将棋界なんておかしいですよっ!!」

「奨励会員の意地、見せてくださいッ!!!」

涙すら浮かべて次々に鏡洲との握手をせがむ後輩たちの熱に触れて、鏡洲も熱いものがこみ上げてくるのを感じた。

「お前ら……」

これが奨励会員だ。

泥臭く、粘り強く……しかし誰よりも熱い熱い青春を送る、誰よりも純粋なる者たち。

そしてその一員でいられることを、鏡洲は誇らしく思った。むしろこの場にいられない銀子や創多を不憫《ふびん》に思う。

——勝つにしろ負けるにしろ……俺が奨励会員でいられるのは、明日まで。

だったら明日はこいつらのために戦おう。そう固く誓った。


空銀子はホテルに到着するなりベッドに倒れ込んでいた。

「…………熱い…………」

身体は重く、常に熱を持ち続けていた。

二週間前の三段リーグで既に体調は限界に達していたが、そのまま夏祭りに行って雨に降られたのがよくなかったのかもしれない。

風邪のような症状がずっと続いていた。

だるさが全く抜けない。そのわりには頭だけが異様に冴《さ》えている。身体を休めようと横になっても眠ることができず、脆弱な肉体はますます弱っていった。

――……頭は冴えてる……ずっと……異様なほどに……。

しかし移動だけで疲れ果ててしまった銀子はホテルに到着するなり制服のままこうしてベッドに横たわっている。

そんな時だった。枕元《まくらもと》に無造作に置いた電話が鳴ったのは。

「っ……！」

銀子は飛び跳ねるように電話に手を伸ばし、通話を選択する。

――まさか……まさか、あいつが私を心配して……⁉

『空さん。明日は余裕を持って将棋会館に到着したいので、朝の七時半にはお部屋にうかがいます。移動は椚三段と別々に行いますのでご安心ください。それでよろしいですか？』

連盟からの業務連絡だった。

相手のペースで話されると理解が追いつかない。銀子はそれほど疲弊していた。そして落胆もしていた。ひどく落胆していた……。

『……空さん？　それでいいですか？』

「…………………同歩《どうふ》…………」

『え？　何です？』

聞き返されて、銀子の寂しさはさらに募った。あいつならこれで通じるのに。

「……はい。それでよろしくお願いします」

『それではおやすみなさい。どうぞごゆっくり』

通話終了。

一瞬でも期待してしまった自分を銀子は嘲笑《あざわら》う。

「ふふ…………バカね。タイトル戦の対局者は封じ手の後も外部との接触が断たれるように規程が変わったばっかりじゃない……」

スマホを枕元に戻し、せめて着替えようと上体を起こす。

すると、制服のポケットに違和感があった。

「ん？　これ……あの小童《こわっぱ》の作ったプリント？」

前回の三段リーグ以降、制服を着る機会はなかったから、夏祭りの時にポケットに入れたままになっていたのだ。もう夏休みは終わっていたが学校は休み続けている。

──このまま辞めてもいいもの……。

自暴自棄《じぼうじき》になっているとも思うが、将棋以外のことを考える余裕などとっくの昔に無くなっていた。心も身体も限界だった。

——……なのに、頭だけは動き続ける…………つらい……。

最大の恐怖は心臓だ。胸の中のこの爆弾とは生まれてからずっと付き合い続けてきた。だから破裂する寸前まで行けば、身体が警告を発する。

けれど銀子は病院には頑《かたく》なに行こうとしなかった。

——行ったら辛香さんの言うようにドクターストップが掛かるかもしれない……。

不戦敗になれば全てが終わる。それだけは避けようと銀子はこの二週間ほとんど誰にも会わず、実家に戻って身体を休めることに専念していた。

娘と共に死と向き合って来た親だけは、銀子が夢を追って苦しむ姿を見ても何も言わない。代わりに昔話をしてくれた。銀子が将棋を覚えた頃のことを。

——あと一日……あと二局指せば全てが終わる……。

苦しみから一瞬でも目を逸《そ》らそうと銀子はプリントを広げて、あいの詰将棋《つめしょうぎ》をもう一度解く。

「逆王手に、移動合い…………ふっ。こんなの実戦で出るわけないのにね」

そして次に、あいが手書きで記した別の問題を眺めた。

……十分……二十分……三十分………。

じっと見詰めたまま時間だけが経過していくが——

「…………………難しいわね。これ本当に実戦で出たの？」

どれだけ考えても答えがわからず何となく気持ちの悪いものを感じた銀子は、そのプリントをベッドの上に置いて立ち上がった。

そして大きな窓に歩み寄る。

「星……どこにも見えない」

東京の空はどんよりと暗く、どれだけ目を凝らしても、星は見えない。

銀子は視線を下に向ける。

帝位戦の対局場がある方角を眺めながら、あいつの名前を呟いた。

「……八一…………」

窓から見下ろすその場所のどこかに、銀子がいま一番会いたい人がいるはずだった。

張り詰めていたものが急に解けて、窓に額を押しつけたまま、慟哭《どうこく》する。

三段に上がった時と同じ、赤ん坊のような泣き声で。

「……やいち…………こわいよ。たすけてよぉ…………」

隣にいて欲しい。

あの夜のように抱き締めて欲しい。

弱った自分をこの地獄のような状況から救い出して欲しい……！

そう願った時、彼はいつも彼女の前に現れてくれた。まるで奇跡のように。将棋の神様はたまにそんな奇跡を与えてくれる。

銀子が三段に上がることができた一局もそうだった。創多に初めて勝ったあれは、相手が強すぎたゆえの自滅。

――どんな高度な対局でも、一度は奇跡が起こる。それが将棋だもの。

「でも……二度目は自分の力で起こすしかない。そうだよね、八一」

銀子はベッドに戻ると、詰将棋のプリントを再び制服のポケットに仕舞う。お守りのように。

それから旅行鞄を開けて、着替えではなく封筒を取り出した。

その中にあるのは『邪魔して悪かった』という殴り書きと共に無記名で送られてきた棋譜。

それから十年以上前の日付が印字された写真だった。

九頭竜八一は対局者用の寝室として供された広大な洋室で一人、絨毯《じゅうたん》の上に正座していた。

バスローブを纏っただけの姿で。

「……っ！　…………う、…………くぅう…………っ！」

微かな呻《うめ》き声を漏らしながら前後に身体を揺すり続ける。

それは明らかに異様な光景だった。

和服を脱ぎ、ルームサービスで簡単な食事を摂《と》って熱いシャワーを浴びてから、髪も乾かさずにこうして封じ手の局面について考え始めていたのだ。

――今だ！　今、この瞬間が勝負の分かれ目になる!!

最後の一手を封じた八一は、於鬼頭よりも一手だけ先の未来を知っている。

ぼんやり局面を眺めるというレベルではない。

最終盤の詰むや詰まざるやを読み切ろうとするかのように、八一はまだ彼の脳内にのみ存在する盤面へと没入する。

「はぁっ……！　はぁっ……！　はぁぁぁ…………………ッ‼」

食事と一緒に大量に運び込まれた水を時折ガブ飲みする以外は固く目を閉じ、ずっと絨毯の上に膝《ひざ》を突いて読み耽っていた。

超長手数《ちょうてすう》の詰将棋を脳内だけで解こうとするような苦行《くぎょう》。

しかし『詰みがある』とわかっている詰将棋と違い、詰みが無いかもしれない実戦で読みをここまで深めるのは大きなリスクを伴う。

全てが無駄になるかもしれない。疲労だけが残り二日目はまともに戦えないかもしれない。

それでも八一は読み続ける。感情を振り切るように。

「ふぅぅ――――――……………あとちょっとで見えそうなんだけど…………そのあとちょっとが……遠い…………………」

息継ぎをするように高い天井《てんじょう》を仰《あお》ぎ、数時間ぶりに言葉を発する。

このタイトル戦に向けて八一は詰将棋や棋譜並べといったアナログなトレーニングの量をむしろ増やしていた。

あいと同居を始めてから日課として一緒に取り組んだ、詰将棋の早解き。

実戦型では八一が早く解けることもあったが、長手数の詰将棋はあいの方が早かった。初心者の頃にもう、スピードでも読みの物量でも竜王《やいち》を凌駕していたのだ。努力すらせずに。才能。そうとしか呼べないものが、この世界には確かに存在する。

「いや、あれは神の領域か…………でも！」

そこへ足を踏み入れるべく、八一は再び絨毯に両の拳を突く。

——深く……もっと深く……ッ!!

深く、深く、深く、深く深く深く深く深く深く深く深くふかくふかくふかくふかく——————

「ふ……ふぁ……はっくしょんッ!!　…………うぅー……」

ずずっ、と鼻を啜《すす》って、剝《む》き出しの腕をさする八一。

ホテルのエアコンは自宅より強くて、すっかり身体が冷え切ってしまっていた。

集中が途切れたその瞬間。ふっ……と、懐かしい声が心に響く。

『お風呂《ふろ》から出たら服を着なきゃダメじゃない。ばかやいち』

「…………だよね。銀子ちゃん」

年下の姉に怒られたような気がして、八一は慌てて服を着た。

「もう、東京にいるのかな……」

一瞬だけ心によぎった銀色の少女は、同じ部屋で暮らしていた頃によくそうだったように、どこか怒ったような表情をしていた。

第五譜

見守る人々

『こちら将棋会館前です！　いま続々と、奨励会員と思われる方々が建物の中に入っていくところです！』

早朝のニュース番組で将棋会館が中継されていた。

私たちが見慣れてる関西じゃなくて関東のだけど、地上波のあらゆるチャンネルで茶色い五階建てのビルが映ってるのを見ると……何とも不思議な気持ちになる。

テレビの前でソワソワしてる師匠に私は声を掛けた。

「お父さん、冷たい麦茶？　それとも熱い緑茶がいいの？」

「おお……すまんな桂香《けいか》。頼む」

「どっちがいいかって聞いてるんだけど？」

「おお……それで頼む」

ダメだわこりゃ。テレビに夢中でぜんぜん聞いてない。

「あいちゃーん。緑茶でおねがーい」

「はーい！」

台所で洗い物をしてくれてるあいちゃんの元気な返事。三人で朝食を摂《と》った和室のテーブルを拭《ふ》きながら、私もちゃっかりテレビを見てしまっている。

ごめんあいちゃん！　でも銀子《ぎんこ》ちゃんが映るまでは……！

『いま建物に入って行くのが現時点で最もプロに近い、鏡洲飛馬《かがみずひうま》三段！　唯一の二敗で、本日は一局目に小学生プロを目指す椚創多《くぬぎそうた》くんと対局です！　その対局に勝てばその時点で鏡洲四段の誕生となります！』

飛馬くんはヘッドホンを装着して誰《だれ》とも話したくないという意思を明確に示しつつ、報道陣を無視して早足に建物へ。さすがの準備ね。

すぐにカメラは別の獲物を発見する。

『連盟職員に付き添われてやって来たのは……創多くん！　椚創多くんです！』

育ちのよさそうな小さな男の子。

まだ十一歳の小学生にカメラが殺到し、連盟職員が慌てて止める。創多くんはさすがに不安そうな表情で建物の中に駆け込んでいった。

『現在は順位の差により四番手の創多くんがプロになるためには自身の勝利の他に、上位の敗北が必要となります！　果たして史上初の小学生プロ棋士は誕生するのでしょうか⁉』

次々と連盟に到着する対局者と、それを追いかけるカメラ。

「まるで『将棋界の一番長い日』ね」

A級順位戦最終局のことを、将棋界では『一番長い日』と呼ぶ。超トップ棋士がプライドを懸けて技術と根性の全《すべ》てを注《そそ》ぎ込む対局は常に深夜にまで及《およ》ぶからだ。

そして他人の勝敗が自分の降級などに影響するため、深夜まで全ての対局を見ていないといけないからでもある。

「人生で一番大事な対局だもの。もっと静かな状況で指させてあげたかったわ」

「…………」

お父さんはテレビ画面を見詰めたまま何も言わない。

カメラやマイクを持った、将棋に何の興味もないであろうマスコミが、珍しい動物でも撮影しようとするかのように若者たちを追いかけ回している。

——正確に奨励会員を見分けてるのには、ちょっと笑っちゃうわね。

笑っていられるのはそこまでだった。

『あっ！　いまタクシーが建物に近づいて来ます！　中に乗っているのは《浪速《なにわ》の白雪姫》でしょうか⁉　あの銀色の髪は間違いありません！　空《そら》銀子三段が到着しましたっ‼』

「「ッ‼」」

私とお父さんはテレビに顔を寄せて、カメラが捉《とら》えた銀子ちゃんの姿を凝視する。

「……銀……子…………」

お父さんは呻《うめ》いた。

私は……痛ましいその姿に、息が止まる。

——窶《やつ》れた……こんなに苦しそうな銀子ちゃんを見たの、何年ぶり……？

七年前。初めての奨励会試験の日。

心臓の発作を起こして倒れたあの日の姿と重なって……私の胸まで痛くなってくる。

タクシーのドアが開くと、カメラが殺到した。

しかし――――現れた銀子ちゃんを前にして、この世の全てが静止する。

『…………』

まるで結界が張られているかのように、何者も近づくことができない。

そしてどの奨励会員よりもゆっくりと、堂々と、銀子ちゃんは歩いて行く。

圧倒的な透明感。

そこに研ぎ澄まされた闘志が加わり、全身が銀色の輝きを放っていた。

『…………綺麗《きれい》…………』

美人で有名な女性リポーターもそう呟《つぶや》いたきり、他に何も言えないでいる。

本当に美しいものは軽薄な言葉など全て弾《はじ》き返してしまう。

その姿はまるで……この世のものとは思えなくて……。

――大丈夫！　もう治ってる！　明石《あかし》先生がそう言ったじゃない！

涙を堪《こら》えながら私は自分に言い聞かせる。

一世一代の大勝負に臨むあの子を瞼《まぶた》に焼き付けるために、私は唇を噛《か》み、将棋会館へ入っていくその姿を最後まで見送った。

『そ、それではここで、四二年ぶりに実施された三段編入試験を経て奨励会に再挑戦している、辛香将司《からこしょうじ》さんにお話をうかがいたいと思います』

『はい！　僕は今日の一局目で空銀子さんと当たるんですが、簡単に言うとその将棋で僕が勝ってしまうと空さんはプロになれません』

軽薄な笑顔でカメラの前に現れた辛香さんを見て、私は目を疑った。

こ、この人……どういう神経してるの……？

『日本全国のみなさんは、僕が負けるように祈っててください！　みなさんのガッカリした顔を想像すると気合いが入るんで！』

『い、いいんですか⁉　テレビでそんなことを言っちゃって……』

『僕は悪人で結構です。それにどうせ嫌われるなら思いっきり嫌われたほうが、プロになったとき目立つやないですか（笑）』

ピエロのように笑顔を貼《は》り付けたまま、辛香さんはそう言った。こんな人と……こんな将棋をバカにしたような人と、銀子ちゃんは戦うの？　冷静に戦えるの……？

「桂香さーん。新しいお茶っ葉《ぱ》ってどこにあるのー？」

台所から聞こえてきたあいちゃんの声に救われる思いがした。

慌てて声を整えると、私は返事をする。

「台所の下の棚になかったかしらー？　それを茶筒に移し替えて使ってー」

あいちゃんは勘のいい子だ。何より……八一《やいち》くんのことを誰よりもよく見てる。

だから銀子ちゃんがテレビに映っている限り、和室には来ないだろう。

私はチラッとお父さんを見た。

「………………」

お父さんはやっぱり何も言わずにテレビを見ている。

『対局は午前九時より行われる予定ですが、少し遅れる可能性があるそうです！　残念ながら対局室にカメラが入ることは許可されませんでしたが、将棋会館二階の道場で注目の対局をプロ棋士が逐一解説してくれることになっておりますので、ぜひ引き続きご覧ください！』

「……誰のせいで遅れると思ってるのかしら」

思わず嫌味を口にしちゃったけど、少しだけホッとした。対局室に報道陣が押しかけるようなことがあれば、私は今からでも東京《とうきょう》へ行ってそれを止める。

三段リーグ最終日の対局室は将棋界最高の聖域。

懸かっているものの重さを考えれば当然だ。プロの将棋は名誉と賞金を懸けて戦うけど、奨励会員は命を懸けているのだから。

一方、帝位戦の中継には当然ながら大勢の記者が詰めかけていて、対局室からハミ出すほどカメラが並んでいた。

「八一くん……びっくりしてるでしょうねぇ……」

言い方は悪いけど、こっちは本来そこまで盛り上がるカードじゃない。その証拠に一日目は報道陣も少なかった。それが二日目になって急に注目されたのは――

「於鬼頭《おきと》先生の頭って、あれ……盤外戦術《ばんがいせんじゅつ》なのかしら？」

「………以前の彼なら盤外戦術など考えられんが……」

お父さんも歯切れが悪い。

長髪から一転してツルツルになってしまった帝位の頭がネットニュースに流れると、世間は大騒ぎになった。

三段リーグも合わさって昨日の夕方くらいから日本中が将棋の話題一色。そのどちらの中心にも弟子がいるから、お父さんの心痛は想像に余りある。

――しかも八一くんは一日目の段階で、もう……。

実は誘惑に耐えられず、封《ふう》じ手《て》の局面をソフトで検討《けんとう》してしまった。

「……ソフトの最善手《さいぜんしゅ》は7六歩。でも、それを指したところで……」

形勢は、先手がプラス二〇〇点。ほぼ互角。

けど本当に恐ろしいのは……先手の評価値が開始局面から一度も下がっていないこと。

於鬼頭先生の差し手は全てが最善手。

しかもその指し手はソフトっぽくない、人間にも理解できる自然な手の積み重ねだ。

八一くんもそれにほぼ最善で返している。返してるんだけど……。

『両対局者、封印を確認していただけましたか？　それでは開封します』

立会人の山刀伐《なたぎり》先生が封筒に鋏《はさみ》を入れて、中の封じ手用紙を取り出した。

そして八一くんの次の一手を読み上げる。

『封じ手は――――7六歩』

カメラのフラッシュが無数に瞬《またた》き、その輝きの中で八一くんは盤上に手を伸ばした。

「7六歩……」

力強いその手つきを見て、私の胸はむしろ痛む。

八一くんは反撃に出る順を選んだ。

その判断自体は現局面での最善だ。ソフトもそう言ってる。

けどそれは……ソフトの予想を一歩も超えていないという意味でもあって……。

「先手の玉が遠い……」

お父さんが呻くように言った。

そう。先手と後手の玉型を見比べれば、どちらが実戦的に有利かはソフトに精査させるまでもなくわかる。私はお父さんに尋ねた。

「7六歩と突いたからには、八一くんは攻め合いに出るつもりよね？　けど次に指せる手は4七歩くらいだし……仮に4筋に攻めの拠点を築けても、相手はもう八一くんの玉のすぐ側《そば》に、と金を作っちゃってるのよ？」

　ソフトはそれでも戦えると主張している。

　同時に次善手《じぜんしゅ》として、於鬼頭先生のと金を香車で排除する1三香も主張しており、防衛に専念するのも有力だと言っていた。

　最善手と次善手の評価値の差は、ごく僅《わず》か。

　八一くんの棋風にはむしろそっちが合ってると思えた。受けの手が。

「攻め合いとなれば於鬼頭先生には2二とがあるわ。5五桂や6四歩も見える。おまけに八一くんは持ち時間が圧倒的に少ない……実戦的に不利は明らかじゃない？」

　於鬼頭先生と八一くんの持ち時間は既に倍も離れてしまっている。

　玉が不安定の状態でバランスを保とうとすれば、どうしても深く読むための時間が必要。じゃないと流れ弾に当たって頓死《とんし》してしまう。

　局面は未《いま》だに互角。けれど実際は、持ち時間という鎧《よろい》をジリジリと削り取られている八一くんが、圧倒的に不利だと思える。

　――もしかして八一くんもそれを感じてる？　だから攻め合うの？

　このままジリ貧になるよりもまだ、時間が残っている段階で決戦に持ち込んだ方がいいという判断だろうか？

「八一は強い。が……その強さは絶妙な大局観の占める部分が大きい。局面が混沌《こんとん》としとる時には豪腕を発揮するが、整理された状況で終盤に入ると、割とあっさり土俵を割る」

弟子の弱点を語る師の口調は重い。

「於鬼頭くんはもともと局地戦が滅法《めっぽう》強い棋士やった。わしもA級で戦ったことがあるが、あれほど正確な終盤力を持つ棋士は他に見当たらん。まるで機械のように正確やった……やからこそ、ソフトに超えられたことに最も衝撃を受けたのかもしれんが……」

「お父さん……」

於鬼頭先生が自殺未遂をしたことは公式には伏せられていて、その詳細を知る人は連盟関係者の中でも限られていた。

けれどお父さんは全てを知っている。

なぜなら於鬼頭先生が自殺未遂を起こしたその三日後に、お父さんとのA級順位戦が組まれていたから。

その対局はお父さんの不戦勝になったけれど――――だからこそ大きな疵《きず》を負った。

『なんでこんなことに……なんでこんなことに……』

連盟との電話を終えてから呆然《ぼうぜん》とそう呟き続けるお父さんの姿を私は知っている。そしてその期の順位戦でお父さんは全く勝てなくなり、A級から陥落した。

於鬼頭先生は休場扱いとなってその期は残留。

しかし先生が連盟に提出したのは休場届ではなく『遺書』だった。それでも残留扱いとしたのは、あまりにも軽率にソフトとの戦いに送り出してしまったことに、プロ棋士の全てが負い目を感じているから……。

その後、於鬼頭先生がどういう気持ちで復帰して、どういう気持ちでソフトにのめり込んでいったのか、私にはわからない。おそらくそれは誰にも想像すらできない。

ただ一つわかることは……。

――八一くんが勝つにはソフトを超えた手を出すしかない。

けれど封じ手はソフトの最善手だった。

それは八一くんがソフトの掌中《しょうちゅう》にあるということ。つまり、於鬼頭先生の掌中に。

「寄せ合いの速度計算になれば計算器に敵《かな》うわけがない」

計算器。お父さんは於鬼頭先生をそう表した。

確かに今の於鬼頭先生は冷徹な計算器のように見える。

「速度計算といえば、あいちゃんが――」

私は台所でお茶を淹《い》れてくれている八一くんの弟子の才能に思いを馳《は》せた。

あいちゃんの終盤力は、局面においてはプロを凌駕《りょうが》している。時として人外のものとすら思えるほどに。

私はあいちゃんが将棋を覚えて一年未満の頃《ころ》に戦ったけど、序中盤で勝勢まで持って行ったにもかかわらず終盤で全てをひっくり返されてしまった。

——そしてつい最近も、そんな恐ろしい終盤を見せつけられた……。

女流名跡戦《じょりゅうみょうせき》の、リーグ入りを懸けた将棋。

元奨励会員の岳滅鬼翼《がくめきつばさ》さんが必至《ひっし》を掛けたにも関わらず、あいちゃんはその必至を解除するという、悪夢のような指し回しを見せた。

——あの瞬間を思い出すと……今でも寒気がする……。

そしてそんなあいちゃんを見出《みいだ》し、育てた八一くんに対しても……私はそれ以上の恐怖を覚えていた。あれは指導や育成なんて生温《なまぬる》いものじゃない。

あれは実験だ。

「……あいちゃんがこの局面を見たらどう評価するかしらね？」

ガチャン！

「ッ⁉」

食器が割れるような音がして、私とお父さんがそっちを見ると——

「…………………う…………………」

お茶を運んで来ていたあいちゃんが、空のお盆を持ったまま立ち尽くしている。

足下には熱い緑茶の入っていた茶碗が転がっていて、湯気が立っていた。大変！　零《こぼ》しちゃったの⁉

「ちょっ、ちょっとあいちゃん大丈夫⁉　火傷《やけど》してない⁉　すぐ拭いて——」

布巾《ふきん》を持って私が駆け寄るけど、あいちゃんは全く気づいた様子もなく、モニターに映し出された帝位戦の盤面だけを凝視している。

「…………う…………こ…………う…………こ…………う…………」

「え？」

立ったまま、あいちゃんは前後に小さく身体を揺すり始める。

その時、私は信じられないものを目にした。

「ッ!?　あ…………あい……ちゃ、ん…………？」

十歳の少女の背中から――――白い翼が生えるのを。

辛香将司

勝負の世界は苛酷《かこく》だ。三段リーグは地獄だ。

十数年ぶりに三段リーグ最終日の特別対局室へ足を踏み入れた男は、そこに整然と並ぶ将棋盤と奨励会員を見て呟いた。

「……変わらんなぁ。ここは」

変わったのは……昔のチェスクロックはアナログ式で秒読みに対応しておらず、ストップウォッチで秒を読んだことくらいか。今はデジタル時計が勝手に秒を読んでくれる。

この部屋のことは、今でも夢に見る。

夢の中で男は将棋を指している。傍《かたわ》らにはストップウォッチを握り締めた奨励会員がいて、緊迫した口調で秒を読んでいる。

局面は、男のほぼ必勝形。

それは奨励会在籍中、一度だけ巡ってきた自力昇段のチャンス。退会が決まった将棋よりも、男はその将棋の夢をよく見た。もうほとんど勝っているその将棋を、男はなぜか負けた。

そして終わってから気づくのだ。

自分が投了《とうりょう》する直前の局面で……五手詰の勝ちがあったことを。

夢から目覚めた時、男はいつも泣いている。今朝《けさ》がそうであったように。

「けど、今日の対局はここやない」

辛香将司は特対から出ると、トイレを挟んだ裏側にある小さな部屋に向かった。

辛香の対局は天井《てんじょう》カメラで盤面を中継することになったため、それに適した部屋が宛《あて》がわれたのだ。

『銀沙《ぎんさ》の間』。

そこでは銀色の髪をした少女が待っていて、辛香はピエロのような笑顔で挨拶《あいさつ》をする。

「久しぶり。銀子ちゃん」

上座《かみざ》に回った辛香が駒箱《こまばこ》に手を伸ばすと、空銀子はキッと彼を睨《にら》みつけて言った。

「今日はこの駒でいいんですか？」

「おっと」

——これはこれは……随分と練れていらっしゃる。

軽口を封じ、辛香は神妙な表情で駒を並べた。こういうときに話し相手になってしまうと、逆に相手の緊張をほぐしてしまいかねない。

自力の目がある三段リーグ最終日という状況は、あらゆる盤外戦術に勝る。

そして辛香はそれを経験していて、銀子は未経験なのだ。

——これ以上の有利が他にあるか？

辛香の先手で始まった対局は、振《ふ》り飛車《びしゃ》と居飛車《いびしゃ》の対抗形になった。

「ほー。ソフト発祥の早囲《はやがこ》いか。さすがよくお勉強してらっしゃる」

「……」

船囲《ふながこ》いの出来損ないとしか辛香には思えないその囲いはしかし、優秀だった。だがどれだけ考えても、金を座布団《ざぶとん》みたいに玉の尻に敷くその囲いが優秀だと辛香は認められなかった。

——さっぱり理解できん。理解したくもないわ！

ただいくら辛香がその囲いを拒絶したところで、形勢が悪くなりつつあるのは認めないわけにはいかない。

そして囲い以上に優秀なのが、銀子の指し回しだ。

——強い……あのひ弱な空銀子二段とはまるで別人やね。

十代の若手には頻繁にこういうことが起こるから警戒が必要だった。突然ポンと壁を破ってあっという間に置いて行かれる。それに加えて自分の弱点を分析された感覚があった。

——才能がある子やいうことはわかってた。ずっと前から。

だからこそ辛香は銀子を警戒していた。

その力を発揮しきれないよう盤外戦術を使って未熟な心を攻めた。相手の弱い部分を突くのは卑怯《ひきょう》でも何でもない。それが勝負の世界だ。

「……変わらんなぁ。ここは」

腰を落として挽回《ばんかい》の策を練りつつ、辛香は三段リーグ最終日の空気を胸に吸い込む。

勝負の世界は苛酷だ。三段リーグは地獄だ。

奨励会時代、辛香はそう思っていたし、将棋界の誰もが今もそう言っている。

けれど本物の地獄は対局室の外の世界にあった。

——退会してからそれを思い知らされた……楽な仕事なんて何一つなかった。

奨励会員でも、記録係や稽古《けいこ》の仕事で収入を得ることができる。将棋を指して何千円、ときには何万円というお金をもらえる。

だが、社会に出て一万円を稼ぐことがいかに大変か。テレビで観《み》るプロ棋士の美しい手と、ボロボロになった自分の手を見比べて、辛香は何度も涙した。

将棋を知っている人のいる職場は辛かった。嫌でも奨励会時代を思い出し、あの夢を見てしまうから。

けれどどれだけ辛くても、それは二番目でしかない。

一番つらい仕事は────人が死ぬ職場。

それは辛香が奨励会を退会して程なく勤め始めた、とある清掃業者でのことだった。

辛香が配属された施設で、将棋が大流行していたのだ。履歴書を見た上司が気を利《き》かせたらしかったが、迷惑でしかなかった。

どれだけ誘われようと、上司から言われようと、辛香は駒に触れようとしなかった。将棋で遊ぶ人々に背を向け続けた。

そんな辛香の目を再び将棋に向けさせたのは……子供たちだった。

──子供なら、奨励会のことも僕のことも知らんからね……。

長く施設にいる子供にとって、外部から来た辛香は退屈を紛《まぎ》らわすのに絶好の相手だったらしい。せがまれて一局だけ相手すると、すぐに別の子供も挑んできた。

清掃の合間を縫いつつ辛香は子供たちの相手を続けた……最初は仕方なく、やがて子供たちの成長を楽しみに。

だがそんな幸せな時間は、長くは続かなかった。

その施設で暮らすのは――――難病を抱えた子供たちだったから。

自分のことなら耐えられる。自分を殺すことはすぐに慣れた。

けど、自分に懐《なつ》いてくれて、将棋を教えてほしいとせがんできた子供たちが、次の日にはあっけなく死んでしまう……そんな理不尽にどう耐えればいいというのか？

ピエロのように笑顔を貼り付けて、辛香は子供たちと将棋を指した。そして笑顔のまま見送った。

ごくまれに退院していく子も、それは自宅で看取《みと》るためであることを、辛香は職員たちから聞いて知った。

何の罪もないのに、精一杯生きようと努力してるのに、為《な》す術《すべ》もなく失われてしまう命。

――これが本物の地獄やと思った。

耐えられなくなり、辛香はその仕事を辞めた。

それから職を転々として、将棋からも逃げ続けていた、ある日。

テレビのニュースで知ったのだ。

かつて辛香が将棋を教えた子供の一人が、成長し、まだ将棋を続けていることを。

――生きてくれた！　しかも……こんなに立派になって……!!

その事実が辛香を変えた。

奨励会を退会になってからの自分は、死んだも同然だった。

だったらもう一回、生きてみよう。生き返ってやろう。

将棋を再開した辛香はアマチュアの大会に出た。元奨励会三段とはいえ簡単に勝てるような甘い世界ではない。アマに負ける屈辱に耐えて腕を磨き続ける日々。

そしてようやくアマ大会に優勝した翌日も、朝から仕事に行った。ヘトヘトの身体で。

そんな日々が辛香を強くしていった。

アマ大会で優勝し、プロ棋戦に招待選手として出場するようになると、三段リーグ復帰のための活動を開始した。限りなく不可能に思われたそれも、病を抱えた子供の起こした奇跡と比べれば何でもない。

そして遂に、辛香はここに帰って来た。

そうやって摑《つか》んだ、二度目の自力昇段のチャンス。簡単に捨てるわけにはいかなかった。

「はー……強い！　銀子ちゃんホンマ強くなったねぇ！」

笑顔を浮かべると、辛香は大げさに溜《た》め息《いき》を吐《つ》いて見せる。

「ソフトの使う戦法なんて使われたら、僕は手も足も出んわ。いや取り入れようと努力はしたけどさ？　どうも違和感が拭《ぬぐ》えんっちゅうか……ねぇ？」

自力昇段を目前にした奨励会員が、どんな状況で間違えるか？

——それはね銀子ちゃん。勝ちを意識した瞬間です。

実際の形勢はそこまで離れていない。冴《さ》えわたる銀子の指し回しを封じることさえできればマクれる。その自信が辛香にはあった。

だから敢《あ》えて弱音を吐き、早めに受けに回ることで、少しでも銀子の形勢判断を鈍らせようという盤外戦術。

——姑息《こそく》な手やね。けど高みを目指す者ほど足下の小石が目に入らんもんや。

たった一手でいい。

駒に指が触れる一瞬だけでも心が揺れれば奈落へ堕《お》ちることを、辛香は誰よりも知っている。

「さてさて困ったなぁ。これはもう……銀子ちゃんの心臓が止まるまで粘るしかないかぁ？」

真正面から辛香を見詰めて、銀子は口を開く。

「もう効かないわ。あなたの言葉は」

「へ？」

「だって……悪意がないってわかってるから」

「悪意？　そらもちろんカケラも無いよ。僕はいつでも正々堂々と——」

ヘラヘラと笑いながら喋《しゃべ》る辛香の言葉を遮《さえぎ》って、銀子は言った。

「これ、あなたでしょ？」

そして天井カメラからは見えない角度で写真を差し出す。一人の青年と幼い銀子が、小さなプラスチック盤で将棋を指している写真を。

「いたんだね。あの病院に。それで私と将棋を指した……私以外の子たちとも」

「っ…………」

言葉を失った辛香を優しい目で見詰めて、銀子は静かに話し続ける。

「私はすっかり忘れちゃってたけど……母があなたを憶《おぼ》えてて、テレビで見て教えてくれたの。この写真をアルバムから引っ張り出して」

その瞬間、辛香に対する嫌悪も恐怖も消えた。ピエロの素顔は優しい青年だったから。

「中継のことも、私に何かあったらすぐに対応できるようにしてくれたんでしょ？　私のことを心配してる人たちが少しでも安心できるようにって。師匠とか、明石先生とか、親とかが」

「いや、それは…………」

「ありがとう。私のこと、心配してくれて」

心配？　違う。心配なんかしていない。

ただ相手の心を乱そうと……勝負のために何でもやろうと……そう言おうとしても、なぜか舌が動かなかった。

「でも大丈夫。私は強くなったよ？　将棋も、心臓も、あの頃《ころ》とは比べものにならないくらい強くなったの」

何か言おう。何か喋らなければ……。

けれどあれほど動いた辛香の舌は、凍り付いたように動かない。

「あなたが関西奨励会に残してくれたものが、私を強くしてくれた。創多との対局で心が折れそうになったとき支えてくれたのは『金銀六枚持ったら優勢。七枚持ったら勝勢』っていう、あの『カラシ理論』だった」

「カラシ……?」

「名前だけは間違って教わったの。どっかのバカに」

バカと言うときだけなぜか少し頬《ほお》を赤らめて、銀子は言い訳した。

そして。

「私は強くなった。もう『かわいそう』な私じゃない。だから――」

銀子は辛香を睨みつけると、吠《ほ》えた。全身から闘志を剝《む》き出しにして。

「だから！　つべこべ言わずに本気でかかってこいッ!!　辛香ッッ!!」

「あはっ！」

固まっていた舌《ゆび》がようやく動き出す。

「あはははははははははは!!　おお見せたるわ!!　本物の粘りっちゅうやつを!!」

自陣に金駒《かなごま》を打ち込み厚みを作ると、辛香は徹底抗戦の構えを見せる。

勝ち目などない。それはわかっている。

けれど指した。持ち時間が続く限り。本家本元の辛香理論を見せつけるために。

銀子も見せた。今の自分の力を。強くなった自分を。

「見てて。綺麗に詰ましてみせるから」

《捌《さば》きの巨匠《マエストロ》》直伝の捌きによって辛香の玉を華麗に丸裸にすると、幼い頃と同じように、けれどそれよりも遥《はる》かに正確に、銀子は詰み筋へ飛び込む。

そして一手詰まで指すと、辛香は溜め息と共にこう漏《も》らす。

「…………ホンマ、止まらんかったねぇ」

「…………うん……」

熱戦に頬を赤らめた銀子は、胸に手を当ててこう答えた。

「止まらないよ。私が四段《プロ》になるのを待ってくれてる人がいて、そいつのことを考えるだけで……こんなにドキドキするんだもん」

「ハッ！　あーあ、負け負け。こんなん勝てるわけあらへんわ！」

持ち駒を盛大に盤上にバラ撒《ま》いて投了の意思表示をすると、

「恋する乙女は無敵やん！」

辛香将司はそう言って、笑いながら後ろにひっくり返った。

☖ 約束

三段リーグ第17回戦。

鏡洲にとってはこの一戦が人生の分かれ目といってよかった。これを勝てばその時点でプロ入りが決まるのだから。

「おはようございます、鏡洲さん」

「おはよう。創多」

創多にとってもこの一戦の持つ意味は果てしなく大きい。

順位が最も低い創多にとって、昇段するためには上位者と星が同じではダメ。鏡洲に勝って引きずり下ろす必要がある。

人生を懸けた大一番だというのに、盤の前で顔を合わせた二人は、どこかホッとした様子すら漂わせていた。

「今日はネクタイを締めてらっしゃるんですね？」

「ああ。記者会見があるかもしれないからな……似合わないか？」

「いいえ。ぼくが今まで見てきた中で、一番素敵なネクタイだと思います」

そんなことを話しながら二人は駒を並べていった。

アウェーの関東で、関西所属の二人が盤を挟む。

本来ならば有り得ない組み合わせのはずだった。

しかしいかなる運命のいたずらか、それとも何者かの意思か……最年長三段と史上最年少三段の対局は、報道陣の集まりやすい関東の最終日で組まれていた。

――俺《おれ》にとって幸運だと思おう。

鏡洲には既に目の前の一局以外、どうでもよいことだった。どうしても気になるのなら四段になってから考えればいい。

「始めよう。俺の先手で」

「はい。よろしくお願いします」

関西将棋会館の棋士室でいつもそうするように、二人は対局を開始した。

初手《しょて》で鏡洲が角道を開け。

創多は飛車先《ひしゃさき》の歩を突く。

いつか来た道を辿《たど》る二人。こうやって数え切れないほど二人で将棋を指してきた。

「…………………」

瞑目《めいもく》してネクタイに触れると、鏡洲は決然と戦型《せんけい》を示す。

それを目にして創多はポツリと呟いた。

「矢倉《やぐら》……」

意外だった。

練習将棋で創多は鏡洲の矢倉を完全攻略している。

そもそも先手矢倉はソフトの登場によって廃《すた》れ、それを得意としていた棋士は、現在では角《かく》換《が》わりや相掛《あいが》かりに活路を見出しているのだから。

しかし時代遅れといわれようと、身体に染《し》みついたこの戦法に鏡洲は人生の全てを懸けた。

「……………不思議だよな。将棋って」

「え？」

「あれだけ指されてた矢倉がパッタリ指されなくなっちまうし……飛車先の歩を突くのだって、俺が修業を始めたころは『一つも突かずに手の内を見せない方が有利』って言われてた」

話しながら、鏡洲は飛車先の歩を突き伸ばす。

「こうやってさっさと五段目まで歩をキメるのは、さらに古い時代の流行のはずだったのにな。今じゃかろうじて指される矢倉はみんなこの形だ」

「……知りませんよそんなの」

創多は時間を使わず、猛スピードで飛ばす。定跡《じょうせき》部分で時間を費やすのは無意味だといわんばかりに。

一方、鏡洲は自分から先手矢倉を仕掛けたにも関わらず、一手一手が手探りであるかのように時間を使う。

藪《やぶ》を漕《こ》ぐ、という言葉がある。

草深い野山で雑草や灌木《かんぼく》を掻《か》き分けて進むさまを、船を漕ぐのに見立てた言葉だ。

鏡洲の姿はそれに似ていた。

前へ前へと前傾し、大きく前後に身体を揺する。

額から大粒の汗を流し、それを手の甲で拭い、未踏の大地を征《い》くがごとく重い足取りで駒を進めていく。

「くっ……！　はぁ！　はぁ！　はぁ……ッ!!　………んはぁッ!!」

荒い息を整える余裕すらなく、鏡洲は盤に額をぶつけそうなほど近づいて読み耽《ふけ》る。

持ち時間は中盤で既に大きな差ができていた。

「だから言ったのに……」

時間を余している側の創多がなぜか、湯水のように減っていく鏡洲の残り時間を心配するかのように焦《じ》れる。

創多には、今の鏡洲の姿は、大勝負のプレッシャーで押し潰《つぶ》されているようにしか見えなかった。

鏡洲が長考の末に指した一手も、ある程度の棋力があれば『ここはこの一手』とすぐに指せそうな当たり前の一手だった。

「ごほッ！　ふっ…………ぐ！　はぁはぁ……」

――こんな平凡な手を指すのに、あそこまで苦しむの？

その手を当然予想していた創多は、すぐに次の手を指そうと思った。

しかし鏡洲の時間の使い方に不気味なものを感じ……自分も少しだけ慎重に局面を確認してみようと腰を落とす。

その時だった。

「失礼」

鏡洲が席を外す。

創多は『トイレに行くのかな?』と気にも留めなかったが……対局相手が部屋の隅で始めた行為を見て、呆気《あっけ》に取られる。

屈伸を始めたのだ。

「ふっ！ ふっ！ ふっ！」

一回、二回、三回………ポンプで全身に酸素を送り込むかのように、鏡洲は勢いよく膝《ひざ》を折り曲げ、大きく息をして乱れた呼吸を整える。

そのあいだも視線は盤面に鋭く注がれていた。

プレッシャーを感じた男の振る舞いではない。鏡洲はただひたすら将棋に没頭していた。周囲にどう見られようが構わない。そして当然、自分の戦法を若者やソフトにどう評価されようがどうでもいい。

そんな鏡洲の様子を眺めていた創多は、次の一手を考えるため再び盤に目を落とす。

そして愕然《がくぜん》とした。

「ッ……⁉　ぼくのほうが………少し悪い⁉」

さっきまでは、持ち時間も含めて自分に悪い要素は一つもないはずだった。

しかし今、改めて局面を眺めてみれば……有効な攻めが見当たらない。

「そんな……どうして⁉　最新の定跡に従って組み上げてるのに？　銀子さんが言うように、ぼくの大局観は甘いの……⁉」

盤から離れている鏡洲にその声は届かない。

創多は焦《あせ》り始めていた。

銀子、辛香、そして鏡洲……もしかしたら自分は、古い棋風の人間に対して何か致命的な弱さを持っているのでは……？

『あなたは大局観が歪《ゆが》んでいる』

銀子に投げつけられた言葉が、警報のように頭の中で鳴り響いていた。

胸の中に数滴だけ落ちていた敗北の黒い染みが、その大きさをどんどん増して、心をじわじわと侵食していた。

「違う！　そんなはずない！　そもそも後手なんだから相手の攻めを切らせば勝てる！」

首を振って邪念を払うと、創多は敵陣の動きを牽制《けんせい》する一手を選択。双方に有効な攻めが無いと見ての手渡しだ。

すぐさま屈伸を中断して鏡洲は座布団へと帰還した。

「人生の懸かった対局中に体操ですか？　余裕ですね」

「かもな」

再び全身を漕ぎ始める鏡洲に、創多はなおも話しかける。

「それにしても今日の鏡洲さんは本当に変ですよ。勝つ気があるとは思えないな。そもそもどうして矢倉を選んだんですか？」

「…………」

しばらくは黙って盤の前で身体を漕いでいた鏡洲だったが──

やがて短くこう言った。

「約束したのさ」

「約束？　……誰と？　何を？」

盤の向こうからの問いかけに、鏡洲はまるで懺悔《ざんげ》するかのように訥々《とつとつ》と語る。

「昇段するなんて、そんな約束を誰かとすることはできない。俺はずっとそれを破り続けてきたんだから……」

師の期待を裏切り。

恋人を傷つけ。

親に心配をかけ続け。

鏡洲はいつも、何度も、取り返しの付かない過ちを繰り返してきた。

だから勝つなんて約束はできない。プロになるなんて約束はできない。

「けど────自分の将棋を指すことを自分と約束することなら、こんな俺にもできたから」

静かにそう答えると、鏡洲は決然と飛車を敵陣にブチ込んだ。

「こっ……⁉」

天才小学生は、少女のように大きな瞳《ひとみ》を、さらに大きく見開く。

「このタイミングで飛車を切る⁉　正気ですか⁉」

創多は思わず鏡洲の顔を見るが、目は合わない。鏡洲の目は盤上の、創多の玉にだけ注がれているから。

『最初のチャンスは見送る』という奨励会のセオリーを無視した強烈な突撃！

チャンスを逃し続けてきた男の、それは過去の自分との決別だった。

「これが俺だッ！　俺は俺のままプロになるッ‼」

鏡洲は叫んだ。ネクタイを握り締めて。

溜まりに溜まった水が濁流となって溢《あふ》れ出すかのように、鏡洲の駒が創多の陣地を勢いよく侵食していく。

それまでのスローペースとは打って変わって早指しへと切り替えた後のない男は、背水の攻めを執念で成功させつつあった。

ここまでに費やしてきた持ち時間は全て、この攻めの成否を読むためのもの。

鉄壁のように見えた後手陣に一瞬だけ生まれた、ほんの数ミリの隙《すき》を目掛け、総《すべ》ての力を注ぎ込む！

——飲み込まれるっ……!!

盤上でも、そして気迫でも、創多は鏡洲に圧倒されていた。

銀子との対局で初めて知った感情が、再び少年から冷静さを奪う。

それは『恐怖』だった。

本能的な恐怖を感じて創多も攻め合いに出るが、その対応はどこまでも一手遅い。それがわかっていても指さざるを得なかった。

恐怖から逃れるために。

——この展開……まるで銀子さんとの将棋と同じ……!?

コンピューターの組み上げた定跡に従い、そして今は恐怖に駆られて指している。

——ぼくの考えた手は…………どこにあった？

そんな心の内を読んだかのように、鏡洲は再び言う。

「俺は俺の将棋を指す。そのためにここにいるんだからな」

そして鏡洲は駒台《こまだい》からむんずと飛車を摑み取ると、

「お前はどうするんだ？　創多」

まるで相手の胸に指を突き付けるかのように、その飛車を敵陣の最も奥へと打ち込んだ。

「ぼくは………ぱ、ぼく……は………」

手番の回ってきた創多は、思わず駒台に手を置いたまま、何も答えられずにただ俯《うつむ》く。

右手の中で、摑んだ持ち駒がカチャカチャと音を立てていた。

☗　椚創多

『この子は天才だから』

言葉を発するようになる前から、ぼくはそう評価されていた。

両親は大らかだけど芯《しん》のしっかりした人たちだから、一人息子が特別な才能を持って生まれてきても、それで浮かれたりはしなかった。

なるべく普通の子どもとして育てようとしてくれたのだ。立派な心掛けだと思う。

けれどそれは大失敗だった。

勉強、習い事、ゲーム……答えのあるものに対して、ぼくは明らかに他の人間（同年代の子どもだけじゃなくて年上も含む）に比べて、最適解を見つけるのが早かった。

そんな存在を普通に社会に放り込むとどうなるか？

「うわぁぁぁん！　もう、そーたくんとはあそばない！」

「お宅の息子さん……ズルしてるんじゃないですか？」

どんな物事でも百戦百勝。

しかも圧倒的大差で勝ってしまえば、そりゃ相手は面白《おもしろ》くない。子どもなら特にそうだ。

そこでぼくは考えた。

『たまに負けよう』

いいアイデアだと思ったけど、これは事態を悪化させるだけだった。わざと負けたと知った相手が、もっと傷ついてしまったから。

ぼくはどんな物事でも最適解を見つけることができた。

けれど人間の心だけは……正解がわからない。

だから記憶にある最も古い誕生日プレゼントで、ぼくはこんなものを親にねだった。

「世界で一番正確なサイコロが欲しい」

親はいろいろ探し回り、ぼくの納得のいくものをくれた。

チタン製。精度は９９．９９９９９９パーセント。空気抵抗による確率変動を抑えるため目の彫り込みはまるで透かし彫りのように薄い。

それは、神様の振るサイコロだった。

ぼくはずっとそれを手の中で転がしていた。

そして考えてもわからない時は、それを振って答えを出した。


このように色々と配慮したぼくだったけど、そういう配慮とは別のところで、世の中はぼくと折り合いをつける術を学んでいった。

『この子は天才だから』

そう納得すると、相手はぼくに負けても泣かなくなったのだ。

「そっか。ぼくは天才じゃないといけないんだ」

圧倒的な力を見せつけることで相手が傷つかなくなるならばと、ぼくは自分を天才だと、自分から口に出して説明するようになった。嫌なやつだと思われてもいい。相手を傷つけるよりずっとマシだから。

けれどまた困ったことが起こる。

誰もがぼくとの対戦を避けるようになったのだ。

それだけじゃない。

相手を求めて大会に出ても、ぼくと当たると最初から諦《あきら》めてしまい、勝負にならないのだ。

心が折れた人間はパフォーマンスが極端に落ちる。

必然的に、ぼくの興味は人間以外に向けられるようになった。

感情を持たない機械ならば、少なくともぼくと戦う時にだけパフォーマンスが落ちるということはない。

ちょうどそのころ、人間と機械の戦いが世間で大きく取り上げられている競技が存在した。

「お母さん。これは何をやっているの?」

「これは将棋っていうのよ。プロの先生が機械と戦ってるの」

テレビのニュースで報道された、人類の敗北。

銀色に輝くロボットアームが和服の棋士と盤を挟んでいるその光景を目の当《ま》たり《あ》にしたぼくは、さっそくルールを覚えて将棋を始めた。

最初は簡単なアプリで。

次に、高性能のパソコンに、当時最強とされた将棋ソフトをインストールして。

ある程度強くなったところでネット対局もやってみたけど、そこで高レートの相手と指して終盤で逆転勝利したとき、チャットでこんな言葉を投げかけられた。

『ソフトか。死ね』

ソフト指し……つまりソフトを使ってネット将棋を指すことを疑われたぼくは、運営に通報されて、アカウントを停止されてしまった。

どうやら顔が見えなくても、ぼくの才能は相手の心を折ってしまうらしい。

こうなったら強い人と実際に盤を挟むしかない。

ぼくの家がある奈良《なら》にはそんなにたくさん将棋道場がなかったから、親が大阪《おおさか》まで買い物に出かけるついでに、関西将棋会館の道場へ連れて行ってもらった。

そして奨励会員の指導対局を受けられるコーナーに、その人はちょこんと座っていた。

黒い詰《つ》め襟《えり》の学生服。

あんまり似合ってない、少し背伸びした感じのオシャレ眼鏡《めがね》。

オレンジ色の名札には何て読んだらいいのかわからない、難しい名前が彫ってある。

ぼくはその人に挑み……………人生で初めてといっていいほど、完敗した。

「きみ、人間とあんまり指さないよね？」

対局を終えてすぐ、その人はぼくのことを見抜いてこう言った。

「っ!?　わかるんですか？」

「うん。ソフトには独特の癖《くせ》があるから」

すごく興奮したぼくは、自分がソフトを使って将棋を覚えたことや、ネットで対局してもソフト指しを疑われてしまうことなどを一気に語った。

ぼくの説明を聞いたその人は面白そうにケラケラ笑いながら、

「そっかー。ソフトネイティブ世代がもう出てきたかー。でもまあ、それにしたってきみは才能あると思うよ。本格的に将棋やったら？」

「ぼくはよく天才っていわれるんです」

「だろうね」

「でも……おにいさんは、もっと才能あると思います！」

「そうかなぁ？　俺、昔は弱かったから。年下でもっと才能ある人が身近にいて、それで鍛えられたって感じかな？」

「あなたより才能のある人がいるんですか⁉」

「そりゃあいっぱいいるよ。プロは俺よりもっと強いんだから」

「あのっ！」

「ん？」

「あなたのお名前……何てお読みするんですか？」

「やいち。くずりゅうやいち」

　ぼくは奈良に帰るとさっそく、家から最も近い場所で道場を開いてる引退したプロ棋士の住所を調べて、弟子入りを申し込んだ。

　ぼくと将棋を指して、師匠は文字通りひっくり返ってしまった。

「つ、強すぎる……この子は天才や！」

「はい。よく言われます」

　というか師匠はプロのくせに弱過ぎだった。弟子入りしてから知ったけど、五段までしか行けずに三十代で引退に追い込まれたという経歴で、おそらく史上最弱の棋士なんじゃないだろうか。

経営不振と持病のため道場を畳んで漬物屋を始めようと考えていた師匠だったけど、ぼくという弟子を得て急に元気になってしまった。

「創多が名人になるまで頑張るぞ！　なぁに、そう遠い日やない」

奨励会試験は全勝で合格。

そんなぼくに対する師匠の指導法は明確だった。

「教えることは何一つない。連盟へ行って強い人に教わりなさい。ソフトでも何でも自由に使ったらいい。創多が使いたいと思ったら、それが使うべき時や」

パソコンなんて触ったことすらなかった師匠は、いつのまにかガラケーからスマホに買い替えて、将棋アプリやモバイル棋譜《きふ》配信で最新の将棋を見るようになっていた。

「創多がプロになったとき、プロの将棋を理解できんと面白くないからな」

正直、師匠の才能と年齢でソフトの将棋をどれだけ理解できるようになるかは疑問だったけど、元気になったならいいやと思った。

「ずっと将棋を続けてきたが、今が一番、将棋の勉強が面白い。ありがとう創多」

それは不思議な経験だった。

自分の才能が、誰かを元気にするなんて、初めてのことだったから。

奨励会に入ったぼくは、さっそく八一さんを見つけて将棋を指してもらった。

けれどすぐプロになってタイトルを獲《と》り、弟子まで取ってしまった八一さんは、忙しくなりすぎてあまり相手をしてもらえない。早くプロになって公式戦で当たりたいと思った。

八一さんが『年下でもっと才能ある人』と語っていた銀子さんとも指したけど、正直に申し上げて、大したことないと思ってしまった。

「ふーん。大したことないですね！」

そう言ってしまってムッとされたのを憶えている。もしかしたら、八一さんの最も近くにいる銀子さんに、ぼくは嫉妬《しっと》していたのかもしれない。

そしてもう一人。

「よう創多！　将棋指そうぜ」

奨励会で最年長の、変なおじさん。

棋士室で一番最初に話し掛けてきたこのおじさんは、なぜかずっとつきまとってきた。

「……またあなたですか？　ぼく、才能のない人と対局するの、嫌いなんですけど」

「そう言うなって。俺にもその才能ってやつをわけてくれよ」

「人にわけられるようなものなら苦労してません」

「おっ？　言うねぇ。勝ち越し延長してる奨励会員に小学生が苦労を語っちゃうのか？」

「はぁ…………十秒将棋でいいですか？」

押し切られるように相手をしていく中で……ぼくは不思議なことに気づく。

おじさんは何度ぼくに負かされてもパフォーマンスが落ちないのだ。

奨励会員でもプロ棋士でも、小学生のぼくに負けて心が折れてしまった人はたくさんいる。

中には辞めてしまった人もいた。

それなのにこの人は、何度も何度もぼくに挑んでくるのだ。

しかも……楽しそうに笑いながら。

「……あなたは不思議な人ですね」

「ん？　まあお前みたいな天才からすれば、俺みたいなのは変わってるかもな。才能もないのに将棋にしがみついて」

「いいえ。そういう意味じゃなくて……」

八一さんに出会って、ぼくは『憧《あこが》れ』や『目標』という感情を知った。

この人は、それとは違う。

「そうじゃなくて、何だ？」

「……何でもないです。ほら、これで必至ですよ？」

「うお!?　やっぱお前は天才だわ……」

「ええ。ぼく天才なんです」

そう。ぼくは天才だ。

だから手に入らないものがいっぱいあった。

そしてこのおじさんは、そんなぼくの、生まれて初めての――――

☖ 天才

ピ――――ッ!! という電子音で創多は現実に引き戻される。

「はっ…………!?」

盤上では、自玉に王手が掛かっていた。

三段目まで上ずった玉の後ろから鏡洲が飛車を打ったのだ。

――何か持ち駒を打って王手を遮断しないと……死ぬ!

駒台の上に置いた手の中で、創多は歩を摑み取ると、それを玉と飛車の間に打った。

本能的な行動。

死が迫った生物が思わず抵抗するような、防衛本能の発露だった。

「そうだ! 指せよ創多!」

鏡洲は打ち込んだ飛車を一マス動かし、ひらりと竜に変える。

創多の残り時間は僅か二分。対する鏡洲はまだ十一分残していた。しかし鏡洲は創多に考える余裕を与えずノータイムで指し続ける。

「さあ攻めてこい！　このまま終わるお前じゃないだろう⁉」

詰めろを掛けて煽る鏡洲。創多は焦った手つきで駒台から飛車を摑むと、それを鏡洲玉目掛けて打ち込んだ。とにかく王手を掛けて凌《しの》ごうとしているだけに見える応手だったが――

そこで鏡洲の手がピタリと止まる。

しばらく考えてから創多の顔を見て、ニヤリとした。

「金を使って守れば頓死か………やっぱりお前は油断のならないガキだぜ！」

「………」

創多は読みにのみ没頭している。大きく開いた目を盤上にだけ注ぎ、鏡洲の声には気付いていない。

その姿を見て、矛盾しているようだが鏡洲は嬉《うれ》しくなった。

「そら！　お返しだ！」

気合いの乗った手つきで鏡洲は合駒《あいごま》の桂を打つ。

単に受けているように見えるが、実は攻めの一手。

「鏡洲さんが桂を打った？　緩《ゆる》くないか……？」

「ああ。後手は５六桂の詰めろを掛けれるだろ？」

対局を終えて観戦している奨励会員たちが囁《ささや》くが、それは間違いなのだ。

仮に創多が詰めろに飛び付けば、その瞬間、後手玉への飛車の利きが消えて逆に創多が詰むという、恐ろしいほど読みの入った手だった。

もはや互いの一手が死に結びつくギリギリのキャッチボール。

しかし最後の最後で、鏡洲の残していた時間が活《い》きる展開となった。気持ちに余裕が生まれて、指し手が乱れないのだ。いかに椚創多といえども、差が付いた状態で正確に指されては逆転は難しい。

──勝った!!

鏡洲は確信した。

高揚と緊張で全身に震えが走る。背中から一気に汗が噴き出した。

──プロになれる！　これで俺はプロになれるんだ!!

そう確信した、次の瞬間。

ス…………と。

創多は銀を斜めに引いて、竜の横にタダで差し出した。

「ッ!?　これは……？」

驚愕《きょうがく》の一手に鏡洲は激しく動揺する。

生《い》け贄《にえ》のような、６二の銀。

自ら首を差し出したのか……それとも食べれば死ぬ毒饅頭《どくまんじゅう》か？

――時間が無い！　読み切れないが……。

勝負において全てを読み切ることは不可能。

そういった状況で自分の判断を信じるか、信じないかの二択を突きつけられた時、鏡洲はこれまで第一感とは違う手を指すことが多かった。

――……そうやって俺は勝利を重ねてきた。

おかげで勝ち越し延長が決まったことも何回かあった。命を救われたことが。

しかしそんな勝利を重ねるたびに、自分が弱くなっていくような気がした。

――その結果がこのザマだ……。

もうすぐ三十歳。勝ち越し延長ができないところまで来てしまった。思えば自分はずっと中途半端《ちゅうとはんぱ》なままだった。

だとしたら……勝てばプロになれるこの一局で選ぶべき道は一つしかない！

「俺は俺を信じる」

鏡洲は自分を貫き、差し出された銀を取った。これで勝ちだと思ったから。それが自分との約束だったから。

その瞬間――――

「っ…………」

創多の首がガックリと折れ、それまでノータイムで動き続けていた右手が止まる。

――ああ……そうか。

その姿を見て鏡洲は、自分の中の疑念が確信に変わるのを感じた。

周囲は鏡洲の勝利を確信している。

「あの小学生、どうして投げない？」

「そりゃ投げきれないいだろ。負けたら自分の昇段は絶望的だし、逆に鏡洲さんが目の前で昇段するんだから」

「でも、もう決まってるだろ……」

「持ち時間のない鏡洲さんが間違えるのを期待してるのか？　だったら早く指せばいいのに」

どこからどう見ても先手の圧勝だった。

局面を見ても。そして対局者の姿勢を見ても。鏡洲は堂々と胸を張り、創多は俯いたまま動かない。

「…………」

周囲から厳しい声を浴びせられて、それでも創多は動かなかった。その目はもう盤面を見ておらず、一分という短い持ち時間は尽き果てようとしていた。

沈黙する少年に、鏡洲は声を掛ける。

「指せよ。創多」

それは場違いなほどに優しい声だった。

「詰みがあるんだろう？　指すんだ」


「「「えっ⁉」」」

意外すぎる言葉に、集まっていた奨励会員たちは絶句した。

ずっと俯いていた創多は顔を上げる。

「で、でも…………そんなことしたら、鏡洲さんが…………鏡洲さんがっ…………！」

「見くびるなッ！」

びくっ！　と震え上がった小学生に、もうすぐ三十歳になろうとする男は、厳しい声でその過ちを諭す。

「勝ちを譲られてプロになって、それで俺が喜ぶとでも思ったか？　ここで俺に勝ちを譲っても、自分なら来期必ずプロになれるとでも思ってるのか？」

言葉は次第に激しくなる。まるで叱責《しっせき》のように。

「プロの世界はそんな甘いもんじゃねえ！　将棋を愚弄《ぐろう》して上へ行けるほど簡単だったら俺はとっくにプロになってる！　指せッ‼」

「…………」

創多は震える指で、おずおずと、鏡洲の玉に王手を掛ける。

自信がないからではない。

その逆だからこそ……躊躇《ちゅうちょ》していた。次の一手を指すことを。６八竜というこの手を。

そしてその手を見た瞬間、周囲の人々はようやく理解した。

「「「あッ!!!」」」

一手頓死。

鏡洲が銀を取った瞬間――――十九手後の確実な死が約束されていたのだった。

それは、人間を超えた、まさに神のごとき運命の操作。


「「て…………天…………才………………!!」」

天才復活。

少年は恐怖を知り、そして恐怖を乗り越えた。

噛み合わなかった創多の歯車が、再び、そして以前よりも強固に噛み合った瞬間だった。

「そ、そんな…………まるで、作ったみたいにピッタリ…………」

「…………勝てるわけないだろ、こんな……」

さっきまで創多を罵《ののし》っていた奨励会員たちが今は絶望の表情を浮かべている。

先手玉を恐るべき即詰みに討《う》ち取った天才は、しかしそれを誇るでも喜ぶでもなく、ただ俯いて膝を握り締めている。

鏡洲は残り時間いっぱい、その局面を眺めていた。

「…………うん。綺麗に詰んでるな」

やがて納得したように頷《うなず》くと、頭を下げて、敗北を受け容《い》れた。重い重い敗北を。

「負けました。やっぱりお前は天才だよ」

「…………」

創多は礼を返さなかった。

代わりに――――こんな言葉を絞り出す。

「どうして……」

口から溢れるその疑問は、今の将棋のことではない。

それは二人が初めて出会ったときから、創多が抱き続けている疑問。

「どうしてぼくに声をかけたんですか？　どうしてぼくと、あんなにたくさん将棋を指してくれたんですか？　どうして……」

ずっとずっと疑問に思っていたことを、創多は尋ねていた。

「どうしてぼくに…………そんなに優しくしてくれるんですか…………」

他者から距離を取り続けていた天才。

そんな創多に最初に声を掛けたのが鏡洲だった。

「そりゃ俺だって思ったさ。棋士室の隅でポツンと座ってる天才小学生を見て『わざわざこっちから声を掛ける必要なんてない。放っておいて少しでも成長を遅らせよう』って」

当時の気持ちを正直に鏡洲は告げる。

「でも気付いたら声を掛けて一緒に将棋を指してた。八一にも銀子ちゃんにも、坂梨《さかなし》くんにもそうしたように。どういうわけか俺はいつも自分でライバルを強くしちまうんだよなぁ」

「だから……どうして、そんな――」

「それが俺だからさ」

澄み切った表情で鏡洲は答えた。

迷いも、そして最後の最後で間違えた悔しさも、全てを断ち切った表情だった。

「言ったろ？　俺は俺のままプロになるって。だからこれでいいんだ」

「………ごめんなさい………ごめんなさい………」

泣きじゃくりながら創多はそれだけを繰り返す。

自分がどうしてこんなに泣いているのかわからなかった。天才なのに……。

「おいおいそんな謝るなよ。まだ俺は自力昇段の目が残ってるんだからな」

「そう………でしたね………」

近くにいた関西の三段に鏡洲は問う。

「辛香さんと銀子ちゃんの結果はどうだった？」

「……空勝ち、です」

「そうか。鬼勝負《おにしょうぶ》だな」

鏡洲、銀子、創多はこれで十四勝三敗で並んだ。三敗はこの三人のみ。

順位の差で鏡洲は未だトップに立つが、自分よりも順位が上の十三勝四敗がいる状況では、最終戦で負ければ昇段できない可能性もある。

だが――

「これで次に俺が銀子ちゃんに勝って、創多も勝てば、俺とお前でワンツーフィニッシュだ」

少なくとも十五勝三敗であれば文句なしに昇段。

鏡洲と創多は自力昇段の権利を残している。勝てばいい。シンプルに。

「最年長と最年少が同時昇段なんて話題になるぞ？　一緒にプロになろうぜ！」

「………………」

ぐじっ、と手の甲で涙と鼻水を拭うと、創多はようやく笑顔らしきものを浮かべ、

「…………普通に考えて、銀子さんと同時昇段のほうが話題になると思いますけど」

「生意気なガキだよお前は。ホントに」

鏡洲は手を伸ばして創多の頭をぐしゃぐしゃ搔き混ぜた。

「それより創多。終わったら記者会見があるんだから涙と鼻水をぬぐえ。ティッシュ持ってるか？　あと、プロになったらあんま生意気なこと言うんじゃないぞ？　そんなことしなくても

プロは全力でお前と戦ってくれるからな?」

「……気づいて、たんですね…………やっぱり鏡洲さんは優しいな……」

「それから、持ち駒を手の中でカチャカチャやる癖は直せよ? 対局中に喋りすぎるのもよくない。慇懃無礼《いんぎんぶれい》な口調もだ。あとは――」

「もういいですよ! うるっさいなぁ!」

創多は頭の上にある鏡洲の手をうっとうしそうに振り払うと、

「ぜったいに二人で一緒にプロになるんですからね⁉ 鏡洲さんも一緒にプロになるんですよ⁉ 約束ですよ⁉」

「ああ。約束だ」

鏡洲はニヤリと笑うと、茶目《ちゃめ》っ気《け》たっぷりに小指を立てる。

最年少と最年長の親友は、盤の上で指切りをした。

☗同じ血が流れている

一局目と二局目のあいだのインターバルを、私は五階の女流棋士室で過ごした。

「女流棋士……か」

三段リーグ初日に月夜見坂燎《つきよみざかりょう》から使用許可みたいなものは貰った。けど、果たして自分はこの部屋に相応《ふさわ》しい存在なんだろうか？　その疑問はずっとある。

「でも、プロになったらもう女流棋士じゃなくなる……」

次の対局のことを考えるべきなんだろうけど、上手《うま》く頭が回らない。あの人と人生を懸けた戦いをすることについて考えたくないのかもしれない。こっちは有利な先手番《せんてばん》で、作戦はもう決まってるから、こうやって他のことを考えてたほうがいいのかも……。

悶々《もんもん》とそんなことを考えていると——

「あ」

不意に閃《ひらめ》いた。

ポケットの中に入っていたプリントを取り出して確認する。

「そっか。この問題も移動合いと逆王手が作意だったんだ」

全く別のことを考えていたのに、小童《こわっぱ》の作った詰将棋《つめしょうぎ》の正解が見えたのだ。昨夜は解けなかったのに。それだけ頭が冴えきってるということなのかもしれない。

「にしても実戦でこんな詰み筋を読むなんて、あの小童……どれだけ深く読んでるの？」

現実に現れた局面じゃないはず。

実戦のどこかの局面から脳内であの小童が先手と後手を持って最善手を指し続けた先にある詰み筋《きせき》の一つだろう。女流棋戦どころかプロのタイトル戦だってここまで複雑で長手数《ちょうてすう》の詰みが現れるとは思えない。

けど、解けてスッキリした。

「ふふふ……私も将棋星人の端くれくらいにはなれたのかな？」

長い詰将棋を解いても強くはならないだろう。でも気分はよくなる。

時間もちょうどいい。女流棋士室から出て二局目に向かおうとすると——

「あっ、あの！　空先生、少しお時間よろしいですか⁉」

部屋の前で女の子と出くわした。

私とは対照的に、健康的に日焼けした女子高生だ。私が出るのを待ってた？

「あなた……」

「初段の登龍花蓮《のぼりりょうかれん》です！　あの、先生の対局は、何度か女流タイトル戦で記録を取らせていただいてて——」

「ええ。もちろん憶えています」

「ふぉ‼　えっ⁉　やばっ……えええええなんで憶えてるの……⁉」

「…………」

「あっ、す……すみません！　推しにレスもらうと大体こうなっちゃって……」

……推し？

「僕は……空先生と奨励会で対局することが目標でした。でもそれはきっと無理だから、せめて女流タイトル戦で挑戦できたらいいなって…………小学生に負けちゃったんですけど……」

八一の弟子の黒い小童のことだろう。

あれに負けるのは奨励会有段者でも仕方がない。私も先手で千日手《せんにちて》に追い込まれた。

そう慰めようと口を開くより早く、

「負けた時は落ち込みましたけど、でも今は違います」

登龍さんは言った。晴れやかな顔で。

「僕はそれまで女流棋士をバカにしてました。奨励会の方が厳しいから上だって。関東の奨励会の雰囲気もそんな感じだったから……いざ出場して負けた時は本当に恥ずかしかったし、男の奨励会員からも『奨励会の恥』とか言われて……」

「……」

「でも負けて気づくことのほうが多かったんです。きっと僕は負けるのが怖かったんだってわかって。そんなプレッシャーの中で女流棋士に勝ち続けている空先生を、改めて尊敬できて。だから僕は今後も女流棋戦に出続けようと思います」

自分の話ばかりですみませんと謝りつつ、同じ道を歩くその人は話し続ける。

「女性が奨励会にいるのって、つらいことばかりで……例会の時は居場所がないし、相談できる相手もいない。二言目には『女流棋士になれるからいいよな』って言われて……ふざけんな！　プロになりたいから奨励会にいるのに！」

足を踏みならしてそう叫んでから、登龍さんは丁寧に頭を下げる。

「僕が女流棋戦に挑戦できて、色んな経験をできたのは、いつも前を歩いてくださった空先生のおかげです。そのお礼を申し上げたくて……すみません。大勝負の前に騒がしくして」

「いえ……」

「ご健闘をお祈りします！　女性奨励会員の意地を――」

途中で言葉を変えると、登龍花蓮初段はエールを贈ってくれた。

「女の意地、見せてくださいッ!!」

「……ありがとうございます。登龍さんも、いい将棋を」

女流棋士として正しい振る舞いができたかはわからないし、女流タイトルを獲ったことが近道だったか廻《まわ》り道だったかも、わからない。

けれど自分の歩いてきた足跡が誰かの道標となるのなら、たとえ廻り道でも意味はあったんだと思えて、嬉しかった。

先を行くあいつの足跡を探して追いかけ続ける私だからこそ、その大切さがわかるから。


三段リーグ第18回戦。つまり最終局。

私たちの対局は特別対局室ではなく、銀沙の間で行われることになった。

人数が多いから……というのが表向きの理由だけど、対局者は二人ともそれが本当の理由だとは思っていない。

上座に座る私の相手は――――鏡洲飛馬三段。

互いに十四勝三敗。

――勝てば文句なしで昇段。負ければおそらく………こんな鬼勝負になるなんて……。

重圧に耐えきれず、私は対局前から両手を畳に突いて俯く。

座っているのに目眩《めまい》が酷《ひど》い。

心臓の音が強すぎて吐きそう。

あの優しい鏡洲さんの顔を、今は………今は、正面から見るのが怖い……っ！

「失礼」

用意してあった座布団を片づけて畳に直に正座すると、鏡洲さんは駒箱に手を伸ばして、王将を自陣にビシリと打ち付ける。

さすがだと思った。

私は指が震えて駒をマス目に収めるのも難しいのに、鏡洲さんは全く震えていない。創多との将棋で頓死したと聞いたけど、そのことはもう完全に忘れてしまったようだ。

前後裁断《ぜんごさいだん》。

《捌《さば》きの巨匠《マエストロ》》生石充《おいしみつる》九段が好んで揮毫《きごう》する境地。過去と未来を断ち切って、目の前の一局だけに集中すること。

――私は………無理。懸かっているものが大きすぎるから……。

対局の前から力の差を見せつけられる思いがしていた、その時だった。

鏡洲さんが信じられない言葉を口にしたのだ。

「俺の先手で」

「え⁉」

思わず叫んでいた。先手は私のはず。そのはずなのに……？　え？

確認すると、やはり私が先手だった。

「ふふ……恥ずかしいところを見られちゃったな」

バツが悪そうに苦笑してみせる鏡洲さんだったけど、その顔からは完全に血の気が引いている。声も震えてて、よく聞こえないほどだ。

「ま、今さら取り繕っても仕方がない。正直めちゃめちゃビビッてるよ……強くなった今の銀子ちゃんと、こんな状況で当たることに」

「……私も。逃げ出したいくらいドキドキしてます」

もしあのまま鏡洲さんが一手でも指していたら、私は反則勝ちで四段になっていた。

その可能性は早く忘れよう。一手も指せなくなりそうだから。

「「ふぅぅー…………」」

互いに深呼吸して気持ちを落ち着ける。

相手も緊張しているんだと思うと……何だか戦えそうな気分になってきた。

そして震えの止まった声で、鏡洲飛馬三段は告げる。いつも棋士室で指していた十秒将棋を始める時と同じ声で。

「さ、始めようか」

「お願いします！」

深く深く、私は頭を下げた。集中できるかはわからないけど、大切に指そうと思った。納得のいく、いい将棋を。

私が勝っても、負けても。

奨励会でこの人と指す、最初で最後の将棋になるから。

「…………ッ!!」

渾身《こんしん》の気合いを込めて私は角道を開ける。鏡洲さんは目を閉じて気を高めてから、飛車先の歩を突いた。そこからは一気に手が進む。

古い形になった。

これまでの人生と、これからの人生を懸けた、一局。

そんな将棋にふさわしい戦型だ。

「相矢倉《あいやぐら》……しかも、師匠の得意な形……！」

「ああ。俺たちには同じ血が流れてるからな」

ここ数年は振り飛車をよく指してたはずの鏡洲さんは、師匠が主催する研究会『清滝《きよたき》道場』

に参加することで何かを摑んだんだろう。

今回のリーグでは戦法をほぼ固定し、矢倉をメインに使っている。

プロの世界では角換わりが大流行している。八一は『矢倉は終わった』とまで言った。そんな中で矢倉を採用し続けるのは勇気が必要だったはず。

けれどその決断が『好』と出た。

角換わりの最新定跡はプロでも指しこなすのが難しい。奨励会員では空中分解してしまう。流行に惑わされず己《おのれ》を貫く勇気。

それを鏡洲さんは持っていた。それが鏡洲さんを強くした。

——じゃあ、私は？

私の強さって何だろう？　強くなったとは思う。でも自分の将棋の拠《よ》って立つものが何のかは……わからないままだった。

八一は私に振り飛車を勧めた。でも私はその道を選ばなかった。

——あんな才能、私にはないから。

八一が二番目の弟子に選んだあの黒い小童にはピタリと嵌《は》まる指輪でも、私にはサイズが合わない。デザインも似合わない。

結局私は使い慣れた居飛車の将棋を指し続けた。特に戦略があったわけじゃない。それしか方法がなかったから。

そしてそれは不思議と鏡洲さんの将棋に似ていた。

同じ道を歩いてきた二人は、ほとんど同じ手を指し続ける。

同じ関西奨励会に入り。

同じ人に学び。

八一と師匠を除けば、私が最も多く将棋を指したのは鏡洲さんだと思う。奨励会に入る前から棋士室で稽古を付けてもらってた。

しかし必ず別れは訪れる。

「さあ…………ここが分かれ道だ」

四十手目。完全に先後同型となった状態で、鏡洲さんが呟く。

動きを見せるのは先手の私。

まずは角交換。

そして――――右端から開戦!

「香で⁉︎」

2六銀から棒銀で攻めるのが本筋のところ、私は早くも香車を突っ込ませた。

だがこの手を見ても鏡洲さんは動揺しない。

「……面白い定跡を知ってるじゃないか。俺がそれを知らないとでも思ったのか？」

「いえ」

「ん？」

「鏡洲さんがご存知ないのはこの先です」

香車の交換を受け容れる代わりに馬を作った鏡洲さん。定跡通りの冷静な対応だ。

だったら私は冷静さを失おう。

駒台に載ったばかりの香をすぐに摑んで、私はそれを盤上に叩《たた》きつける！　鏡洲さんが目を見開いた。

「飛車の前に……さらに香車を埋め込んだだと⁉」

愚直なまでの攻めの姿勢。前のめりに私は突っ走る！

おそらくソフトに読ませれば疑問手の烙印《らくいん》を押されるだろう。でも‼

──鏡洲さんの玉がある二筋に築いた砲台は、評価値を超えたプレッシャーになるはず‼

私が狙《ねら》っているのは、鏡洲さんの玉じゃない。

鏡洲さんを支えている勇気。鏡洲さんを強くした決意。そこに揺さぶりをかける！

「ふぅむ……」

初めて長考に入った鏡洲さんは、ネクタイに触れながら自陣を見下ろす。

そして三十分以上考えて────私の攻めを無視した。

『やって来い』

そんな声が聞こえるような5五歩という手を見て、私は一直線に襲いかかった。

「ああああああああああああッッッ!!!」

銀を切り込み隊長に、用意した香車の砲台も稼働して、三十手以上にわたって私は攻め続ける！

奪った駒も全て攻めに費やして、攻める！　攻める！　攻める!!

「……凄い気迫だな、銀子ちゃん。強烈な攻めだ……」

鏡洲さんは淡々と私の攻めをいなしながら──笑った。

「そんなもんで俺がビビるとでも思ったのか？」

「ッ……!?」

そして突っ込んで行った私の銀を、玉で取った。

こっ……この大一番で……!!

「が、顔面受け……っ!?」

「さあ来いよ白雪姫！　これを取れたらお前の勝ちだ！　取ってみろッ!!」

ノーガードの玉をこれ見よがしに空打ちして、鏡洲さんは挑発してくる。

安い挑発だ。

全身の血が沸騰したように燃え上がった。

「……ぶち殺す!!」

相手の心を折りに行ったのに舐《な》められたんじゃ終わりだ。私は鏡洲さんの玉の頭に金を打って、攻めを継続する。

次の瞬間、捕まえたはずのその玉が闘牛士のように、ひらりと身を躱《かわ》した。

「っ!!　しまッ…………!!」

頭に上っていた血が、みるみる引いていく。

私に攻めさせ、その流れの中で玉を安全な場所へ逃がす……それが相手の狙いだとわかった時にはもう、攻めを止める段階を過ぎてしまっていた。

鏡洲さんの挑発に乗ってしまった私は、気がつけば飛車を取られたうえに貴重な金銀まで手放してしまう。

――その結果がこのお手伝い……！

中央の安全な場所に逃げ込んだ鏡洲さんは、勝ち誇ったように言う。

「どうした？　こっちの玉の逃げ場は随分と広いぜ？」

広大な右辺に逃がしてしまえば……絶対に詰ますことなんてできない……。

詰まし……損ねた……。

「………くっ……!!」

形勢不利はもう自覚している。おそらく評価値はマイナス一〇〇〇点台にまで急降下しているだろう。

絶望で目の前が真っ暗になった。

──終わり……なの？　ここまで来たのに……こんな、あっさりと………？

渾身の研究手を受け切られた。先手番の利を活かせなかった。敗因が次々と頭の中に浮かんできて……最後に私は、顔を上げて鏡洲さんを見る。

右手でズボンの膝を握り締め盤に向かうその姿はどこか──師匠に似ていた。

──………いや。

最初から、この人を相手に序盤で有利にできるなんて思っていない。

中盤の捩《ねじ》り合いでも、終盤の速度計算でも、私は鏡洲さんに遙かに及ばない。

──私の強さって、なに？

「ふぅぅ──…………」

天を仰《あお》ぐ。そして大きく息を吐く。

泥臭く粘り強い関西奨励会には、こんな伝統があった。

『金銀六枚持ったら優勢、七枚で勝勢』

『相手が心臓発作で死ぬかもしれないから持ち時間は全部使って、頭金を打たれるまで粘る』

もう一度、冷静に盤面を眺める。

──無駄遣いしちゃったけど、私の金銀は六枚。そのうち一枚はまだ駒台にある。

そして盤側《ばんそく》のチェスクロックを見る。

──時間はまだまだたっぷりある。焦って攻めちゃったからね。

最後に私は自分の心臓に触れた。

――大丈夫。こんなにドキドキ動いてるもん。

私の身体は弱い。将棋も弱い。奨励会試験も一度失敗してる。

『奨励会の終盤は二度ある』

その言葉に跳ね返されて、私のポンコツな心臓は止まってしまった。

けど言ってくれたんだ。

関西奨励会の伝統を残した人が、私のことを無敵だって。

だったら怖れることはない。

「最後に勝てると本気で信じていれば……途中の不利なんて、怖くない!!」

駒台に残された一枚の銀。それを私は摑む。

耐えて、耐えて。

耐えて耐えて耐えて耐え抜いてこそ、私の青春は光り輝く。この銀のように。

「ここからだよ。飛馬お兄ちゃん」

九七手目――――6八銀打。

守りの銀を盤に捩り込みながら、私は言った。将棋を教えてくれた恩人に。同じ血が流れる兄のような人に。

「たとえ心臓が止まっても、あなたを倒します」

☖　勝つしかない

「ガハッ！　げぇぇ………ぐっ！　おぉぉ……」

銀子が自陣に銀を打ち込んだのを見てトイレに駆け込んだ鏡洲は、便座に突っ伏すと、激しく空嘔吐《からえず》きを繰り返した。

全身が痙攣《けいれん》し、駒を持つどころか座ってることすらままならない。

勝ちが見えて震えるのは何度も経験してるが……ここまで酷いのは初めてだった。

「……はぁ……はぁ……はぁ………………ふぅぅ――――――……」

形勢は、鏡洲の優勢。しかも攻撃の順番が回ってきた。このまま押し切れば……。

――勝てる。

そうだ。このまま押し切れる！　勝って四段《プロ》になれる!!

しかし全身の細胞がそれを拒否するかのように震え始め、将棋を指すどころじゃない。

「ふっ………まるでＤＮＡに負け犬根性が刷り込まれちまったみたいだな……」

二十年近い奨励会生活。

もう人生の半分以上を奨励会員として過ごしてる鏡洲にとって、今日でその生活が終わる。

――勝っても負けても………負けても？

「………もし、これで負けたら……」

それでもまだ昇段のチャンスはあるはずだった。

創多が勝ってしまうと昇段の可能性は小さくなるが、それでも次点を持つ鏡洲は、他の結果次第で上がれる可能性はある。

——創多が負ければ文句なしで昇段だ。創多が負ければ……俺も……。

さっき交わした約束だって、二人とも負けてしまえば鏡洲だけに責任があるわけじゃない。

「そうか。負けてもいいのか……」

そう言葉にすることで、ようやく震えは収まった。

そしてそろそろ出ようと思った瞬間——誰かがトイレに入って来る気配がした。

「俺の相手さぁ、昇段の一局らしいんだよね。あの小学生」

——創多の対局相手？

それにしては随分と緊張感がない。鏡洲は息を止めて耳を澄ます。

「あー。関西の天才くんかぁ」

「マジ嫌になるよ。さっさと投了するわ」

「ま、いんじゃね？　俺らもう勝ち越し決めてっし」

「だな。勝っても負けても関係ねーもんな」

「そうそう。強いやつにはさっさと上がってもらってさ。来期がんばろーぜ！」

けらけら笑いながら用を足すと、二人はトイレを出て行く。

聞き憶えのない、若い声だった。おそらく関東の三段。高校生とかそれくらいの年齢だろう……今期はダメでもいずれ上がれると信じて疑わない、若い奨励会員。

怒りは湧《わ》いてこなかった。

ただ、自分もかつてはそうだったという後悔が。

それからこの期に及んで一瞬でも『負けてもいい』なんて思ってしまった自分の弱さが、ひたすら情けなかった。

一瞬でも創多の敗北を願ってしまった卑《いや》しい自分を殺してやりたいと思った。

「…………勝つしかない。最初から、わかってたことじゃないか」

そう。最初からわかってた。

三段リーグで負けていい将棋なんて一局たりとも存在しないってことは。

情けない身体は再び震え始めるが……もうそんなことは関係ない。

「オラァッ!!」

蹴破《けやぶ》るようにドアを開けて個室を出る。

震えたままの手で水をすくい、顔にブッ掛ける。何度も何度も顔を洗う。敗北の穢《けが》れを洗い流すかのように。

そして鏡に写った負け犬《じぶん》に向かって、鏡洲は吠えた。震える声で。

「上等だよ……ぶっ殺してやる!!」

☗ こう

封じ手の7六歩に対して、於鬼頭曜《よう》帝位はすぐに同銀と指した。

想定内だったんだろう。

——けど、それはお互い様だ。

帝位戦第一局は二日目に入り、ようやく攻めの手番が回って来た俺は時間を使わず次の手を指す。今度は先手の金を目掛けて歩を打ち込んだ。ここからは俺のターン！

しかし。

「ひゅうううううううううう…………——」

「ッ⁉」

例の高い音が室内に響く。

禿頭《とくとう》の帝位はその双眸《そうぼう》を見開くと、盤に触れるほど顔を寄せて、長考を開始する。

「うううううううううううううううううう…………」

そして結論を下した。『反撃』という結論を。

静かになった於鬼頭さんは、音もなく駒を前へと動かす。

6筋の歩を突いて俺の守備駒を吊《つ》り上《あ》げると、出来たスペースに今度は強引《ごういん》に歩を打ち込んできた！

「受けを手抜いて⁉　成立しているの……⁉」

昨日と同じようにずっと盤側で観戦している鵠《くぐい》記者がノートにペンを走らせる。

永世称号を有する女流タイトル保持者《ホルダー》が見ても強引としか思えないその攻めはしかし、手が進むにつれて次第に誰が見てもはっきりわかる局面へと変貌して……鵠さんは絞り出すように呟いた。

「…………強すぎる……」

繰り出される手は全て最善手。

一日目から数えても、後手の俺が攻めることができたのは、封じ手とその次に指したわずか二手のみ。

たった二手。

そんなカスリ傷にもならないような反撃の代償として、俺の玉は、あっという間に右のと金と左の銀に挟まれてしまう。

左右挟撃態勢。もう逃げ場はないように見える。

「人間じゃない……」

記録係の若手プロは畏《おそ》れるような、嫌悪するかのような声でボソリと呟いた。今日は土曜で奨励会があるから記録もプロが取る。タイトル戦ではままあることだ。

「…………ふぅ……」

盤から顔を起こし、俺は窓の外を眺める。晴れ渡った空を。熱い熱い夏の空を。

そうだ。今日は奨励会がある。

――今は……二局目の中盤くらいか？

ふと、そんなことを考えた。

三段リーグ最終日の二局目……つまり半年間を締め括《くく》る、最後の一局。

――俺にとって大事な人同士が、この東京で戦ってる。同じ空の下で。

状況は、わからない。もしかしたら一局目で鏡洲さんは昇段を決めていて、姉弟子《あねでし》は上がれないことが決まっているかもしれない。

けれど一局目を姉弟子が勝ち、鏡洲さんが落としていたら……二人にとって文字通り命懸けの対局になっているだろう。

どちらかが必ず不幸になる、そんな将棋に。

『才能がわかれば不幸は減る』と、於鬼頭さんは言った。

『才能が数字で見えたらいいのに』と、創多は言った。

確かにそうかもしれない。自分が上がるために恩人を突き落とすような勝負をする必要なんて、ないのかもしれない。

けれど今、二人は実際に戦っている。

もし自分が同じ状況に置かれたら……悩んで、苦しんで、運命を恨むだろう。

『誰かが大切にしているものがあって、それがこの世に一つしかない場合、あなたはそれを奪い取る？　それとも諦める？』

「…………難しい質問だな……」

天衣《あい》に告白された、あの夜のことを思い出す。小学生にまんまと奇襲を喰《く》らったあの夜。

困った……けど、ドキッとした。

あれだけ固めてた心の囲いをブチ破って、あの子は勇気を見せてくれた。

「フフッ…………あれも浮気《うわき》になるのかな？」

扇子《せんす》を唇に当てて、独り言を呟く。

いやいや浮気じゃないはずだ。不可抗力だし……そもそもまだ俺はちゃんと告白すらしてない。封じ手になってしまったその言葉を、いつ口にできるかはわからない。

けれど……もし、俺にとって今日がその日だったら？

やっぱり答えは一つしかないんだ。

「……………勝つしかない。そうだろ？」

今までも『勝ちたい』と思った対局はあった。

『勝たなきゃ』と自分を奮い立たせた対局もあった。

でも、この将棋は『勝つしかない』。

タイトルのためでもない。

人類とソフトの戦いとか、どうでもいい。

ただ……好きになった女の子のために。

勝って、その子にカッコいいところ見せるために。

好きな女が死ぬ気で戦って勝ったのに、男の俺が負けるなんてクズすぎる。負けて告白なんて有り得ない。

そんな情けない男が――《浪速の白雪姫》と釣り合うわけがない!!

「鏡洲さんに勝って……四段《プロ》になった、あの子とさ」

だから俺はこの局面になったら出そうと決めていた勝負手《しょうぶて》を放つ。

人生最大の勝負手を。

ソフトはこの盤上にある全ての情報を精査し、常に最善手を選択する。

見渡す限りを支配して、あらゆる手を完璧《かんぺき》に受ける。

「ならば!!」

水平線の彼方から――――見えない一撃を叩き込むッ!!

「すぅぅぅ――――――……………」

目を閉じて、俺は大きく息を吸い込んだ。

イメージするのは、小さな天使。

「……………………………………………………こう…………………」

真っ白な翼を背に盤上を高く、自由に、そして一直線に天翔《あまかけ》るその少女と同じように、俺は畳に両手を突き、前後に大きく揺れる。

「こう…………こう…………こう…………こう…………こう…………こう…………こう…………こう、こう、こう、こう、こう、こう、こう、こう、こう――――」

「ッ!? こ、これは……!! 雛《ひな》つ――――」

盤側の鵠さんがここにいいいいいいいいるはずのないい何かを見たかのように、眼鏡を外して目を擦った。

そして俺は盤に手を伸ばす。

8筋の底でずっと眠っていた、飛車。

俺は飛車を摑むと――――一気にそれを奔《はし》らせる!!

「こうッ!!」

突っ込んで来たその飛車を、於鬼頭さんは冷静に歩を打って受けた。

ノータイムで俺は飛車を横にスライドさせる。

「こうッ!!!」

それも於鬼頭さんは歩を打って受ける。これで何も問題無いとばかりに。

確かに誰もがそう判断するだろう。奨励会員でもプロでも、そしてソフトでも。

ここで俺が飛車を引いて勝負はまだ続くはずだと。

まだ詰みはないはずだと。

けれど俺が誰をイメージしているか理解した鵠さんだけは、俺が何をしようとしているかを察して愕然と呟いた。

「まさか……読み切ってる!? こんな短時間で!? ま……まだ、持ち時間を四時間近く残してるのに……!?」

違う。

短時間じゃない。

むしろそれっぽっちの持ち時間じゃ足りないくらいの時間を費やして俺はこの先の局面を読んだ。絶体絶命の先を。

——あの子みたいに、自由自在に生やすことはできないけれど。

読んで、読んで、読んで読んで読んで読んで読んで読んで読んで、脳がブチ壊れるくらい読みまくってようやく生えてくれた、俺の翼。

その物量を……叩きつけるッッ!!

「カアアアアアアアアアアアアアアアアアアアアアアアアアアアアアアアアアアアアッッッ!!!!」

俺はその歩を払って駒台に置くと、自分の飛車を掴み取り、裏返し――――歩があったその場所に『竜王』を打ち込む！　俺の中にあの子がいる証明を。

「これがッ!!　俺の……俺たちの翼だッッッ!!!!」


――７七同飛成。


盤上に出現した竜王は、すぐに金で取られてしまう。歩と飛車の交換だ。

通常ならば実現し得ないその交換が成立するという事実が示す意味は、ただ一つ。

「飛車……………………そうか。飛車を捨てても自玉が詰まないことを読み切ったのか……………………これは――――」

機械に限りなく近づこうとしていたその人は、ポツリと呟く。

「これは人間にしか読めない」

そして駒台に手を翳《かざ》すと、自らが目指すものの限界を認めた。

「え!?　と、投了!?」

記録係は思わずそう声を上げてから、慌ててタブレットの投了ボタンを押す。

封じ手の局面から、わずか十五手。早い終局だった。

しかし俺にとっては、昨日の封じ手後も休まず戦い続けた……長い長い、本当に長い戦いだった……。

「……今後、二日制の将棋は不要だな」

混乱する周囲をよそに、於鬼頭さんも俺も落ち着いていた。

「ええ。一晩考えられるアドバンテージは大きすぎます。敢えてやるなら一日目は定跡部分で止《や》めるしかないでしょうね……」

でもそれはもう、二日目に指定局面から研究会をするのと同じだ。勝負の本質からは離れていると思う。

封じ手。

そのタイミングで互いの玉が詰む、詰まないの局面まで誘導したのが勝因の一つだったのは間違いない。

たとえるなら、そう。序盤《デート》から詰み《キス》までデザインされていた天衣の告白のような一局。

ソフトは浅い探索で『自分がいい』『まだ詰みはない』と判断してしまった。

俺の陣形は一見、飛車を渡したら一気に崩壊してしまいそうなほど脆《もろ》い。

だが深く深く、深く読めば――

「詰むか詰まないかを判断させたら、ソフトは人間を遙かに凌駕しています。でも……」

グラスの水を全部飲んでから、俺は言った。

「詰むかどうかを本気で読む必要があるかいいいいいかを判断ああいいいいいする能力は、まだ人類に軍配が上がります」

「しかしそれもいずれソフトは克服する」

「でも人間にそれが応用できるかは別……でしょう？」

「同意」

人間は機械に近づくことはできても、機械にはなれない。

それでも限界まで機械に近づこうとしたのが於鬼頭さんで、人間のまま機械に勝とうとしたのが俺だ。

二つの決断は大きく異なるが……必要とするものは同じ。

決断するために必要なものは『勇気』であり、その決断を胸に前へ進むことを『努力』と呼ぶんだろう。

才能は必要だが、それは勇気と努力で上回ることができる。俺はそう信じて突き進んだ。

お互いの主張は決して交わらない。だが、こうして盤上でぶつけ合うことはできる。今はそれでいいと思った。

担当記者がおずおずと口を開く。

「あ、あの………お二人とも、予想外に早い終局でしたので、もしよろしければ大盤解説会場へお越し願えないかと……」

「不同意」

即答した於鬼頭さんは、記者が理由を問う前に自分の頭を撫《な》でる。

「この頭で人前に出ろと？」

「「…………」」

それ言われちゃったら何も言えないよね……。

助けを求めるようにこっちを見た記者さんに、俺も申し訳ない気持ちで言う。

「帝位を差し置いて挑戦者だけが壇上に上がるわけには……」

困り果てる担当記者に助け船を出したのは――部屋に入って来た棋士《なかま》たちだった。

「大盤解説会場には我と師匠《マスター》が代わりに立とう。駒操作を担当している愚妹《ぐまい》の様子も監督したいのでな！」

「私とジンジンもお手伝いしまーす♡　めちゃめちゃ恩に着てくれていいですからね！」

対局室にやって来た歩夢《あゆむ》と鹿路庭《ろくろば》さんが、何故かニヤニヤしながら言った。

盤側の鵠さんはすかさずこう尋ねている。

「ところで帝位。大盤解説は無理でも、観戦記用の解説はお願いできますよね？　よろしければ控室のパソコンで本局を検討しつつ、ソフトを使った研究なども含めてご解説いただけませんか？」

「条件付きで同意する」

「ありがとうございます！　あ、竜王には後でメールしますから適当に返事しといてください」

ずいぶん雑じゃない？　勝ったの俺だよ？

「そういうわけでぇ」

鹿路庭さんは俺を見て「しっしっ」と手を振ると、

「九頭竜《くずりゅう》先生はもう帰っていいですよ？」

「確かに若き竜王は不要だな……この場所には」

「そうだね。あっちは今から行けばまだ間に合うかもしれないしね」

釈迦堂《しゃかんど》先生と山刀伐さんも、笑いを噛み殺したような表情でそう言った。

ここにきてようやく俺は……………歩夢が副立会人を引き受けてくれたことや、みんながここに集まってくれた意味を悟る。

「いや………でも…………」

それでもまだ躊躇する俺を、於鬼頭帝位が促した。

「行きたまえ。盤は私が片づける。タイトル保持者の義務だからな」

そして帝位は結論を述べる。この人らしく、論理的に。

「つまりこの場で君にできることは、もうない」

その言葉で踏ん切りがついた。

この人たちの気持ちを裏切っちゃいけない。

自分の気持ちも……もう、裏切ることはできない！

「………ありがとうございます‼」

俺は立ち上がり、袴《はかま》を絞って全力疾走。

自室に戻って和服を脱ぎ捨てると、スーツに着替えて再び部屋を飛び出す。

荷物の整理はまた帰って来てすればいい。

今は一刻も早く、あの場所へ！

「タクシー！　タクシーは……？」

エントランスを出てタクシーを捕まえようと思った俺は、そこで顔面蒼白《がんめんそうはく》となる。

「あっ！　そっか財布もスマホも預けたままじゃん‼」

タイトル戦の新規定でスマホは立会人、そして貴重品は担当記者を通じてホテルに預けてしまっていた。

「フロントに聞くか⁉　いやその前に部屋に戻ってルームキーを……ああ！　か、鍵《かぎ》を部屋の中に置きっぱなしじゃんか！　こういう場合ってやっぱりフロントに相談して――」

その必要はなかった。

ドゥルンドゥルンとアイドリング音を響かせながら、一台の大型バイクが俺の前に急停車したからだ。

その鋼鉄の馬に跨《またが》っているのは――――赤い髪を翼のようになびかせた、大天使。

「月夜見坂さん⁉」

「おせーよクズ。パソコン博士を倒すのに二日もかけんなボケ。一日で倒せ一日で」

無茶苦茶言うなこの人⁉

けど今の俺にとっては本物の天使様だ。

《攻める大天使》が放り投げたヘルメットを被《かぶ》ると、俺はバイクの後ろに跨がって叫ぶ。

「千駄ヶ谷《せんだがや》まで！」

「知ってるよバカ」

フルスロットルで発進した単車は、香車みたいにカッ飛んで行く。

千駄ヶ谷の将棋会館へ。

銀子ちゃんのもとへ。

☖　鼓動

翼がほしい。そう思った。

「ぐッッッ………‼」

歯を食いしばって私は自陣に駒を打ち込み、鏡洲さんの攻めを受ける。

ろうか？

６八銀を打って『心臓が止まっても粘る』宣言をしてから、もうどれだけ受け続けているだ
奨励会の対局は記録係がいない。

棋譜も残らず、誰も見守ることのない、二人だけの孤独な殺し合い。

今、私が何手目を指したかもわからない。一〇〇手はとっくに超えてるはず。持ち時間はお
互いに残り数分のみ。

――一分将棋になったら終わる！　それだけは避けないと……！

盤面よりも時計を小刻みに確認しながら、私は焦って駒を動かした。

悪い局面で時間を使ってしまってはジリ貧だ。逆に、勝ちを意識した鏡洲さんが安全勝ちを
目指そうと慎重になって手が伸びなくなれば……差は縮まる！

だが、歴戦の奨励会三段は、緩まない。

「シッ！」

パンチを放つボクサーのように、鏡洲さんはその長い手をこっちの懐《ふところ》深くにまで伸ばして、
竜王を一気にスライドさせた。

「竜を走った⁉　鋭いッ……！」

おそらく最善手では、ない。

しかし自玉の守りにも利いていた竜を何の躊躇も無く寄せに加えさせる踏み込みの良さに、

私は彼我の形勢の差を、そして鏡洲さんの覚悟を見た。

『安全勝ちなどクソ喰らえ。最短で詰まして勝つ！』……そんな覚悟を。

とはいえ感心してばかりいたら死ぬ。

「だったら――――こうッ!!」

お返しとばかりに私は後手が制空権を放棄した空間に香車を打ち込む。馬取りに加えて、金と玉まで串刺しにできる、絶好のカウンター！

なのに。

「シィッ!!」

鏡洲さんは馬取りを放置して、私の囲いを上から押し潰そうと歩を打ち込んで来た。

後ろに飛車《ストレート》が控える、重い重いジャブ。

横の攻めに縦の攻めを加える完璧なコンビネーションは、囲いのみならずこっちの心までをも叩き潰そうとする一着だった。

――ぜんぜん震えてない……強いッ!!

敢えて自らを危険に晒《さら》しているかのようなその指し回しに、私は局面でも心理面でも圧倒されているのを認めないわけにはいかなかった。

鏡洲さんの玉は４一の地点から全く動いていないのに、私の玉は狭い穴蔵の中で逃げ惑い、空気を求めるかのように喘《あえ》いでいる……。

――……遠い…………。

あと一歩まで追い詰めた後手玉が、今はもう、絶望的なまでに遠かった。地平線の彼方《かなた》だ。

もう…………届かない…………？

「はぁ…………はぁ…………はぁ…………はぁぁぁぁあぁぁァァァアアアアッッッ!!」

吠えた。

吠えることで恐怖を鈍らせ、私は受けの手を読み続ける。

受ける将棋というのは、つまり死に続ける作業だ。

将棋には起死回生の一手なんて存在しない。

あるのは死を少しだけ先延ばしできる手と、すぐに死ぬ手だけ。

延命できる僅かな手を見つけるために、私はその何千倍も何万倍もある死を覗《のぞ》き込む。

――苦しい……怖い……痛い…………たすけて…………。

延命に延命に延命を重ねて、その途中で相手が悪手《あくしゅ》を指してくれるのを期待する。

けれど奨励会三段が悪手を指す確率なんて百局に一局もない。

これだけ形勢が離れれば千局に一局もないだろう。

絶望の中で私は死に続けた。絶望に絶望を重ね、その度に心が折れそうになる。

「ハァッ……ぐっっ!!　くひぃ…………あがッ!!　…………ふっ……ふぅぅぅぅッ!!」

脈が乱れる。

死を見詰めた瞬間は、恐怖で大きく心臓が跳ねる。そのまま止まりそうになる。

諦めた瞬間は、穏やかに。

希望を見つけた瞬間は、再び激しく胸が高鳴る。

「はぁ……はぁ……あっぃ！　あ、あ、あ………あぐっ………ぅぅ」

頻脈《ひんみゃく》と徐脈《じょみゃく》を繰り返して呼吸も鼓動も整わないまま、かつてないほどの目眩《めまい》に襲われつつ、盤に這《は》いずるようにして必死に生き残る術を探る。

──私だって……強くなった、はずなのに……！

八一や、創多や、あの小童なら。

将棋星人の中でも破格の翼《さいのう》を持つあいつらなら、こんな局面でも鼻歌まじりに逆転してしまうんだろう。

翼なんて贅沢《ぜいたく》は言わない。

せめて羽根の一枚でも………一瞬だけでも、あの終盤力が欲しい！　そうすれば……!!

「また俺が頓死するかもしれないって思ったか？」

「っ………!?」

心まで読まれ、固まる。

今、私が経験していることなんて、鏡洲さんは遙か以前に経験済みで……。

目の前に座っているのは優しい飛馬お兄ちゃんじゃない。それどころか棋士ですらない。

それは奨励会そのものだった。

「試してみればいい。だけどプレッシャーなんてゼロだぞ？　なぜなら――」

残酷で当たり前の事実を鏡洲さんは口にする。

「お前は椚創多《てんさい》じゃない」

「っ……」

「わかってるんだろ銀子ちゃん？　俺たちゃ天才じゃない。創多や八一とは違う。空なんて飛べないモグラさ。泥の中を這いずるしか能のない憐れな生き物だ。形勢がよくて持ち時間が残ってる方が勝つんだよ」

「………………」

何一つ反論することはできなかった。そして一つだけわかったことがある。

あと一手でも攻められたら――――私の玉は詰む。それが詰めろなのか必至なのかは、全然読めないけど。

「だぁぁぁまぁぁぁぁぁぁあれぇぇぇぇぇぇぇぇぇぇぇッッッ!!」

へろへろの気合いと共に私は駒台にあった飛車を摑んで、倒れ込むようにその大駒を盤の最奥へと打ち込む。

王手。

これだけが延命できる、たった一つの手段だった。

「そうだ！　来い！　だが一手でも緩んだらその瞬間に死ぬと思え‼」

鏡洲さんは単騎、玉を逃がす。

寄せ損なって敵陣の前で置物みたいになってた金を使って、私は王手を継続する。

しかしこれは私に残された唯一の罠《わな》。

タダで取れる金に見えるけど――

「7三玉でも5三同金でも詰みか………ハッ‼　小賢《こざか》しいってんだよッ‼」

――見抜かれてる⁉

苦しさのあまり駆け引きすらできず、私はノータイムで金を押しつけようと、鏡洲さんの玉を追い続ける。

取って！　これ取ってよぉ！

「取るわけねぇだろそんなピカピカした毒リンゴをよぉッ‼」

とっくの昔に頓死筋を見抜いていた鏡洲さんは、私が寄せていく金から逃げて盤の隅へと玉を動かしていく。

そして遂に、互いの玉が歩だけを挟んで睨み合った。

玉頭戦《ぎょくとうせん》……‼

ドクン、と大きく心臓が跳ねた。肋骨《ろっこつ》を突き破りそうなほど、強く。

――助かる……かも⁉

互いの玉と玉が向かい合う状況では、囲いそのものをぶつけ合う。

狭い水路で戦艦と戦艦が正面からぶつかるようなものだ。

必ずどちらかが死ぬ。もうすぐ死ぬ。

けれど玉頭戦は接近戦になる。そして互いを隔てるのは、薄皮のような歩のみ。鏡洲さんが私の玉を殺そうとするならば、自らの玉で白兵戦を挑む必要がある……！

「ッグェッ！　おオぉぉぉ………ごほっ！　ごハッ……!!」

緊張のあまり横隔膜と胃が痙攣を起こし、私はスカートを胃液で穢した。あまりにも苦しくてボロボロと涙が出て来る。

――い、一手でも緩めれば……死ぬっ……！

鏡洲さんの囲いがなくなったとはいえ、こっちも瀕死のまま。生き残るために私は駒台から香車を取り上げて、鏡洲さんの玉頭に打ち込んだ。五連続の王手！

「無駄ァ!!」

六度目の王手も七度目の王手も指先一つの玉の駆動だけで凌ぎ切った鏡洲さんは、お返しとばかりに私の玉へ王手をかけてくる！

――ど、どうなってるの!?　こんなのもう……将棋じゃないッ!!

もはやパズル。双玉詰将棋《そうぎょく》だ。

そして互いの玉と玉だけが一マス挟んで睨み合った瞬間、鏡洲さんが吠えた。

「これで――――――――――終わりだッッッ!!」

凄《すさ》まじい勢いで打ち込まれた、桂馬。

――……詰んだ。

一目で私は自分の敗北を悟る。逃げ場は一つしかなく、その先に逃げ場はない。

投了の二文字が頭をよぎる。

――ただ………一つだけ、抵抗する手段が残ってる。

『打ち歩詰め』だ。

私が玉を引いて、鏡洲さんがもし引いた玉の頭に歩を打って詰まそうとすれば、それは反則となる。

打ち歩詰めに気づかずに桂馬を打つわけがない。それは私もわかっている。

けれど極限状態では何が起こるかわからない。

そして何より……自分から勝負を捨てたくない！

だから私は、可能な限り堂々とした手つきで、玉を引いた。

「んッ……！」

気合いを入れて着手《ちゃくしゅ》した後も、首を伸ばして盤を覗き込み、前傾姿勢のまま前後に揺れて戦闘態勢を崩さない。

しかし実際は斬首《ざんしゅ》される死刑囚の気分だった。

ドッ！　ドッ！　ドッ！　ドッ！　ドッ！

胸を突き破りそうなほど激しい心臓の音が相手に聞こえてしまうんじゃないかと不安になったけど……それは明らかに杞憂《きゆう》だった。

――歩を打たれるんじゃなくて、金を動かして馬で開き王手されたら…………終わり、か。

トクン…………トクン…………。

簡単な詰み筋だ。穏やかに死を受け容れると、心臓の動きも安定を取り戻す。

しかし鏡洲さんは指そうとしない。

「………………」

俯いて自玉を見詰めたまま、微動だにせず…………そして持ち時間は尽きつつある。

慎重という域を超えつつあった。

――……どうして？　なんで……７七金を、ささないの……？

鏡洲さんがその詰み筋に気づかないわけがない。

だったらどうして時間を使っているんだろう？　……そう考えてふと、関西奨励会に伝わるあの話を思い出した。時間切れにしたという、あの話だ。

『相手が心臓発作で死ぬかもしれない』

けどあれは絶体絶命の状態で手番が回って来た場合の話で……。

――私がやるならわかるけど、鏡洲さんがやるのは逆………………え？

「あ」

金を動かされたら詰むしかないと思い込んでいた局面の先を、私は読む。

そして信じられない筋を見つけて……思わずそれを口にする。

「…………逆…………？」

私がそう呟くと、鏡洲さんが明らかに動揺しているのが伝わってきた。これまでに一度もないほどの焦りを感じる。

疑念は確信に変わった。

——鏡洲さんが金を動かすと、私の玉の逃げ場が広がって……逆王手の筋ができる!!

ドッッグンッッッ!!

諦めたことで落ち着いていた脈が、希望を見つけて打ち上げ花火のように大きく爆《は》ぜた。

勝てる？

勝てる！　勝てるッ!!

その瞬間、私の心臓が遂に限界を迎えた。

「　　　　　」

呼吸が止まった。

いや……音が止まった。身体が発する、全ての音が。

最初に感じたのは、場違いなほどの静寂。それから眠気のような……意識が遠ざかる感覚。

──心臓が…………………止まっ、て……？

「……やい、ち……胸が………」


ここではない別の場所で対局している弟弟子《おとうとでし》に、私は助けを求めた。

初めて奨励会で将棋を指した時と同じように。

──ここで倒れたら……八一はまた、自分の将棋を投げ捨てて、駆けつけてくれる……。

タイトル戦だろうが関係ない。

感想戦も大盤解説も投げ出して、私の運び込まれた病院へ必ず来てくれる。

だからこのまま眠ってしまえば、目を醒《さ》ました時、きっと隣に八一がいてくれて。

こんなふうに私を優しく慰めてくれる。

『よくがんばったね、銀子ちゃん』

『もうつらいことはしちゃいけないよ』

『ずっと一緒にいてあげるから』

そして私が望めば……あの夜の続きもしてくれるだろう。

封じ手にしていた告白の続きをしてくれて。

今まで以上に優しくしてくれて。

手を繋《つな》いで一緒に街を歩いて。一緒に映画を観て。海へ行って。

二人だけでいろんなことをしてみる。姉弟じゃなくて、恋人として……。

そして十八歳《おとな》になった八一は、私にそれ以上のものをくれる。

私が望めば、八一の一生を私にくれる。

その約束として、左手の薬指に、誓約の印をくれる。

——あは……綺麗……嬉しい……。

汗と涙が染みついたボロボロの畳に突いた左手をぼやけた視界に捉えながら、私はそこに輝く銀色の指輪を想像し、思わず笑みを零す。

——なんだ……このまま終わっても、望むもの全部……手に……入る……。

むしろ倒れたほうがいいかもしれない。

あいつは優しいから、弱い私を放っておけるわけがない。

倒れれば……子どもの頃みたいに、ずっと私の手を握ってくれる。

将棋を指すための右手を、私のためだけに……。

——そっか……そうだよね。

幸せな夢に浸りながら、私は右の拳《こぶし》を全力で握り締めた。

固く固く、固く握る。

爪《つめ》が喰い込むほどに、固く。

そして——

その拳を全力で、胸に叩き込んだ。

「ああッッッ!!」

ぐしゃり。

骨の砕ける感触がした。

激しい痛みが時間差で襲ってくる。

こみ上げてくるのは胃液ではなく、おそらく血だ。

「や……い、ち…………………………むね……………………が……………………」

胸が。

こんなにも、胸が！

「熱い」

ドクドクと再び脈打つ心臓に拳を叩き込んだまま、私は覚醒《かくせい》した。

八一が好き。

だから将棋を捨てることなんて有り得ない。

勝負を投げ出すなんて絶対にできない。

だって私たちは――――愛でもなく、血でもなく、将棋で繫がったから。

「ベッ!!」

扇子を広げて赤い血をそこに吐き捨てると、加熱した全身を冷やすためにそのまま煽《あお》いで鉄の匂《にお》いがする風を送ってから、パシンと高い音を立てて閉じた。

最後に熱い血を手で拭って、私は鏡洲さんを睨みつける。

「……来いッッ!!」

戦う準備はできている。

もう心臓が止まることなど怖くはない。

心が折れることもない。

止まっても、折れても、私はこの手で何度でも甦《よみがえ》る。

将棋を指すためにある、この手で。

電子音が鳴り響き、あと十秒の秒読みが始まる。

「…………………」

残り五秒で鏡洲さんはゆっくりと盤上に手を伸ばすと、自分の玉を斜めに引いた。

それは退却ではなかった。

「終わりだ。銀子ちゃん」

指された瞬間、血が凍り付く。

「あっ⁉」

──開き王手……ッ‼

玉が動いたことにより、その後ろに控えていた香車が私の玉を貫こうとしている！

さっき浮かんだ逆王手の筋と鏡のようなその一手。

最強のクロスカウンターだった。

──駒台にあるどの駒を合駒に打っても詰む⁉　こ、こんな手が……あったなんて……。

今、私がしなければいけないこと。

それは玉の逃げ道を開きつつ、王手を防ぐこと。

けどそれは一手で二手指すのと同じだ。

──……あるわけない。そんな手……。

あったとしても一分将棋の中で発見できるとは思えない。

だからその時、私がその駒を見たのは、完全に偶然だった。

「…………銀……」

玉の逃げ道を塞《ふさ》いでしまっている、私と同じ名前の駒。

この駒さえなかったら玉を右上に逃がせるのに……邪魔で鈍臭《どんくさ》い自分と重ね合わせる。

——…………………あれ？

邪魔？

銀が？

だったら…………動かせば？

…………え？

——でも……え⁉　こんな手が実戦で⁉

時間が切れるギリギリの瞬間。

私は血の付いた右手を伸ばし、銀に触れた。

そしてそのまま——

「こうッ‼」

銀を左上に滑らせる。

これまで十万局くらい将棋を指してきたけど実戦でこんな決め手が出ることなんて一度もなかったから、指した後も、この手が成立してるかどうか確信はなかった。

だからそれを指せたのは偶然でしかない。

偶然……と、気まぐれな幸運のおかげ。

つい最近――――――詰将棋で見たから。

封じ手

「どけどけどけどけぇぇぇぇぇぇ――――――――――――――――いっ‼」

将棋会館の前にはとんでもない数の人集《ひとだか》りができていて、報道陣や野次馬《やじうま》でできたそのド真ん中に月夜見坂さんのバイクは突っ込んで行った。

「轢《ひ》きッ殺すぞオラアアアアアアアアアアアアアアアアアアッ‼!」

蜘蛛《くも》の子を散らすかのように逃げ惑う人々。そしてバイクは建物の正面に急停止した。

無茶苦茶だよこの人！　無茶苦茶……かっこいいよ！

俺はヘルメットを脱いで後部座席から飛び降りる。

「ありがとうございました月夜見坂さん！」

「いいから行けクズ！　礼は後でたんまり請求してやる！」

広くない駐車場にはテレビの中継車がひしめいている。正面玄関やロビーも通れそうにないほど人で溢れていたが、俺は迷わずそこへ突っ込んだ。

「おいっ！　今のって……」

「どうしてここにいるんだ⁉」

そんな声を無視して、ひたすら走る。人の波を掻き分けて狭い階段を駆け上がっていく。

将棋会館の外もすごいことになってるが、中はもっと騒然としていた。

その理由は──

「栩創多が昇段したぞ!!」

「史上初の小学生プロ棋士の誕生だ!!」

「速報を打て!!」

「二階で記者会見だってよ!! 急げッ!!!」

ドダダダダダダダダダダダダダダ!! 足音で建物が地震みたいに揺れた。外でも大きな騒ぎになってる。到着があと一分でも遅かったら中に入れなかっただろう。

「創多……そうか。おめでとう」

中学生棋士なんてもう過去の遺物だな……そう自嘲《じちょう》する俺の耳が、こんな声を捉えた。

「あと一人はどっちだ!?」

「まだわからん! もうすぐ終わりそうって話だが──」

ドクンッ!! と心臓が跳ねた。

『どっちだ』

短いその言葉に込められた意味。それは──

「創多が上がって、鏡洲さんがまだ決まってないってことは…………そういうこと、だよな?」

姉弟子と鏡洲さん。その直接対局の勝者が上がる。

胸の中をぐしゃぐしゃに搔き毟《むし》られるようだった。

そして俺は足音を立てないようゆっくりと最後の階段を上りきり、四階へと辿り着く。

「…………静かだ…………ここは…………」

そこだけが、別の時空に存在するかのように、静寂に包まれていた。

一ヶ月前、俺はこの奥で対局をした。あの名人とタイトル戦の挑戦者決定戦という大勝負を演じたのだ。

けれど今、俺はエレベーター前のホールから一歩も先へ進むことができない。

ここから先に行けるのは、命を懸けて戦う者だけだから。

奨励会員だけが入ることを許された聖域だから。

「ふぅ――――…………」

四階の対局室入口前にある、茶色い長椅子《ながいす》。表面のカバーが破れた古い古いその椅子に腰掛けて、俺は大きく息を吐いた。

まるで病院の待合室だ。

まだ続いている対局もあるようで、微《かす》かに駒音《こまおと》と対局時計の電子音が聞こえてくる。

「…………姉弟子……!!」

俯いて、両手を組む。神様に祈るように。

どれだけそうしていただろう？　人の気配を感じて顔を上げると――――

「ッ!!」

目の前に、俺のよく知る人が立っていた。

「鏡洲さん……」

「よう」

座ったまま呆然と見上げる俺の肩をポンと叩いて、鏡洲さんは前を通り過ぎて行く。

階段を下りながら、こう言った。

「みんな。二人だけにしてやってくれ」

鏡洲さんが言うと、残っていた奨励会員たちもその後に続く。


そして誰もいなくなった聖域から、銀色の髪をした少女が姿を現した。


「八一」

「姉弟子」

ふらふらと頼りない足取りでこっちへ歩いて来る少女。俺は弾かれたように立ち上がった。

靴も履《は》かずに床に下りた姉弟子を、俺も一歩だけ前に出て、迎える。

「八一」

姉弟子は俺の胸に倒れ込む。

羽毛のように軽くて儚《はかな》い身体を俺は抱き留めた。小さく震えるその身体を。

「上がったよ。八一」

俺の腕の中で姉弟子は言った。

「私、四段《プロ》になったよ」

人生で最も嬉しいはずの報告は……涙に濡《ぬ》れていた。

「鏡洲さんを倒して、私が上がったの」

「……うん」

「負けたと思った。途中で何度もだめだと思った。でも絶対に諦めたくなかった」

「うん」

「だから頭金を打たれるまで指し続けようって誓ったの。心臓が止まっても指し続けようって」

「うん」

「そしたらね？　最後の最後に、奇跡が起きたんだよ？　将棋の神様がくれた、奇跡が……」

ぼろぼろと涙をこぼしながら銀子ちゃんはその奇跡を語る。

「打ち歩詰めと逆王手の筋が見えて……それでギリギリ凌いでたの。鏡洲さんの開き王手にも、8五の銀を9四に動かす移動合いが決まって……ね？　奇跡みたいでしょ？」

「うん……」

「小童にお礼、言わなきゃ……」

あいへの感謝を口にする姉弟子。

性格も合わず、その才能に劣等感すら抱いていた相手に対して素直な気持ちになれたことがきっと、最後の最後でこの子を強くした。

「八一、私……鏡洲さんの首を……斬《き》って……！」

堪えていた感情が遂に決壊し、姉弟子は慟哭《どうこく》する。

「あんなにお世話になったのに。ずっとずっと私と八一に優しくしてくれたのに。それなのに私……私……!!」

「いいんだ」

俺は銀子ちゃんを強く抱き締めた。この子がバラバラになってしまわないように。

鏡洲さんや辛香さん……他のたくさんの夢を砕き、その破片の上に裸足《はだし》で立つ少女。白い肌が血にまみれても戦い続けた心と身体は、敗者よりも深く深く傷ついていて。

胸がいっぱいになって、何かを考えるだけで泣きそうで……何も言うことができない。

だから——

「開けるよ？」

「うん」

封印していた言葉《おもい》を口にする。

「好きだ」

「同歩《わたしも》」

指し掛けになっていたあの夜の告白が終わると、銀子ちゃんは熱い吐息と共に、言う。

「少し……休んでもいい？　すごくつかれちゃった……」

「うん。ごめん」

抱きかかえるように長椅子へ連れて行き、そこに二人で並んで座った。

俺の肩に銀子ちゃんは頭を載せる。

銀色の髪を猫みたいにこすりつけ、少し甘えるように。

「昨日ね？　一睡もできなかったの」

「俺もだよ」

「そっか。いっしょだね」

そんなことがとても嬉しいみたいで、銀子ちゃんは子どもみたいに笑った。

ようやく浮かべてくれた笑顔を目に焼き付けようと、俺は彼女の前髪を指で少し動かす。

この子の全てが愛《いと》おしかった。

けれど不器用で、将棋しかしてこなかった俺たちは、上手に愛を囁くことすらできなくて。

結局、お互いの将棋の話をするんだ。

「……八一、対局は？」

「勝ったよ」

「そっか。やっぱり八一は強いね……」

追いつけるかな……銀子ちゃんは小さくそう呟いた。

「大丈夫。銀子ちゃんもプロになったんだから」

「……そうだね」

俺たちはウソを吐《つ》いた。タイトルを持つ俺のいる場所まで新四段が上がってくるのは、並大抵のことじゃない。

そんな現実から一瞬だけ目を逸《そ》らして、夢を語り合う。

「私……八一のことが、好き……」

俺の右手を摑んで、銀子ちゃんは囁いた。

「手を繋いで一緒に街を歩きたい。一緒に映画を観たり、海へ行ったり、二人だけでいろんなことをしてみたい。姉弟じゃなくて、恋人として……ずっとそう、想《おも》ってた」

秘めていた想いを初めて伝えてくれた銀子ちゃんは、最後にこう言った。

「でもね？　本当にしたいのは――」

そこから先は聞き取ることができなかった。

目を閉じてぐったりとする銀子ちゃん。

降り積もった雪のように真っ白で、静かで。

触れたら融けてしまいそうなほど儚くて。

けど――

「………熱い……」

触れた肌が焼けるように熱を持っていた。本気で将棋を指すと、銀子ちゃんは昔からこうやって熱を出すから……。

これから大騒ぎになるだろう。

日本中がひっくり返ったような大騒ぎに。

取材に次ぐ取材。そして時の人となった《浪速の白雪姫》は、名人のように将棋界の全てを背負って歩き始めることになる。

この脆い身体に、誰よりも重いものを背負って、プロの世界で唯一の女性として道なき道を切り開いていくことになる。

プロ棋士である限りそれは永遠に続く。

もう奨励会員だからという言い訳はできない。

奨励会という地獄を抜けた先に待つのは……永遠に終わらない、修羅の道。

しばらくは将棋を指す時間すら取れないに違いない。誰もが羨《うらや》むそんな状況も、銀子ちゃんにとっては苦痛でしかないだろう。

だって、本当にしたいのは――――

「俺もだよ……銀子ちゃん」

だから今だけはこうして二人で肩を寄せ合って、将棋のことだけを考えていたかった。

いつか指す、二人の公式戦《しょうぎ》のことだけを。

☖　最後の昇段者

坂梨澄人《すみと》は最後の対局を勝利で飾った。

「ふぅ……」

全ての対局を終えた坂梨は、使い終わった駒を一枚一枚丁寧に磨き、それから盤も磨く。

奨励会で使う盤や駒は、決して高級なものではない。

しかし傷だらけでボロボロのそれは、まるで戦い続けて捨てられる奨励会員そのもののように思えて、愛しかった。

「……最後に一人くらい、磨いてやってもいいよな」

坂梨が盤駒を磨きたいと言うと、相手はその気持ちを察して先に席を立ってくれた。

磨き終えた坂梨は最後にそっと盤に触れて、別れの挨拶を口にする。

「じゃあな。お前は長生きしろよ」

四階の対局室から出る時に、下駄《げた》箱前のカウンターにオレンジの名札を置く。勝ったとはいえ、最後の白星をリーグ表に押す気にはなれなかった。

ひっそりと消えていきたい。

退会を意識してから坂梨はずっとそれを願っていた。

そしてその願いは、これ以上ないほどに叶《かな》えられた。

「……静かだな…………」

将棋会館にいる全ての人が記者会見に集まっているようで、いつもは必ず誰かいる事務局も、そして道場にすら人の気配がしない。

昇段者は梱創多か、空銀子か。それともその両方か……。

奨励会生活は十二年半。

人生の約半分をここで過ごしてきたが、これほど静謐《せいひつ》な将棋会館は初めてだった。

「こんなに広かったんだな……」

奨励会に入る前はこの道場にずっと通い続けていた。連盟の子どもスクールにも。その期間も含めれば二十年近くもここに通っている。明日から全く別の人生が始まるというのは、まだ現実感がなかった。

無人のロビーを抜けて、正面玄関から建物を出ると、坂梨は振り返って一礼する。

駐車場にはテレビ局の中継車が密集していた。

将棋会館を出ると、鳩森《はとのもり》神社に立ち寄って、将棋堂にお参りした。

例会日の朝によく時間を潰したコーヒーショップ。

研究会の後、先輩棋士におごってもらったステーキハウス。

順位戦の記録係で泊まりになった日は、近くの銭湯にもよく行った。

そんな思い出と共に、坂梨は千駄ヶ谷の街から歩み去る。

しかし最後の最後、千駄ヶ谷駅前の横断歩道で信号に捕まった。初日の連敗を思い出して胸の傷が疼《うず》くが……その痛みすら今はもう懐かしい。

「坂梨さんッ！」

信号待ちをしていた坂梨の名前を誰かが叫ぶ。

元奨励会員で、今はスポーツ新聞の記者をしている後輩だった。肩に大きなカメラを担《かつ》いでいる。黙って姿を消した先輩を気遣ってくれてるんだろうか？　有《あ》り難《がた》迷惑だと思った。

「さ、坂梨さん…………はぁ、はぁ……対局は……？」

「おう。終わったわ」

記者はよほど急いでいたのか、息を整えるまもなく質問してくる。重いのだろう。肩に担いだカメラを下ろしながら。

「勝ったんですか？」

「最後に十四連勝さ。有終の美を飾ったよ」

今度は坂梨が質問する番だった。

「上がったのは？」

「空、椚の二人です」

「そうか……」

坂梨は頷く。鏡洲が椚と空に負けたということだ。優しい先輩のことを思うと胸が痛んだが……直接対決で敗れたのであれば仕方がない。自分が銀子に送った辛香の棋譜は役に立っただろうか？

そして坂梨は、さらにこう質問する。

「昇段者は今、記者会見をしてるんだよな？」

「ええ」

「じゃあお前はどうして俺を撮ってるんだ？」

「あなたが三人目だからです」

意味がわからなかった。

「…………………………は？」

「空と椚以外の三敗勢が全滅したので、十四勝四敗の中で順位が最も上の坂梨さんが次点になります。先期の次点と合わせて昇段ですよ」

「鏡洲さんじゃなくて…………俺が？」

三段リーグ開幕初日に二連敗し、千駄ヶ谷駅前の横断歩道で立ち尽くして泣いていた。

次の例会でさらに連敗し、勝ち星無しの四連敗を喫《きっ》した。

全てが終わったと思い、勝ち越し延長の意思すら失って、自動車学校に通い始めた。

「そんな俺が……プロに？　四段になった……？」

もっと将棋に打ち込んだ期もあったのに。それでもプロになれなかったのに……。

『まだまだじゃん！　頑張ろうぜ？』

鏡洲のその言葉に、引きずられるように指し続けた。

そこから奇跡のような十四連勝。

けどそれは、プレッシャーから解放されたからできたことだ。序盤の四連敗で『あいつは終わった』と舐められたからだ。辛香が鏡洲を引きずり下ろすために手を抜いたからだ。

自分に向かうはずの注意を全て鏡洲が引き受けてくれたからだ。

そんな自分が……。

「俺が……上がった？　鏡洲さんじゃなくて、俺が……？」

腰が抜けたかのようにその場に尻餅《しりもち》をつくと、坂梨は両手で顔を覆《おお》って慟哭した。

昇段した喜びは、ない。

ただひたすら心の中で鏡洲に詫《わ》び続けていた。こんなのリーグ戦じゃない。鏡洲さんが気の毒すぎる。すみません……すみません……。

嗚咽《おえつ》と謝罪の言葉を漏らしながら路上に蹲《うずくま》る、二五歳の男。

記者がシャッターを切る音が妙に大きく響いた。

白昼に道路の真ん中で繰り広げられる異様なその光景を、人々は一瞬だけ好奇の目で見て、すぐに通り過ぎていく。

「いたいたいたっ！　よかった追いついたぁ‼」

聞き慣れたその声に坂梨は顔を上げる。

ぜぇぜぇと息を切らした幹事の鳩待《はとまち》五段が目の前に立っていて、右手を差し出していた。

「おめでとう坂梨くん！　フリークラスだけど……上がってくれるよね？」

「…………」

最後の昇段者は呆然と、幹事の顔を見詰め返す。

そして差し出された右手を取った。


第63回新進棋士奨励会三段リーグはこうして幕を閉じた。

四段昇段者は空銀子（16）、椚創多（11）、坂梨澄人（25）。

そして同日、年齢制限により五人の三段が奨励会を去った。


坂梨澄人は四段昇段者が招かれる祝勝会を拒否した二人目のプロ棋士となった。

去って行った奨励会員《なかま》たちのことを思うと自分が祝われるわけにはいかないというのが、その理由だった。

ネクタイとサイコロ

「落ち着いたか？　創多」

「…………はい……」

将棋会館の中にある宿泊用の個室で紙コップに入ったジュースを飲みながら、ベッドの上に腰掛けた創多が小さく頷く。

鏡洲が四段になれなかったと知った創多は荒れに荒れた。嘘《うそ》つき、根性無し、弱すぎる盤の前で腹切って死ね等々の罵声《ばせい》を浴びせ続ける史上初の小学生棋士を、誰もが唖然《あぜん》と眺めるだけで、手がつけられなかった。

見かねた理事が記者会見の時間を遅らせて、鏡洲に創多を託したのだった。曰《いわ》く『君のせいなんだから君が何とかしたまえ』。

——これが俺の、奨励会員としての最後の仕事か……。

思えばずっと子守りばっかりだった。

史上最年少四段の隣に腰掛けながら、年齢制限で退会になった男はボヤく。

「ったく。何で創多が泣くんだよ？　泣きたいのはこっちだろうが」

「だって……鏡洲さんがウソをついたから。一緒に上がるって言ったのに」

ぷくくっと頬を膨らませる創多の目に再び大粒の涙が溜まる。

「あっ！　いやいや！　別に責めてるわけじゃ——」

鏡洲は慌てて話題を逸らそうとした。

けれど適当な話題が浮かんでこない。

——今の小学生が笑顔になる話題って何だ⁉　ポケモン⁉　ポケモンか⁉

小学生が大好きな八一なら適切に話題を選べるんだろうが、将棋界に二十年近く引きこもっていた鏡洲はまるで浦島太郎《うらしまたろう》だ。楽しい話なんて思いつかない。

とっさに口を突いた話題は——やっぱり、将棋のことだった。

「スクラップブックがあるんだ」

「……え？」

「四段昇段の記ってあるだろ？　あれだけを集めたのをずっと作っててな……いつか自分も書くのが俺の目標だったんだけど」

「将棋雑誌の最後の方のページに載ってるあれですか？　読み飛ばしちゃうから、ぼくは読んだことありません」

「ははっ。だと思ったよ」

鏡洲は思わず苦笑する。

自分はそれを死ぬほど書きたかったのに、その権利は、そのページの存在すら知らないような子どもの手に落ちた。

けれどそれこそが勝負の本質なのだ。

想いの強さは関係ない。ただ将棋が強い者だけが上がる。

だからこそ納得できるし、残酷なほど心を惹《ひ》きつけ、胸を打つ文章になるんだろう。

もう決して自分のページが加わることはないそのスクラップブックを心の中でめくりながら、鏡洲は話し続けた。

「書きたいことはいつもコロコロ変わったけど、最後の一文だけは決まってるんだ。プロになった時の目標……っていうか、夢ってやつは」

「タイトル戦に出たいとか？　それとも名人になりたい、ですか？」

「それが夢だったらきっとここまで頑張れなかっただろうな」

鏡洲は笑ってしまった。

自分の限界は自分が一番よく知っている。もし三十歳目前でプロになれたとしてもC級2組から上がることすら難しかっただろう。

「だったら何なんですか？」

少しムッとして創多が聞いてくる。

恥ずかしいからこのまま心に秘めていようとも思ったが……。

——ま、いいか。こいつになら言っても。

鏡洲は今までずっと胸の中で温めていた最後の一文を、初めて口にした。

「『いつまでも将棋を好きでいたい』」

「っ…………!!」

涙に濡れていた創多の目が、大きく開かれていく。

「どんなにつらいことがあっても、いつまでも、誰よりも、将棋を好きでいたい。自分だけじゃなくて、対局を見てくれてる人にとっても、将棋を好きでよかったと思ってもらえるような……そんな将棋が指せるプロになりたかった」

それは、誰よりも長く苦しんだ自分だから。

誰よりも将棋の、将棋界の不条理に振り回された自分だからこそ、説得力を持つんじゃないかと思った。

タイトルは獲れなくても。

名人にはなれなくても。

栄光とは無縁な場所にいても、こんなにも将棋を好きでいられると、プロになって証明したかった。自分に夢を託してくれた師のように……。

「けど結局、俺の才能じゃそれは無理だとわかったよ。矢倉すらまともに指せないようなプロの将棋を見たって、退屈なだけだよな」

盤上で自由な振る舞いが許されるには才能が必要だ。

定跡を離れても高度な棋譜を残せる者はプロの中でもごく限られた本物の天才だけ。それは努力や根性ではどうにもならない領域だと、銀子との将棋で思い知らされた。

あの激闘は奨励会できっと語り継がれるだろう。

——けど……銀子ちゃんも結局、俺と同レベルでしかないってことだ。

あの子の前途を思うと、鏡洲は手放しに祝福する気持ちにはなれない。

椚創多という天才と同時昇段。常に比較され続けるだろう。

そして追いかける背中は……九頭竜八一の存在は、さらに遠い。

「ホントそうですよね！　鏡洲さんの将棋は退屈です。銀子さん程度といい勝負なんだもん！」

「追い討ちかけるなよ……自覚してるって言ってるだろ？」

「見てくれる人を楽しませる？　絶対無理ですよ！　鏡洲さんや銀子さんみたいな粘っこくてジメジメした将棋が許されるのは奨励会までなんですから！」

「ああ。創多みたいに華麗に詰ますのがプロの将棋だって、今日の対局でよくわかったよ」

「そうですか。じゃあ——」

創多は息を吸い込むと、こう言った。

「じゃあ仕方がないからそれ、ぼくが叶えてあげますよ」

今度は鏡洲が驚く番だった。

思わず創多の顔を見た鏡洲の目をしっかりと見上げながら、史上初の小学生棋士は言う。

盤上で自由に振る舞うことを許された本物の天才が。

「鏡洲さんと一緒にプロになれないなら、せめて鏡洲さんの夢と一緒にプロになります」

「俺の……………夢、と……?」

「プロの世界で、ぼくは誰よりも面白い将棋を指します。八一さんよりも、ソフトよりも面白い将棋を。将棋を知らない人が見ても興奮できるような将棋を指し続けます。それで今までで一番大きな将棋ブームを起こします。だから鏡洲さんも、ずっと将棋を好きでいてください。今は……つらいかもしれないけど、またぼくと将棋を指してください」

「…………」

「…………だめ、ですか?」

「…………いや……」

鏡洲は天井を見上げた。そうしないときっと、涙が溢れてしまうから。自分が涙を見せたら創多はまた泣くに決まっているから……。

最初に声を掛けたのは鏡洲だった。

棋士室の隅に座っていた一人ぼっちの小さな男の子に、将棋を指そうと。

でも今は逆に……小さかったその男の子が、鏡洲を将棋に誘ってくれた。

「ありがとう。創多」

首に巻いていたネクタイを解く。

そして鏡洲は創多の小さな肩にそのネクタイを掛けた。

タスキのように。バトンのように。

清滝の了解は取っていないけど、これでいいと思った。弟子を残すことはできなかったけど
……志を伝えてくれる仲間がここにいるから。

「鏡洲さん。ぼく……」

「ん？」

「ぼく、将棋を選んでよかったです！」

ようやく笑顔が戻った創多は、鏡洲から譲られたネクタイをぎゅっと握る。

十一歳の少年にそれはまだ大きすぎるけれど、いつか似合う時が必ず来る。その時までしっかり握っていようと、天才少年は思った。


もうサイコロは必要ない。

この指先に宿った新しい夢が、教えてくれるから。

あとがきに代えて――『なれなかった自分』

「携帯電話を捨てて、どこか知らない場所へ行きたくなりました。絶対に将棋を辞めてやろうと思って」

私が初めて取材した元奨励会三段の方の言葉です。

複数の方からお話をうかがうことができましたが、皆さんが口を揃えて『今も忘れられない一局』に挙げる将棋がありました。

それは――――勝てば四段になっていたはずの一局。

「こちらは優勢。相手は時間がない。そこで急に手が読めなくなりました。でも優勢だったので理由を付けて適当な手を指してしまった。それが緩手でした。緩手だと自覚してしまって、後悔しながら指すという悪循環に陥って……相手が入玉して、こっちも入玉するんですが、明らかに点数が足りない。それで投了しました。呆然としてトイレに行くと、相手がすごい勢いで入って来た。その時『あと少しでも粘ってたら向こうが投了したかも』と後悔して……そこから下り坂でしたね」

「何か詰みがありそうな局面でしたが、時間がなくて詰ませられず投了しました。ずっとその局面を夢に見るんです。数年後、五手詰があることを偶然発見しました。数年後でよかったと思いますよ。すぐに見つけてたら耐えられなかったでしょうから」

あの一局は今でも夢に見る、何年たっても昨日のことのように……別の場所で、別の人に聞いたのに、誰もが同じ言葉を口にするのです。

奨励会、そして三段リーグという場所がいかに苛酷か。傷の深さと生々しさが私にそれを教えてくれました。

そんな凄まじい世界とは全くレベルが違いますが、私も挫折を経験しました。

弁護士になりたいと思って法学部に入り、大学院まで進みはしましたが……十二年間も勉強して、それでもなれなかったのです。

気付いた時には三十歳になっていました。

何の資格もなく、生まれて初めて学生でも会社員でもない状態になったとき、自分が社会から必要とされていないことや、三十年という人生がまるっきり無駄になったんだなぁと、不安や虚しさを感じたのを憶えています。

就職した大学時代の同級生は、親になっていたり、出世していたり、順調に人生の階段を上っていました。もう自分がそこに追いつくことはできないんだと思うと、焦る気持ちもわきませんでした。ただただ諦めだけがありました。自分を信じてくれた祖父と母には申し訳なさしかありませんでした。

学費を稼ぐために書き始めたラノベが私に残された全てでしたが、それすらも流行の二番煎じ以下のものしか書けず、作家と呼べるほどのものではありません。そもそもラノベなど世間的には小説に入らないのでしょう。大学の同窓会で、銀行に就職した同期から「いくら払ってその本を出してるんだ?」と言われました。反論するでもなく、ただ笑って話を合わせる自分がいました。せめてもっと売れるものを書きたいと思いました。

けれど流行に乗ったラノベを書くには才能が必要です。その才能が自分にはないと悟った時、こう思いました。

「だったら自分の読みたい話を書こう。自分の好きな世界を題材に、自分の経験した挫折に対しても粘り強く立ち向かう人々の、熱い話を」

そうして書いた『りゅうおうのおしごと!』というこの物語が予想以上の反響をいただけたことで、私は諦めていた様々なものを得ることができました。

桂香や鏡洲は私の挫折から生まれました。彼らの葛藤や、迷いながら戦い続ける姿に共感していただけたり、熱いものを感じていただけるのは、本当に嬉しいです。無駄になったと諦めた私の人生が、もしかしたら、誰かにとって価値があるのかもしれないと思えるから。

そう思わせてくれた人々のために、これからも私は物語を書いていきたいと思います。

夢を叶えた先にも苦難はありますし、夢を叶えられなくても幸せはあります。銀子や鏡洲がどうなっていくのか、もうしばらく見守っていただければ幸いです。

感想戦

「決まったぜ。空銀子《そらぎんこ》四段、爆誕」

『こっちにも速報が流れやした。大ニュースどすなぁ』

バイクを連盟の駐車場に停めて（関係者スペースに停めたった。文句あっか？）建物の外から周囲を見回しながら、オレは万智《まち》に電話で様子を伝える。

「千駄ケ谷《せんだがや》は大混雑だ。野次馬《やじうま》も増えてきたし、このままだとスグ身動きが取れなくなる」

『あの細い坂道が人で埋め尽くされてるん？　写真撮りたいなぁ』

「あと、うちの兄弟子《あにでし》も上がったみてーだわ」

『坂梨《さかなし》さんが⁉　えっ？　開幕四連敗しておざったよな？』

「おー……四連敗した後、免許取りたいからって自動車学校《しゃこう》について聞かれたからさ。多分あの人も諦めてたと思うんだけどな？　無欲の勝利っつーか……」

十四勝四敗なら昇段ラインだが、今期はバケモノ揃いだったかんな。周囲も椚《くぬぎ》と銀子に注目しすぎてて、あの人を引き留めとくのを忘れたんだろ。

「てくてく歩いて連盟出てったから、てっきり退会したかと思ってよ。気まじーから声かけずに放置してたんだけど、鳩待《かんじ》先生が慌てて追いかけてって」

『巨体を揺らして』

「そう巨体を揺らして。次点二回でフリークラス入りだ。師匠、泣くんじゃねーかな？」

『はー……近年稀《まれ》に見る大逆転昇段やねー……今度取材させてもらお。お燎《りょう》も同席してな？』

「つってもあんま仲良くねーぜ？　オレが奨励会に入ったのも反対してたし」

兄弟子の坂梨澄人《すみと》三段……や、もう四段か。

あの人は自他共に厳しくて、女に対してもガンガン言う。奨励会時代に師匠の命令で研究会を開いてもらったんだけど平気で「それは半年前に教えた。やる気がないなら辞めろ」とか言ってくるし。

その言葉に心を折られたわけじゃないが……オレは奨励会を辞めた。昇級どころか、降級してた。

奨励会だったら、オレと銀子は手合《てあい》すら付かないほど差がある。

「……なあ。万智よぉ」

『ん？』

「銀子は特別だと思うか？　それとも……オレが頑張らなかったのかな？」

『お燎……』

「昔から負けっ放しだけどさ。オレもオメーも、そこまで銀子と差があったとは思わんだろ？　でも自分がプロになれるなんて想像すらできねぇ。だったらどうして銀子はプロになれた？」

『…………諦めたら、楽になれるんどすけどなぁ』

才能じゃあ片づけられねぇ。そういうもんを見せつけられた気がして、胸のあたりがザワザワしてた。銀子を侮《あなど》ってるわけじゃなくて……そうじゃなくて――

「おっと。竜王さまのお出ましだ。野郎、サングラスにマスクなんかしてやがる」

変装のつもりか？　んなことしなくても誰もオメーになんか興味ねーっつの。もう小学生棋士が誕生したんだからな。

「クズを乗っけてそっち戻るぜ。さすがにこのまんまタイトル戦を放置はダメだろ」

『お燎』

「ん？」

『安全運転でな』

うるせーわかってるよ。心の中で毒づいて通話終了。

将棋会館からコソコソ出てきたクズは、周囲をキョロキョロしながら駅へ向かおうとしてる
……逆に怪しいんだよなぁ。

「おいボケ。こっちだこっち」

「月夜見坂《つきよみざか》さん⁉　待っててくれたんですか⁉」

「記者会見は？　もう終わったのか？」

「いやそれどころじゃないです。姉弟子《あねでし》たぶん肋骨《ろっこつ》折れてますから」

「はぁ⁉　ど、どーして将棋指すだけで骨折すんだよ⁉　マジで殴り合ったとか……？」

「自分で折ったみたいです。対局中に意識が飛びかけて、全力で胸をブッ叩いたって言ってました。吐《は》いた血が制服に付いてたし、肺を傷つけてなけりゃいいんですが」

「やべーわあいつ………そりゃ勝てねーよ。イッちまってるもん……」

叩くにしても普通は腿《もも》とかだ。しかも骨が折れるほどとか……躊躇《ちゅうちょ》するだろ？　やっぱ気合いから違うのか？

「で、どうすんの？　救急車呼んだんか？」

「いやぁ大騒ぎになっちゃいますからね。表向きは軽い体調不良ってことにして、裏口からこっそり連れ出す予定です」

「オメーはついていかなくていいのかよ？」

「ずっと姉弟子を診てくれてた元奨のお医者さんが心配して近くまで来てくれてたんです。で、中継があったおかげで姉弟子の体調不良に気付いて、今は中にいます。その人に任せて俺はタイトル戦の会場に戻ろうかと……姉弟子にも『さっさと戻れ』って言われちゃいましたし」

「ふーん。ならいいけどよ……」

「心配してくれてるんですか？」

「バッ……ちげーわバカ！『女でもプロ棋士になれるけど身体壊します』みたいな報道されたら、同じ女として迷惑だっつーの！　ダレが銀子の心配なんかするかよ。殺しても死なねーよあいつはよ。ほら早《は》よ乗れ」

メットを放り投げてエンジンを吹かすと、後ろに乗ったクズがこんなことを言う。

「銀子ちゃんから伝言です」

「あ？」

「『最終日も女流棋士室を使わせてもらったおかげで勝てました。昇段できたのは、初日に月夜見坂さんに声を掛けていただいたおかげです』」

「っ……!!」

「『関西将棋会館で初めて将棋を指した日から、女流棋戦で競い合って強くなれました。私が女流棋士だったかはわからないけど、あなたたちと戦った経験がなかったらプロにはなれなかったと思います。本当に感謝しています。ありがとう』……とのことです」

「…………マジで、銀子が言ったのか？　そんなことを」

「はい。一言一句《いちごんいっく》、この通りに」

「…………」

「俺からもお礼を言わせてください。月夜見坂さんが関東にいてくれて、どれだけ心強かったか……銀子ちゃん、昔から燎ちゃんに失礼なことばっかしてきたのに。本当にありがとうございました」

ショックだった。

オレは銀子に何かしてもらっても素直に礼なんて言えねぇ。

それが勝負師ってもんだ。戦う相手に感謝はできない。心の中で感謝していたとしても、それを口に出すことは絶対にできない。

けど……銀子がオレに、本当に感謝の言葉を口にしたのなら。

だとしたらもう、オレのことを――――

「え？　ちょっ……っ、月夜見坂さん？　来た時と道が違いません？　え？　え？　中央環状線って……え⁉　ど、どうして高速道路に乗ってるの⁉」

後ろでわめくクズを無視して、オレは一気にフルスピードまで持って行く。

「クソがあああッッッ!!!」

「うわああああああああああああ死ぬ死ぬ死ぬ死ぬ死ぬ死ぬ死ぬ死ぬ死ぬぅぅぅぅぅぅぅぅぅぅ!!」

後で免停喰らったけど、走らずにはいられなかった。

悔しい。

祝福する気持ちなんて一ミリもない。快挙だなんて思えねぇ。今日は全女流棋士にとって屈辱の日だ。ひたすら悔しくて、妬《ねた》ましくて、そして自分が情けなくて……ヘルメットの中で号泣《ごうきゅう》した。兄弟子がプロになったことすら悔しかった。

だからオレは叫ぶ。だからオレは走る。

フルスロットルで。エンジンが焼き切れるまで。

悔しい。

その気持ちが少しでも残ってる限り、自分はまだ強くなれると信じて。

「……失礼しました。では、お話をうかがわせていただけますか？」

月夜見坂燎との通話を終えてICレコーダーのスイッチを押した私を見て、於鬼頭《おきとう》曜二冠は表情を変えずに問う。

「今の通話は将棋会館から？」

「はい。空銀子四段と椚創多《そうた》四段、それに坂梨澄人四段が誕生したそうです」

「三人か」

「坂梨さんは次点を一回取っていらっしゃいましたから」

何かコメントがあるかと思ったが、於鬼頭は新たに生まれたプロ棋士について触れることはなかった。

代わりに、自分の奨励会時代について語り始める。

「奨励会の頃から私は角換《かくが》わりのスペシャリストとして自分を位置づけていた。三段リーグを抜けることができたのも角換わりの研究のおかげだ。その研究は自分で考えたものもあれば、他人から聞き出したものもある。この姿勢は批判の対象になりうるものではあったが、それも勝負と割り切れば気にならなかった」

於鬼頭の話は今日の将棋についてのものではなかったが、私は止めなかった。それはむしろ私が聞きたいと望んでいたことだったから。

「俗に言う『壁を作る』タイプだ。感想戦では深くまで触れない。仮に研究会を行っても、切り札は隠す。そうやって自分の手持ちのカードを多く作り、勝負所でそれを切る。いかにカードを切るかも含めて、将棋の対局だと考えていた」

「わかります。私もそのタイプですから」

「しかしソフトの登場によって状況は一変した」

淡々と、於鬼頭はその出来事について語る。自身の人生と将棋界を一変させた、その出来事を。

「私が隠していた切り札は全てオープンになった。それどころか切り札と思っていたカードのほとんどが大して価値のないものだと暴露《ばくろ》されてしまった。評価値によって」

評価値。

それまで人間は、駒の価値に点数を付けるなどして、それぞれの感覚で局面の優劣を付けていた。感覚の違いによって局面の価値は変動する。いわば数字の一定しないカードを使って勝負をするポーカーのようなものだ。

しかしソフトがもっと明確な形で点数を示すようになると、カードに印刷された数字は一定になった。

しかもご丁寧に、人間の思いつかないような新手《しんて》や戦法まで教えてくれる。

結果的に、それまで人類が行ってきた勝負が、実に曖昧《あいまい》なものだったということが判明したわけだが——

「……驚きました。於鬼頭先生がソフトとの対局で衝撃を受けたのは、終盤の正確さだと思っていたので……」

「終盤は計算力だ。機械が計算に強いからといって、驚くようなことはない。ましてやそれで……死を選ぶなど」

衝撃的な告白だった。聞いていて思わず息が止まるほどに。

公然の秘密ではあるものの、本人の口からそれが語られた、これはおそらく初めてのインタビューになる……於鬼頭にとって今日の対局が一つの節目となったことを、私はその短い言葉から感じ取った。

「……つまり、序盤で独自性を出せなくなったから……選ばれたのですか？　それを……」

「プロ棋士としての価値がなくなれば、存在している意味がないと考えた。私の代わりに誰かがその地位に就くべきだったと」

それは、あまりにも純粋な決意だった。純粋すぎるほどに。

「プロ棋士の数は制限されている。私がプロになったことで、プロになれなかった人々もいた。そのことを思えば、プロとしての価値がなくなった私が選べる責任の取り方が他に思いつかなかったのだ」

研究を隠し、他人を押しのけてプロになった。それで於鬼頭は強くなったが、そのことが心に負担を掛けていたのだろう。他者の研究を盗むような行為もまた、於鬼頭の心を傷つけ続けてきたのだろう。於鬼頭が死を選んだ理由は世間からのバッシングなどではなく……ただ彼が誰よりも純粋だったからなのだと、私は知った。

於鬼頭が書いた『四段昇段の記』を思い出す。

それはとてもとても美しく、純粋で……それでいて悲しい文章。私が今まで読んだ将棋に関する文章の中でも屈指の名文だった。

そしてもう一つ思い出したことがある。

プロになった於鬼頭は、四段昇段者が招かれる祝勝会を拒否した、初めての棋士だということを。

「しかし私は死ねなかった。だからいっそ生まれ変わったと思い切り、別の方法で価値を創出しようと決めた」

「徹底的にソフトを使うアプローチを試されたのですね？」

「カードの値は一定になった。であればソフトを使って序盤を精査すればどこまでも強くなれると仮説を立てた……が、それも限界があった。才能の壁が」

その壁を越えるために於鬼頭が編み出した手法は驚くべきものだった。

「チェスで試みられていた論文を参考に、ソフトを使ってデータベースの棋譜を分析することによって、私は才能の数値化を試みた。そこで最も高い値を出したのが──」

「……名人、ですか？」

「早指しにおいては歴史上のどんな名棋士よりも異様に高い値を出した」

条件付きで於鬼頭は同意する。

「普通の棋士は早指しになると悪手《あくしゅ》を指す確率が跳ね上がるが、名人はほぼ変わらない。読まなくても手が見えるのだ。この結果にはさすがに唖然《あぜん》とする他なかったな」

「………」

「では長時間の対局ではどうか？　対局数は少ないものの、タイトル戦において名人に勝ち越している唯一の棋士がいる」

私はその名を口にした。

「九頭竜八一《くずりゅうやいち》」

「確認できる最も古い棋譜は小学生名人戦のものだったが、その時点で既に才能の一端を見せている。君はその場にいたな？」

「ええ。よく憶えています」

忘れるわけがない。私の人生を変えた瞬間を。

「早指しならば名人と互角の才能を持ち……長時間の将棋において、その才能は名人を超えているとソフトは示唆した。俄《にわか》に信じることができなかったが、対局してみてその可能性は高いと判断せざるを得ない。改めて、才能の数値化という手法が有効であることを証明できたと思う。私自身の敗北という結果によって」

そこまで語ると、於鬼頭は今までずっと黙って話を聞いていたもう一人の同席者に声を掛ける。記録係の青年に。

「未来《みらい》。今日の対局中、君は興味深いことを呟いていたな？」

二ツ塚《ふたつづか》未来四段。またの名を《ソフト翻訳者《トランスレーター》》。

先期の順位戦C級2組で九頭竜と当たり、角換わりに革命をもたらした6五同桂という新手を真正面から喰らった十九歳の若手棋士だ。四段昇段は九頭竜よりも一年半遅い。

「だって……あんなの人間じゃないでしょ？」

その呟きは私も耳にした。

しかしそれは、肉体すらも変化させてソフトに近づこうとした於鬼頭を指しているものだとばかり思っていたが――

「於鬼頭先生はソフトで補強した研究に添って指してました。それはソフトを使ってる若手なら誰でも気付きます」

二ツ塚は於鬼頭に心酔しソフトを取り入れた棋士だ。奨励会時代からもう人間との研究会は行わず、於鬼頭の記録だけを取る。今回も於鬼頭のタイトル戦を誰よりも近くで観るためプロでありながら志願して記録係になった。

「でも九頭竜《あいつ》は違う。於鬼頭先生の研究範囲に……相手の罠にはまったにもかかわらず、それを自分の罠へと変えた。明らかにその場で考えた手順で」

「それは……竜王がソフトを絶対視していないということなのでしょうか？　ソフトを疑っているから――」

「ソフトの示す手を疑うことくらい俺たちだってやります。けどそれと、実際にソフトの読みを上回る手を実戦で指せるのは全然違う」

「竜王は『封じ手を上手く利用した』と語っておられました。無限の持ち時間があるから、そこで自玉の安全度を読み切ったと」

「確かに終盤はヤバかった。封じ手を利用する発想も、さすがだ」

そうだろう。７七同飛成は伝説級の一手だ。私が今まで見てきた九頭竜将棋の中でも随一だと断言できる。

「けどそれは確認作業でしかない。はっきり言って最後の７七同飛成は俺だって見えますよ。それより遙かにヤバいのは、その前だ。封じ手で攻め合いに出て、於鬼頭先生の攻めを誘ったところです。あれを見て寒気がしました」

「だからそれは、封じ手後の時間を利用して――」

やんわりと於鬼頭が口を挟む。

「では、その封じ手を九頭竜は何分考えて封じた？」

「ッ………‼」

言葉を失った私に暗い瞳を向けながら、二ツ塚が言う。

「ソフトにも弱点はあります。けどその弱点を突こうにも普通は序盤で弾かれる。そこを抜けても中盤で潰される。あいつはそこを抜けた。持ち時間の範囲内で」

……確かに二ツ塚が呟いたのは九頭竜が7七同飛成を指すよりも前だった。

「だとしたら九頭竜は……序中盤で既にソフトを上回って──」

「同じ人間とは思えない。だから言ったんです。『人間じゃない』って。そういうことを今まででも平気でやってきたから」

「い、今までも……？」

「そもそも九頭竜が本格的にソフトを研究に導入したのが一年未満ってのが異常です。そこからあいつは何をしました？　角換わりに革命を起こした。桂単騎跳《けいたんきは》ねをやった。と思ったら振り飛車《びしゃ》でゴキゲン三間飛車《さんげんびしゃ》なんてわけのわからない戦法を成立させて、それで今度は何をするかと思ったらソフトを超えた」

《ソフト翻訳者《トランスレーター》》ですら起こし得なかった革命の数々。しかも——

「その全てを一年足らずのあいだにやったんです。於鬼頭先生が数年かけてもやれなかったようなことを。俺たち若手プロが一生かけてもやれないようなことを平然とやって見せたんです。あの史上最年少の竜王は……いや」

そして二ツ塚未来は嫌悪すら滲《にじ》ませつつ、九頭竜八一を別の名で呼ぶ。

「あの魔王は」

彼は以前から、関東の若手棋士たちに、その名で呼ばれていた。

最初は、おそらく蔑称《べっしょう》として。

親友《ライバル》の神鍋《かんなべ》歩夢《あゆむ》七段が自身を光の聖騎士に、そして九頭竜を闇の魔王になぞらえることを、誰もが陰で笑っていた。

しかしそれが次第に別の意味を帯び始めたのは、九頭竜が名人に勝ってタイトルを防衛したあたりからだろう。

名人との竜王防衛戦七番勝負。三連敗からの四連勝という逆転劇で見せた折れない心と、泥臭く粘り強い戦いも、印象深い。

だが九頭竜が隠されたその真価を発揮したのは、今日の将棋だ。

人間にもソフトにも判断の付かない局面へと誘導し、自玉の不詰《ふづ》みを読み切り、水平線の彼方から放った一撃で相手を屠《ほふ》る。封じ手という制度すら巧みに利用しながら。

十八歳とは思えぬ勝負術は、まさに魔王か。

これから先、あまりにも長きに亘《わた》って自分たちを支配するであろうその王をどのように扱うべきか、将棋の国の住人たちは明らかに混乱していた。

ある者は怖れ。

ある者は妬み。

そしてある者は……愛するのだろう。私のように。あの白雪姫のように。

「あなた、ずっと関西なんですか？」

二ツ塚の問い掛けに、私は頷いた。

「ええ。竜王のことは子供の頃からよく存じ上げています」

「よくあんな化け物の近くにいて将棋なんか指せますね？　同世代ってだけでも死にたくなるのに」

「九頭竜八一の伝記を書くのが私の夢です。そのために観戦記者になりました」

「へぇ。でもあいつの言葉が理解できるなんて思っちゃいけませんよ？　同じ言葉を話していても、見えてるものはまるっきり違うんだから。本人が嘘《うそ》を吐《つ》く気はなくてもそれは俺たちの世界の真実とは違う」

私自身が朧気《おぼろげ》に感じていた違和感を《ソフト翻訳者《トランスレーター》》は暴く。容赦なく。

そうだ。だから私は於鬼頭だけにインタビューしたのだ。九頭竜のいないところで、彼の言葉の届かない場所で、その正しさを確認したかったから……。

「もし、あいつの視点で書かれた物語なんてものがあったら、それはきっと……どんな壁でも努力で越えられるとかいう、さぞ希望に満ち溢れたお話なんでしょうね。でも書いてる本人は気付いてないんだ。一番高い壁が自分自身だってことに。最高の喜劇《コメディー》ですよ。最高に残酷な」

技術的特異点《シンギュラリティ》は訪れなかった。

主役になるのはソフトではなかった。しかし同時にそれは、人類でもない。

ソフトでも人間でもない、より高次の存在。ソフトという新たな指標が現れたことにより、その存在は炙《あぶ》り出された。ソ、フ、ト、を、超、え、得、る、人、類、が。

史上初の女性プロ棋士が誕生したこの日――――それもまた、生まれた。

現実とは思えない。まるで御伽噺《おとぎばなし》だ。

これまで棋界の辺境とされていた関西という地で育った、白雪姫と小さな竜の物語。

その小さな竜は常に白雪姫の傍《かたわ》らにいて、彼女を守ろうとしてきた。

不器用で、飛ぶことすらもままならない竜を、白雪姫は慈《いつく》しんだ。竜と少女は数々の冒険を共にし、互いの傷を舐め合い、その傷が癒えるより早くまた強敵へ立ち向かった。

そして白雪姫は強く、美しく成長し……数々の試練を乗り越えて、遂に最後の階段を上りきる。

しかし彼女の隣にいた小さな竜は、気がつけば遙かに強大な存在となって、その翼で空を覆い尽くしてしまっていたのだ。才能という翼で。

彼が望むと望まざるとにかかわらず、その圧倒的な才能《ちから》によって将棋界は変革の時代へ突入する。彼を愛し、また彼が愛する人々までをも、その力は傷つけるだろう。

なぜなら彼の手に生えた鋭い爪は、将棋という戦いのためだけのものだから。たとえそれが少女を守るために鋭く磨き続けたものだとしても。

そんな竜の化身を、人々はこう呼んだ。

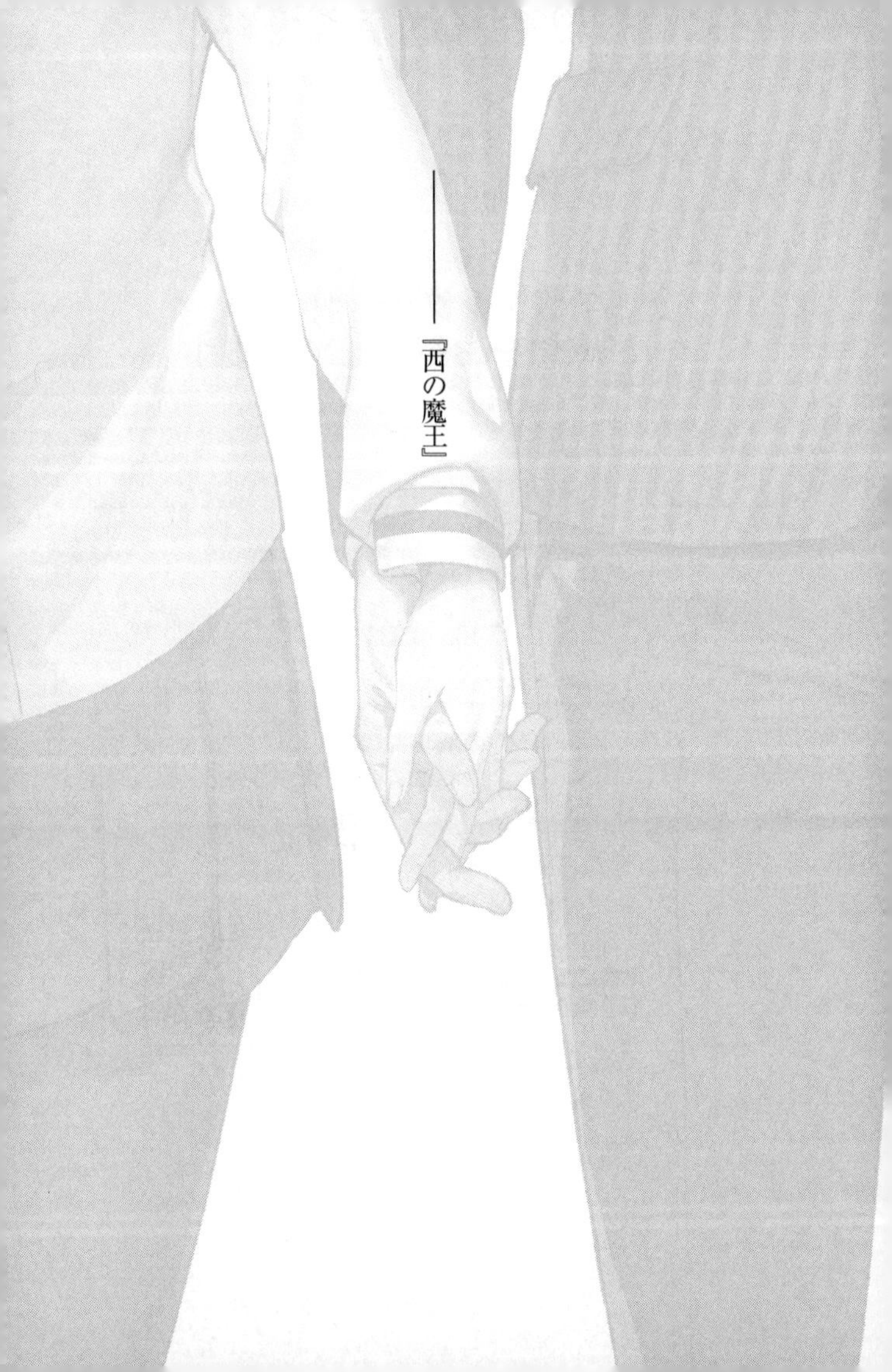
――『西の魔王』

ファンレター、作品の
ご感想をお待ちしています

〈あて先〉

〒106－0032
東京都港区六本木2－4－5
SBクリエイティブ（株）
GA文庫編集部 気付

「白鳥士郎先生」係
「しらび先生」係

本書に関するご意見・ご感想は
右のQRコードよりお寄せください。

※アクセスの際に発生する通信費等はご負担ください。

https://ga.sbcr.jp/

りゅうおうのおしごと！ 12

発　行　　2020年2月29日　初版第一刷発行
2020年3月31日　第二刷発行

著　者　　白鳥士郎

発行人　　小川　淳

発行所　　SBクリエイティブ株式会社
〒106−0032
東京都港区六本木2−4−5
電話　03−5549−1201
03−5549−1167（編集）

装　丁　　木村デザイン・ラボ

印刷・製本　中央精版印刷株式会社

ISBN978-4-8156-0533-9
Printed in Japan
GA文庫

試読版は
こちら!